U0455596

# 长玻璃脚的女孩
## THE GIRL WITH GLASS FEET

［爱尔兰］亚利 肖 著  王剑南 译

北京燕山出版社
BEIJING YANSHAN PRESS

# 1

那年冬天,报纸上登出了各种报道,说一座形状像大帆船一样的冰山吱吱嘎嘎、气宇轩昂地漂过了圣好达兰的峭壁,说一头鼻子吭哧吭哧的肥猪把迷路的登山者带出了伦登多尔石山下方的危崖,说一个愣头愣脑的鸟类学家把五只白化鸦算进了二百头羊组成的羊群里。不过,迈达斯·科鲁克可没有读报,他只顾看报上的照片了。

那年冬天,迈达斯看见照片无处不在。它们突如其来地出现在林子里,潜藏在废弃的街道尽头。可拍的照片数量太多了,若是打算冲第一张按下快门,第二张就会从他的目标前倏忽蹿过,循着第二张的轨迹,他的视野里又捕捉到了第三张。

十二月中旬的一天,他追着这些照片来到艾丁福边上的一片林子里。那是个暮色渐浓的下午,最后的日光正在树木的缝隙中穿行,如同探照灯的光一样,摇摆不定地掠过大地。他离开小路走进林子里,前去追逐一束光线。小树枝在他脚下被压得嘎吱嘎吱,不住作响。一只鸟啾啾叫着,在树枝上往来跳跃。树枝在迈达斯头上摇荡,盘枝错节,噼噼啪啪,把游荡的光束拦腰截断。他穿过光影的痕迹，一路继续他的围追跟踪。

记得有一次，爸爸给他讲过一个故事：一队孤独的旅行者在灌木丛生的小路上行走，蓦然瞥见，有一种看起来像人一样的发光体在树木间隐约出没，或是在一片静寂的湖水里潜游。在一股源自内心的冲动之下，旅行者跟跟跄跄离开小路，走入迷宫般的林地，或是浸到深水里，前去追寻这发光体。只要他们阻住这东西的去路，它就会现形。有时候，它变幻成一朵花，花瓣磷光盈盈。有时候，它赋形于一只浑身闪着火花的鸟，鸟尾的翎毛还在噬噬燃烧着。有时候，它变成人的模样，在它头上那像光环又像面纱的东西的掩盖之下，他们会觉得自己见到了久已失去的爱人的面容。光每一次都是渐渐地变得越来越亮，到最后强光一闪，他们被灼瞎了眼睛。迈达斯的爸爸用不着再描述，从那以后他们会发生什么事了。孤零零迷失在寒冷的林地里，结果可想而知。

当然，这只是无根据的闲扯，跟他爸爸讲过的所有故事一样。但光确实是有魔力的，能让阴暗的大地变得五颜六色。有一柱光附着在一根树干上，把干裂的树皮镀成了黄色。迈达斯禁不住诱惑，蹑手蹑脚地朝这光柱走去，在它落回地面之前，把它捕进照相机镜头。只要这光朝相机显示屏匆匆扫一下，就准保能得到一幅精美的图像，可他还渴望拍到更多。又有一个光轴照亮了前方的石楠树和冬青树。它把树上的浆果照得鲜红，把树叶照得如中毒般的泛着绿色。他拍下了这束光，又赶紧去抓另一束在树底灌木上游移的光。这光不紧不慢地踱着步，而迈达斯却猛地绊倒在树根上，被一丛荆棘刺中了脚踝。他一路追逐着这束光，不由得来到了林子边上，又追着它走进开阔地，顺着长满灌木丛的斜坡向下，向坡底的一条河走去。鸦群在油布一般的天上盘旋。隐隐的河水在近旁汩汩流淌，汇入坡底一个黑乎乎的池塘。在池塘的上空，光线摇荡跃动，像是一条金色丝带。他冲下斜坡，去捕捉这光线，两脚一打滑,陷进了烂泥里。他不顾一股疾风往胸口猛灌,蹒跚着走完最后一段路,来到岸边。一块边缘参差、仿佛镶着花边的冰覆在水面上,挡住了反射光,因此,他在池塘所看到的无非是黑漆漆的一片。光线消失不见了。暮云快速卷拢。他气喘吁吁,于是低下头,把双手放在膝盖上歇一歇。他呼出的气悬浮在空中。

"你没事吧?"

他转过身,感觉脚在一块泥上滑了一下。他向前跌倒了,又强撑着爬起来,两手弄脏了,膝盖部位的裤子沾满了泥,冷冰冰的。一个女孩轻盈地坐在一块平坦的岩石上。不知怎的,他刚才没看见她。她仿佛是从二十世纪五十年代的电影银幕上走出来的。她的皮肤和一头金发的色调竟是那般浅淡,以至于看上去像是黑白片里的影像。她穿件长长的外衣,用一根布带扎住腰。她大概比他大几岁,也就二十出头吧,戴着一顶与其手套相匹配的白帽子。

"抱歉,"她说,"要是我吓到了你。"

她的眼角膜呈钛灰色,这是她最惹人注目的面部特征。她嘴唇的样子他过后才想起来,她的双颊低平。可她的眼睛……他意识到,自己在直盯着她的眼睛看,便很快把脸转到一边。他转向池塘,期望能找到那束光。在池水的另一边,是一片田野,被栅栏标明了边界。栅栏是用根根铁丝做成的,带着刺。一只毛发蓬乱的灰色公羊矗立在田野上,长着化石似的羊角,眼睛直勾勾地注视着空中。过了这片原野,又看到了森林,毫无农舍的迹象,这跟公羊所站的田野可不相称,也不存在任何光线的征兆。

"你确定你没事吗?是不是丢了什么东西?"

"我丢了光。"

他转过身冲着她,想知道她有没有看到那光。光就射在她身旁的岩石上,是穿过云间的一个洞射下的。

"嘘!"他花了半秒钟,对准取景,然后按动了快门。

"你在干吗?"

他细细查看照相机显示屏上的图景,是一张精美的照片。女孩坐着的那一半岩石笼罩在一棵树那枝杈纵横的阴影下,另一半则仿佛变成了一块亮晶晶的大琥珀。可是且慢……若是查看得再仔细些,他的构图简直太糟糕了,女孩靴子的末端被取景框剪掉了。他弯下身,离显示屏再近些来看。毫无疑问,他是犯了个错,因为女孩的脚上优雅地穿着一双大了好多个尺码的靴子。靴子上镶嵌着蕾丝边,还配有正规夹克那样的搭扣。一根走路用的手杖放在她的膝上。

"你看,我还在这儿。"

他吃惊地向上望去。

"我问你,你在干吗?"

"你说什么?"

"你是摄影师吗?"

"没错。"

"你是职业干摄影的?"

"不是。"

"业余爱好者吗?"

他皱了皱眉头。

"你是个丢了工作的摄影师?"

他漫无目的地摇了摇手。这个复杂的问题时常困扰着他。别人不可能明白,摄影师并不是一份工作、一个爱好或是一种迷恋,它让他能够阐释这个世界,它的作用简直就像光线钻进他的视网膜一样,必不可少。

"我是,"他嘟囔道,"搞摄影的。"

她挑了挑眉毛。"未经允许就拍摄别人是失礼的。并不是谁都喜欢被人拍的感觉。"

公羊在田野里咩咩叫。

她接着说:"算了,我能看看照片吗?你给我拍的那张?"

迈达斯胆怯地握住相机,让它冲着她略微倾斜。

"说实话,"他解释说,"嗯,这不是你的照片。如果是拍你,我会有另外的构图。我就不会剪掉你的,嗯,靴子尖了。而且,我也会征得你的许可。"

"照这么说,它又是一张什么照片呢?"

他耸耸肩:"可以说它是一张光影照。"

"我能再拿近些看看吗?"

还没等他有机会决定,该怎样遣词造句,说不,不太愿意,非常不愿意,说别人摆弄他的相机会让他觉得不那么自在,她就伸出手,拿过了相机。相机的挂带还吊在他的脖子上,这迫使他走近她,近到难以忍受的地步。他又退了退,等待着,身子局促不安地向后倾斜,让自己尽量离她远点,能多远就多远。他的目光回移到她的靴子上。那靴子不光是大。它穿在这么瘦的一个女孩脚上,可以称得上巨大。靴子顶端差不多到达了她的膝盖部位。

"上帝啊,我的样子真糟糕。照片太模糊了。"她叹口气,交出了相机。迈达斯直起身子,如释重负地后退了一步,眼睛还盯着她的靴子看。

"这靴子是我爸爸的。他是个警察。它们被做得相当单调乏味。"

"噢。啊……"

"看这个。"她打开手提包,取出她的钱包,从里面找出一张卷了角的照片。照片上的她身穿粗棉布短裤、黄色 T 恤衫,戴一副太阳镜。她站在海滩上,迈达斯认出了那地方。

"那是沙勒姆海湾,"他说,"就在果姆顿附近。"

"是去年夏天拍的。那是我最后一次去圣好达兰。"

她把照片递给他，好让他看得更近些。在照片上，她的皮肤晒成棕褐色，头发像是烘烤过似的，金黄金黄的。她那笨拙的小脚丫上，穿了双紧紧扣住大脚趾的无背拖鞋。

身后有喘息声，迈达斯跳了起来。只见那只公羊长了角的脑袋上，笼罩着一个蒸汽光环。

"你真是个一惊一乍的家伙。你担保你说得对吗？你叫什么名字？"

"迈达斯。"

"是个不同寻常的名字。"

他耸耸肩。

"不过，我觉得，它要是你本人的名字，可就没那么不寻常了。我叫艾达。"

"你好，艾达。"

她笑了，露出一口有点儿发黄的牙齿。也不知怎么的，这让他感到惊讶。也许是因为她的其他部位都那么白皙吧。

"艾达。"他说。

"是我，"她冲着斑驳陆离的岩石表面做了个手势，"你想不想坐下来？"

他坐到石头上，离她有几英尺远。

"只是因为我，"她问道，"还是因为这是个难看的冬天？"

云又厚又重，是黄褐色的，就像混凝土一样。公羊把一条后腿在栅栏上磨蹭着，一边借助带刺的铁丝，撕扯着它的灰羊毛。

"我不知道。"迈达斯说。

"清新的日子总是那么少，那时候，天湛蓝湛蓝的。我喜欢在户外打发时光。落叶不是古铜色的，它们是灰白色的。"

他仔细观察他们脚边的落叶碎片。她说得没错。"它们真让人愉快。"他说。

她大笑起来。她有着像水一样润泽的笑声。他还拿不准，自己喜不喜欢这笑声。

"可是你，"他说，"却穿了身灰色衣服。"她看上去不坏。他会乐意让她置身于单色调的松树林中，为她拍照。她最好穿一件黑外套，再搭配上白色的饰品。他会选用彩色胶卷，捕捉她面颊上那柔和的红晕。

"我以前常穿鲜亮的衣服，"她说，"橘黄或是猩红。老天，我常常晒得很黑。"

他做了个怪脸。

"哦，你肯定一直喜欢黑白色调的冬天。你是个摄影师呀。"她凑过来，开玩笑地猛推他一把，这动作让他大吃一惊，他呆住了，以至都没能喊出声来。"像是个狼人一样。"

"嗯……"

"眼里只有黑的和白的，像只狗似的。就我来说嘛，我喜欢多彩的冬天。我真的想要那样的冬天回来。往年的冬天从不像现在这么单调阴郁过。"

她坐着，脚始终一动不动，既不拖来荡去，也不拨弄地上，而这可是她的习惯动作呀。

"如果你不是职业摄影师，那你是干什么的？"

他不知从哪儿想起，他爸爸曾经说过，千万别跟陌生人讲话。他清了清喉咙："我给朋友打工，在一家花店工作。那店名叫凯瑟琳花店。"

"听着挺有趣。"

"我负责剪纸，用花束的包装纸来剪。"

"对于一个专拍黑白照片的摄影师来说，花店肯定是个可怕的地方。"

公羊在烂污的泥土里踢打着蹄子。

迈达斯止住了口。刚才说的话已经比他好几个星期说的都多了。他的口舌开始发干了。"说说你好吗?"

"我? 我料想,你会说我是个无业游民。"

"嗯……你是不是病了?"

她耸耸肩。一个雨点打在岩石上。她掩了掩帽子,让它更低地盖住头。又一个雨点落在她一只靴子的皮面上,在靴尖部位呈现出一个反光点。

她叹口气:"我不晓得。"

更多的雨落在两人的面颊上、额头上。

艾达抬头看看天。"我最好还是回吧。"她捡起走路用的手杖,加倍小心地使劲,让自己站起身来。

迈达斯回过身,仰望一下他刚才冲下的那个斜坡。"我们身后是什么地方?"

她用她的手杖一指。顺着一条弯弯曲曲的河边小路,往远处看过去,"是一幢小屋,那是我一个朋友的。"

"啊。我想,我最好也走吧。"

"很高兴遇见你。"

"我也是。早……早日康复。"

她小心地挥挥手,然后转过身,沿着小路走下去。她走得很慢,很慢,每走一步,都要先把手杖戳到身前,仿佛是在长期卧床之后,重新蹒跚学步似的。看着她离开,迈达斯觉得内心涌上一股冲动。他想拍一张照片,这次是拍她,而不是拍光。他迟疑了一下,然后,从后面拍下了她踽踽独行的身影,背景是河水,还有公羊站立的灰色田野。

# 2

　　为适应自己的身体状况,她练成了一种特殊的走路方式。走一步,停一下,再走一步,而不是一步接一步不住地走。停下来那一刻很有必要,为的是要确保把脚摆放平了,就像一段舞蹈的起始步一样。她的靴子很厚,还塞了靴垫,即使这样,若是意外摔一下,或是不小心绊一下,也会给她造成无可挽回的损伤,而不出她所料,这损伤又会万劫不复地毁灭她。就是这样。

　　靠骨头和肌肉,用脚跟和脚掌走路,那又会是什么样子呢?她记不起来了。如今,走起路来让她觉得像是悬空一样,总是跟地面隔着点儿距离。

　　河水静静流淌,在这儿形成一截短短的瀑布俯冲而下,在那儿又刷洗着一块石头,石上覆盖着水草,看上去像是颗长了绿头发的脑袋。艾达一路跛行,时而有雨滴融进她的外衣,打湿她帽子上的毛线。另一个成问题的地方是,脚下的这条路实在是讨厌透顶,让人没法靠着足够快速的移动来暖和身子。她拉了拉披肩,盖住下巴和冰冷的鼻头。

　　一丛丛的矮冬青把枝条蘸进河水。一只飞蛾降落在一串亮晶晶的浆果上。她停下脚步,看飞蛾扑扇着翅膀。这种飞蛾身上长着一层棕褐色的软绒毛,点缀着翠绿的斑点。

"嘿!"她冲飞蛾说。

可它飞走了。

她接着走路。

她想让飞蛾回来。偶尔,当她闭上眼睛,她会看到很多的色彩,比她一整天在圣好达兰睁大眼睛看到的还要多。

她总想去到那样的场所:大家摩肩接踵,一起跳舞,绷得紧紧的臀部相互挤压,炫目的色彩随着裙子和衬衫不停旋转。不管是穿件厚马甲,在寒冷的帐篷里跟大家挤作一团,还是在朋友的公寓里,轮番讲故事或玩纸牌游戏直至天亮,她都会抵制住睡意,享受那种呼朋唤友的十足快乐。在这儿的岛上,那些情景再也经历不到了。

她随身带着一本已经破损不堪的圣好达兰指南,是她夏天来这群岛旅行时买的。冬天,当她在那次旅行之后,第一次打开它,有洁白的细沙从书脊落下来。

夏天的时候,她对这地方的热情更高些。她怀着对岛上居民的同情,读到乘风破浪的工业渔船从大陆拖来渔网,侵入群岛的水域,从水里抢得满满一舱舱遭鱼叉刺中的鲸鱼,在甲板屠宰场上,把它们变成了鲸脂和猩红的残肢碎体。她读到,当地捕鲸人驾着他们父辈和祖辈捕鱼的小船,往外海越驶越远。有的船没能返回,不是被风暴击沉,就是被用了几辈子的破船葬送了。她读到,当他们载着少得可怜的收成回来时,市场却早已饱和了,充斥着来自大陆的肉类。一家家的捕鲸人开始拖儿带女搬走了。艾达的那本指南试图把这件事说出个道道儿来,但读来反而让人困惑。旅游者从来不会如作者所期望的那样,被格拉姆斯加洛夫沿海一带那种毫无生气的建筑风格所吸引。他们也不会被艾丁福教堂那素白的石墙打动，更不会为果姆顿的渔业工会动心。渔业工会的天花板上画满了水手和海洋生物，绘画技法平淡无奇，画大海用的尽是柔和的色调，跟西斯廷教堂两相对照，可谓乐观到了无可救药的地步。

风景是指望不上的，尽管它时而也会给人留下点儿印象。其他海岛度假地的海岸线会比圣好达兰的海岸线醒目一些，让隐身在海岸线中的大海突显出来，一览无余。艾达感到惊奇的是，指南中的地图只是画出个大概，因为地图上显示的整个海滩地带，在这些日子都淹没在海水的重压之下了。一座惹眼的天然礁石塔名叫格雷姆福斯特（当地人称作"巨人的灯箱"），在讲究辞藻的散文中，被描写成一处颇有名气的胜地。大海这个伐木工一直在作业，用它那波浪板斧砍削着礁石。有天晚上，谁也没有注意到，灯箱翻倒了。它碎成了一连串巨大的砾石，仿佛要窥探潮汐的温和面容。

到了陆上，群岛这地方只有靠气味难闻的泥塘和形容枯槁的林地来招徕度假者了。艾达怀疑，这些岛能不能经得起这种旅游业的兜售叫卖。总之，对于那些理应小心避开的东西，指南手册反而会大肆宣扬。

孤独。在圣好达兰，你有钱也买不到一个伙伴。

那个拿照相机的男孩，他一定是个古怪的人。那么一副与众不同的体格：苍白的皮肤紧紧绷住他的骨架，箍得他微微驼着背，像是怕羞似的，虽没说得这么难看，但肯定谈不上帅气，一副不想惹麻烦、不想引人关注的样子。

明白了。她猜想，大凡摄影师，都想让拍摄对象举止如常，就像他们和他们的照相机不在场一样。

她挺喜欢他。

她踌躇着（沿着河边小路，又小心翼翼迈了一步）。除了这个弯着身子的岛上男人，还有更多迫在眉睫的事等着她去做。比如找到不破·亨利①，她在岛上结识的首位奇怪男人。

不破·亨利。他是那种让人觉得又可怜又可笑的人，那种在公共汽车上见得到的，身边总留着唯一空座的人，因为乘客们宁肯站在过道上。她走了这一大段路，伴着渡船甲板上不时传来的抛锚声，迎着逝去的日光，大着胆子往回返，就是为了找到他。自打她身上正在发生的事开始发生以来，只有亨利提供了线索，是关于她靴子里千层袜下正在发生的怪异变形的线索。当他提供线索时，她甚至不知道那就是线索，因为时光回溯到那次夏日旅行，她还能够动动脚趾，把趾间的沙子滤出去。

风搅动着头上冷杉树的枝条。夜深人静的时候，对他给予她的线索的记忆就像是一个不住滴水的水龙头。在你止住了龙头滴水的一刹那，你才会意识到自己一直在回忆，而止住滴水这个动作，随即又让你开始在回忆中倾听。

他是在藤壶②酒馆说那线索的。那是在果姆顿的一家简陋的小酒馆里。六个月的大地被太阳烤晒得焦黄，大海却一片蔚蓝。

"你相信吗？"他说道（倒退到那时候，她是不相信的），"这儿有玻璃体，就藏在池塘里。"

夜色在森林里合拢。暗影顺着小路延伸，艾达几乎看不见，哪儿是路的边缘，哪儿又是树根的起点。半圆的月亮看起来仿佛消融在云层里。一只鸟叫出了声。树叶在蠕虫形的树干间沙沙作响，是什么在摇撼树枝？

她在黑暗中跋足前行，渴望深入黑暗，在安然无恙的小屋里，彻底淡忘所有的色彩。明天，她会再去找不破·亨利。可是，怎么才能在一片隐士居住的荒野里，找到一位隐士呢？

①　原文是 Henry Fuwa，Fuwa 是日本名，译为"不破"。——译者注
②　附着在水下船底或柱石上的贝属动物。——译者注

# 3

遇见艾达后,迈达斯游荡回他的车那儿,一路走,还一路翻看他存在照相机里的图片。那些采集光线的照片拍得棒极了,可他已经对它们完全没了兴趣。艾达的那两张照片挺糟糕。头一张,她坐在岩石上,样子看上去模模糊糊。第二张,她正留神在小路上走,样子挺不起眼,靴子笨乎乎的。到他返回艾丁福的家时,他早已删掉了她所有的照片。

圣好达兰的人口正在减少,倒还不至于一下子变成不毛之地。艾丁福是这儿为数不多的居民区之一。圣好达兰的住家一直是捕鲸人,自打(据说)疲沓不堪的圣好达兰迫使它的居民到朗格姆下水捕鲸,并得到肥美的角鲸仔尸体作为回报,这角鲸仔的肉烤熟后,让享用者不致饿死以来,他们就一直住在这里。十年前,捕鲸业的取缔终结了这一切,随着捕鲸住家的消失,海边小镇变得空空如也。山坡上修了路,路从山坡两侧的林地向山下延伸,陡直通到山下的一大片水域。岸边被指定为公园用地,却不是出于绿地的需要,而是因为时常发洪水。在河的那一边,长满树木的山坡险峻地耸立着。人们也试过在山上建房子,但都失败了。树根会往房子下的泥土里扎,把房基弄得松松垮垮,砖石和灰浆坍塌了,纷纷滚下山,溅落到河水里。

镇上有一家食品杂货店,一个鱼贩,还有几家乱糟糟的专门商店,开门关门都没个准头。因为在艾丁福,人们大都是趁集市日做生意,而且只在集市日才做生意。这儿有两座教堂,其中一座是一间刷了白石灰的简陋小房,是迈达斯妈妈在搬到"殉道者的陷阱"以前很喜欢去的,另一座是一幢石头造的礼拜堂,很有年头,号称圣好达兰教堂。

迈达斯推开他家前院的大门,一路朝房门口走去。房子是石板瓦盖成的,局促不堪。冬天毁去了大部分杂草,可他还是踢开路上的一丛荨麻,一边拍拍口袋,找他的钥匙。他径直走向厨房,在火上烧起水壶,一屁股坐到旁边的一把木头椅子上,那儿有好几把这样的椅子。桌布底色是白的,上面衬着一个个咖啡色圆环的图案。桌子的底面悬着几枚黏力钉,就像学校书桌底下黏着橡皮糖一样,很方便使用,比如,在他需要张贴照片的时候。他希望自己给艾达拍了张完美的照片。

厨房的四壁简直成了展板,贴满了黑白照片、风景照、陌生人照、亲人照。照片上,一个男人尝试骑一辆没有轮胎的自行车,一只杂种猫抱着奶瓶在喂一只小比特犬,一条船着火了,一个人在斗牛场上裸跑。在唯一那张有他本人的照片上,迈达斯正搀着妈妈,在大冷天往山上走,他的头发根根竖起,就像乌鸦的翅膀在风中摇摆。还有一张照片上也有他妈妈,就挂在他爸爸的单人照旁边。有一次,他用电脑把他们俩的照片合成到一块,让画面呈现出他们很幸福的样子。但他没法把这变成真的。

水壶在冒气,咔嗒一声,熄灭了火。他起身,找到咖啡壶,把他那只带裂璺的白杯子冲干净。接着,他到冰箱边,弯下腰,从冷藏室拿出咖啡。

丹芙在他的冰箱门上，贴了张她画的独角鲸素描。他闭上眼，长出了一口气。他要她别在这儿贴东西了，可她照做不误。很难冲她发脾气，因为她刚过七岁，又花时间给他画了一只这么漂亮的独角鲸。可是，有的时候，迈达斯会怀疑，生活是一部用潜意识信息拍成的电影。事情总是带着让人能以接受的可预见度向前推进，然后，又会被一些恐怖的童年记忆不时打断。他来到厨房，找着了咖啡壶。他打开冰箱门，拿咖啡。然后，他突然在另一台冰箱的门上，看见了他父亲自杀前的留言。那是十年或十二年前的事了。

他小心翼翼地揭去丹芙的素描。她来看过他了，是自己进来的。他但愿她在学校过得不错，希望别的女孩这天没欺负她。

他找到咖啡，用匙舀了些，放进咖啡壶，然后加上水。

跟艾达有关的什么东西抓住了他，让他走神了，不光是她的靴子、她的头发，是一种前所未有的东西……不知怎的，艾达真人的样子要比照片里她更吸引人。

老式的胶卷可以搞定这个问题。

要是他再有机会给艾达拍照，用真正的胶卷拍，他会拍一张好照片。他知道他会的。数码照片让他的天赋黯然失色。只要有机会，他会找个亮些的地方拍艾达，准备好灯、伞形反射镜和其他该有的设备。

他把过滤网插进咖啡壶。咖啡在壶里打着旋儿。

可是，她会成为一个同伴，而他正在躲避同伴。这是他打算到新年才再度做出的决定，现在就推翻它，好像挺惭愧的。十二月就在眼前了。更何况，他的心弦已不再完好，不能交出去任人弹拨了。自打他跟娜塔莎分手后（照现在看，事情过去很久了），他一直守身如玉，一个人过。偶尔下午的时候，跟丹芙和她爸爸古斯塔夫待在一起。每到晚上，就只有一部照相机陪伴着他。

照相机就在桌上，里面是蹩脚的照片。他取下镜头盖，想清洁镜头来着。镜头隐约闪烁。

他喜欢一个人的时光。

# 4

六个月前,艾达曾见到,不破·亨利在一条鹅卵石小路上,迈着大步慢跑。当时,她还不认识他,也不认识圣好达兰的任何人,还只是个喜欢在夏天晒晒太阳的游客。她只知道马上要出事了。不破·亨利的注意力都在他那珠宝盒上,没顾上抬头查看交通情况。一个骑自行车的人神气活现地从海边往山上冲,随着刹车发出的长长尖叫,他大喊了一声,车轮在卵石路上剧烈地一颠。他被这撞击甩到空中,车子哗的一声,翻倒在路上,前轮还在转。亨利摔了个后仰,惊得他倒吸了口气。他的珠宝盒飞了起来,在空中翻转着打开了。他急忙伸手去接它,可它掉到了地上,盖子彻底从连接处脱落下来,里面的东西滑进了排水沟。

艾达跳上前去,查明两人没事。亨利把他那副大眼镜推回脸上,朝他那碎了的盒子爬去。可在他够着那些散落的东西之前,在他脚边哼哼的那个骑车人扯住了他的衣领,咆哮道:"你他妈的没长眼睛呀?"

艾达想帮忙,蹲下身子从排水沟里捞东西。她用拇指和四指捡起了一小团稻草、一块绸子,还有一只不知什么品种的虫子标本。

它有一双蝴蝶似的翅膀，就像两片带花纹的蜂蜡。翅膀下是毛茸茸的身体，还有细细的触角。在炙热的夏日阳光下，它的毛皮看上去很干燥。它有个牛似的脑袋，还没她的指甲盖儿大，粉嘟嘟的口鼻扭曲成一团。两个鼻孔间有个白色的污点。它的下嘴唇上，一个疤痕清晰入微，简直不可思议。

它还有体温和心跳呢，就像只新孵出的小鸡。

她摇摇头，恢复了理智。她感受不到它的心跳了。那一定是她想象出来的。同样，她还想象出，她手指上有它温热的呼吸，它的眼窝里还有眼珠在转动。这明明是个玩具，是某种装饰物。

听到一声痛苦的叫喊，她吃了一惊，抬头望去。不破·亨利正使劲推开那个气愤的骑车人，朝她冲过来。他一把从她手里夺过那个小装饰物，攥到自己手里，一边低下他那头发又浓又粗的脑袋。他双腿在身子底下弯起来，一下跪在了鹅卵石路上。眼泪顺着他眼镜片的内侧滴下来，就像顺着窗玻璃滴落一样。骑车人一阵风似的骑着自行车走了。不破·亨利把破了的珠宝盒拼到一起，把那个装饰物放进去。他猛扯自己的胡子，呼天抢地，用两只拳头猛击路面。他的肩膀剧烈地上下抽动，脖子弯着，里面的颈椎看起来在抖动。一个过路人远远绕开他，急忙赶路去了。艾达却不知道还能做什么，只好屈膝蹲下来，把一只手放到他肩膀上。

这条路安静下来了，仅有的声响就是远远的海浪声，海鸥踮着脚尖在屋檐上的走路声，还有不破·亨利的啜泣声。他是个高个子男人，即便跪在卵石路上，仍然显得挺高的。她估计，他有四十多，快五十岁了，身上带着股湿润的泥土味，并不难闻。

艾达朝路的尽头望去，看见了一家酒馆，门口挂着招牌。藤壶酒馆，招牌上画着一只沉船。她耸了耸肩。

"好啦，"她安慰道，"好啦。你干吗不站起来？我们干吗不进去呢？我给你买杯喝的。"

"它死了。"他说。

她把胳膊塞进他的臂下，帮他站起身，然后领着他走进酒馆，就像领着个孩子。

这是一小片群岛，在大陆西北边三十英里处。当她计划来这儿的岛上过暑假时，她在渡船上订了两个位子，一个给她自己，一个给她男朋友。但来这儿的一个礼拜之前，他甩了她。所有项目都是用她的名字预订的，并且天气预报说，这里阳光灿烂，于是她还是做了这次旅行。她喜欢在旅馆的床上，把两腿叉开，伸展到床垫的两个下角，再把脚趾尖蜷起来。要是她前男友也在，她就不能这么尽情享受私密。那男孩的妈妈是传教士，爸爸是警察。她跟他第一次交谈时，兴趣点竟然是：如果你爸妈不仅掌控家务事，还管理着国家和灵魂，你该怎么过日子？她自己的爸爸曾经干过巡警和俗家传教士，她对此倒不反感。她妈妈，感谢老天，做过类似走私者的行当，这使得艾达用不着忍受那种一味顺从、令行禁止的家庭环境，而她的男友却要在这种环境中挣扎。一冲他说出个"性"字，他的脖子就缩起来，像个乌龟缩进壳里。他还会牙关紧闭，垂眉耷拉眼的。

她有点内疚地发现，她对他的惦念，还不如对与人做伴的惦念。在她旅行到过的大多数地方，她都能很快找到趣味相投的人，跟他们一聊就是好几个小时，社交成了她的一项使命。在圣好达兰，她发现，人们一个个小心翼翼、遮遮掩掩的，倒是礼貌周全，可面对生人滴水不漏。到了晚上，小镇和村子里变得一片荒芜，死一样地沉寂。不过，这儿是世上极其靠北的地方，夏天的太阳很晚才落山，即使落山后，也有余光徘徊不去。在这儿，夏日是漫长的，要靠你自己去打发。

她领着不破·亨利，走向藤壶酒馆一张靠墙角的桌子。在桌上,酒渍染得啤酒垫变了颜色。她把他安置在一张凳子上,问他想喝什么。他耸耸肩。

"喝点吧,"她说,"算我的。"

"哎……"他用手腕擦擦眼睛,"一杯杜松子酒,如果合你意的话。就一杯纯的杜松子酒,加冰。"

"你叫什么?"

"不破·亨利。"

"很高兴遇见你,不破·亨利。我叫艾达·麦克莱德。"

他在身上一件劣质毛衣上擦干眼镜片。"谢谢你的好意,艾达。"

藤壶酒馆的女店主用一只胖胳膊倚住柜台,另一只不住地比画,她在跟两个老主顾长篇大论,口齿含混不清。老主顾们坐在靠柜台的凳子上,身穿短裤和一模一样的红短袜,红短袜上绣着白色的锚。墙上挂着圣好达兰足球队各个年代的照片,依时间顺序排开。随着年代的推移,一队蓄着八字胡、戴着毡帽的绅士,慢慢换成了一伙头发直竖、龅牙咧嘴、身穿冰蓝色俱乐部球服的杂七杂八的小伙子。

自动点唱机正播放七十年代的吉他独奏曲,艾达心想,其中有些曲目听起来年代太过久远,就像苍蝇陷进了酒馆的果酱罐。破空调在柜台后呼呼地响,在这湿热的夏天,什么忙也帮不上。她的目光回到自己的这张桌子,只见不破·亨利坐着一动不动,用双手捂住脸。

主动提出来跟大街上认识的怪人一道喝酒,她想知道,前男友会对这事怎么看。

有的时候,她真希望,自己有那类不太好的嗜好,这嗜好会促使那些女孩去找那些一心只想着那事儿的浑蛋。谁都知道那种家伙,那种每天穿同一件足球服而不厌其烦的蠢货。那类家伙的电脑屏保向来都是美女模特的照片,只要它一跳出来,他们就会把手插进裤裆里。

这并不是说,这是一次浪漫的尝试。这家伙几乎跟她爸爸一般大。她喝了一大口啤酒,一边等着亨利的杜松子酒送上来。

她并不是那种女孩(尽管有时候,她看起来像)。相反,她会追逐那种纠结于他们是谁,以及该怎么抨击世事的小子。第一次引诱前男友去饭馆时,她所能做的无非是,把他从他所沉溺的幻想中拉出来,为的只是,让他开始口吐莲花地闲扯,说她是个公主,是个女神,甚至是只见鬼的美人鱼,某次他这么叫过她。

如今,他弃她而去了。他对她来说太过内向了,他说道。每说一个字,都咽一口唾沫。小傻瓜,你这样的女孩不该跟我这样的家伙混在一起。我恐怕我会耽误你的。

她把饮品拿到桌子上。不破·亨利看上去平静些了。他用衣袖擦了下鼻子。

"这么说,"她说道,"你是这一带的人?"

"离这儿几英里远。不过,我住在圣好达兰,没错。"

"那个装饰品是你做的吗?是因为这个你才伤心的?我敢打赌,你在它身上下了很大功夫。"

"不是,那是一只旧珠宝盒,是我妈妈的。"

"我说的是……盒里的那个小标本。是你做的吗?"

他嘴唇又开始打战了。

"它是一种音乐盒,对吗?多遗憾啊。我觉得它挺别致。你是怎么把翅膀贴在小牛身体上的?"

他端详了她一会儿,然后神情沮丧地耸耸肩。"我养着它。"

"你说什么?"

"可是,最不幸的事发生了。它们喜欢飞落到水上,飞到海滩上,那儿离我养它们的地方不远。要是它们有时逃走了,我准知道它们去了那儿。它们是冲着海盐,或是海洋地带的什么东西去的。它们非常轻,你知道,轻到可以站在水面上,就好比这只果蝇在你的啤酒里漂荡。"

这虫子正动用它全部六条腿,在她喝的啤酒上方泡沫里打转。一看见它,她刹那间走神了,忘了她的疑心。

"可是昨天……涨潮了。浅滩上有海蜇。盒里的这只小牛落到水面上,我说什么来着,它们喜欢这样……"他用两手挠了挠头发,脸色煞白地盯着他的杜松子酒。

她捞出果蝇,把它抹到啤酒垫上。

他又开口了。"有毒针……它被蜇着了……人被海蜇袭击了,也总活不过来,一只长着飞蛾翅膀的小牛还有什么生机呢?沿海边往下走,有家诊所,是专门救治海蜇的受害者的,我最后只能求助于那里。本来我得跟他们解释所有的事情,但是……"

他不太熟练地啜了一口杜松子酒,双唇一抿,把它咽了下去。

她不知道该认定他是在说谎(企图打动她),还是恰恰在发疯。自动点唱机播放的最后一曲,是一首乏味而缠绵的爱情歌曲。她呷着啤酒。"我料想它,这只……翅膀薄如蝉翼的小牛……是世上绝无仅有的一只?"

"不止呢。已知有六十一只存活。所有的都由我关着。抱歉……现在只剩六十只了。"

"这事……不可思议。"

她知道,他能看出她不相信他。他郁闷地耸耸肩:"它们吃喝拉撒,再自寻死路,跟万事万物没啥两样。"

"而你是这世上唯一了解它们的人?"

"它们是我的秘密。"他灌了一大口杜松子酒,往下咽的时候,使劲眨了眨眼。他这表情说明,酒精正顺着喉咙往下走。她想知道的是,他上次喝酒是什么时候,又好奇,他是不是完全喝醉了。

他趴到桌上，就像她在爸爸警察局牢房里看见过的流浪汉一样一脸天真样。

"你相信吗？森林里有种动物，会把它所看到的一切都变成纯白色？"

她叹口气："不。我不相信。"

他往后靠去，挠了挠胡子。然后，他试着又探过身来。"你相信吗，这一带有玻璃体，就藏在池塘里？"

"不。首先你有一头黑发，还有健康的肤色。"

"我不明白那是啥意思……啊，且慢，我并没说它看见我了。"

她发怵地注视着他的眼，看他喝光了酒。他用一只手按住前额，摇动一下手指。"你给我买了双份的酒……"

"它是种什么动物？"

"你能料到，它浑身都是白的，除了它的脑袋后面，这部位它自己看不见。"

在他喝光他的酒这段时间里，艾达喝掉了她那一小瓶啤酒当中的三指那么多。

"什么色？"

"白的。"

"它脑袋后面什么色？"

"蓝的。"

她甜甜地笑了。"你靠什么过活，亨利？"

"我太忙了，我干的是……"他猛地住了口，看样子突然变清醒了，"当然，你以为我是个怪人。"

"不是这么回事……"

他站起身，扒拉着他的钱包，把很多硬币堆到桌上，是他那杯杜松子酒的钱。

"说好我请客的。"她说。

他走出酒馆。过了片刻,她对自己感到泄气,就留下硬币,小跑着去追他。可是,躁动的大街上再也找不见他了。白色的海鸥在啄食炸鱼和薯条的碎屑、裹在炸鱼上面的面包屑,以及泡沫塑料盘子。有那么一会儿,她感觉,它们当中最白的那个长着白色的眼睛。但这只不过是光线耍的把戏罢了。

# 5

从飞机上看下去,圣好达兰群岛的三个主要岛屿,样子就像受到重击倒下的一只双眼又圆又突的昆虫。它的胸部是果姆岛,岛上全是沼泽和树林茂密的丘陵。颈部是一条天然水沟,水沟上架起多座拱桥,海水顺着水沟冲来,通向眼睛部位。眼睛指的是伦登多尔岛上那座高耸而沉寂的伦登多尔石山,(据当地人推测)正是它的喷发才导致了圣好达兰的最初生成。它的腿是山石嶙峋的六条支脉,它们从果姆岛的西南海岸伸展开来,引领海水流向各支脉之间的沙土质山坳。翅膀指的是北边几座被风侵蚀的荒凉花岗岩小岛。尾棘是指东部镰形的费里岛,而意趣盎然的小镇格拉姆斯加洛夫,就像流到尾巴尖上的一滴毒液。

令格拉姆斯加洛夫引以为傲的是,它拥有圣好达兰唯一的飞机场,不过,大多数飞机只是在飞往大陆时经过这里,便飞向了其他降落地。在果姆岛的北部,一个圈了围墙、与公众隔离的所在便是恩格姆,它是本地富豪赫克托·史泰罗斯的私人财产。"殉道者的陷阱"建在伦登多尔石山的脚下,是个适合老年人居住的小镇。在礼拜天的下午,石山的阴影会罩住镇上的建筑和街道。一对对的老夫妇步履迟缓地走出养老院,遛弯儿,或是静静地坐在风景如画的墓园里。与此两相对照的是,果姆顿招徕着年轻人和夜猫子们。在它的沿海一带,成千上万的灯火熠熠闪烁,从狂乱闪动的吃角子老虎机和自动唱片机,到刺破夜空的车头照明灯。两家简陋不堪的夜总会竖着招牌,打起了对台。招牌在灯火的映射下直插云霄。

在果姆顿的后面,蓦地,就到森林的边上了。在夜里,每当派对常客们在寻找沿海地带的途中迷了路,若是偶然撞到森林的边缘,他们就会马上清醒过来。同样,在幽暗的岛内公路上开车时,若是穿过森林,便会发觉汽车的发动机太吵了。他们会关掉车里的立体声音响,止住聊天。森林感觉就像个沉睡的怪物,走过那儿的时候,不妨蹑手蹑脚。

艾丁福盘踞在森林的腹地。这里,树叶和枯树枝在街上吹拂。一离开小镇,道路就消失了,就仿佛筑路者禁不住诱惑,偏离了原本的路径。艾丁福的河严格来说是一道海峡,属于果姆岛和费里岛的分界线。艾丁福便坐落在河上最狭窄的一个部位。在这里,一座老石桥凌跃水上,正如本地传说所称的,圣好达兰本身是从一个大陆块搬到另一个大陆块的,搬运者是一群麻雀,有眉有眼地说是一百零一只。

在艾丁福,在岛上的凯瑟琳花店,门铃响了。迈达斯推开门,走进店来。

古斯塔夫抹去嘴上的一块蛋黄酱,抬头望去。他脸色红润,长着一头红发,可他的发际正在消散。对一个刚过三十岁的男人来说,这速度未免快了些。在他的桌上,一支取食签扎住了肥厚的双层三明治。三片全麦面包,几片熏肉火腿,半罐蛋黄酱。迈达斯透过花粉味,还能闻见这味道。

"早啊。"他擦擦眼睛说。

"真该死，"古斯塔夫咽了一大口吃的，"你还好吧?"

迈达斯头发竖着，两眼垂着眼袋。他的整个身体感觉快要虚脱了。"睡得不好。"

古斯塔夫给三明治裹上些箔纸，又在一块旧的花束包装纸上揩了揩手。

"怎么了? 你得感冒了吗? 丹芙就感冒了。我估计，她到周末就得离校了。"

古斯塔夫把他那片擦手纸嘎嘎揉成一团，往垃圾箱扔去。纸扔过了头，消失在一片浓郁的海冬青丛中。这海冬青顶部，仍是华丽的青葱。

"该死。"

他从桌后爬出来，一头扎进海冬青丛里，找那团垃圾。

他找着了，把它扔进垃圾箱，拍拍手，绕过桌子，走回原处。

"你能不能告诉我，出什么事了? 你喝醉酒了? 夜里睡得好吗?"

迈达斯拨弄着一朵百合花。"我跟你说过了。我睡不着。"

古斯塔夫拉开一个抽屉，拖出他们送货用的剪贴板。"不过，还出了别的什么事，对吧?"

迈达斯迟疑着要不要说，可他们是长年的好朋友了。

"有个女孩。"

古斯塔夫丢下书写板。"再说一遍?"

"我昨天遇见个女孩，她——"

"迈达斯! 太好了! 我还暗自担心——"

迈达斯摆摆手："没什么，你知道……并不是一次浪漫的邂逅。我也不是为了那个才提起这事的。只不过……"古斯塔夫兴奋地咧嘴笑了。

"……只不过她有点不同寻常吧。"

"一定是什么要命的东西，让迈达斯·科鲁克整夜醒着。"

"她穿了什么靴子，有花瓶那么大。"他拍拍花瓶，是蓝色的高花瓶。

"这么说，她是大高个？"

"说的就是，她差不多跟我一般高。又瘦，瘦到简直有病。"

古斯塔夫不明白了："她不是那种从大陆来的好穿奇装异服赶时髦的姑娘……"

"不是。我想不是。她从大陆来，可她没穿奇装异服，除了靴子。古斯塔夫，你对病症有了解吗，脚上的病？"

他不了解，可他还是给他举出了一系列病名：阿喀琉斯之踵，脚癣，灰指甲。没一种像是艾达得的那种病。

两人忙起了花店的生意。迈达斯开车，往小镇四处送了一些花束，整段时间一直惦记着艾达。中午刚过，他就回店了，抖落外衣上的雨水珠。古斯塔夫坐在桌边，在打电话，一只手放在红扑扑的脑门上。门铃响了，他沮丧地抬头一看。

"是，好的，"他对着电话另一端的人说，"稍后再会。"

他"当"的一声放下电话，憋住气鼓起两颊。他又叹口气，用两手往后捋了捋稀稀拉拉的头发。

"你礼拜六干吗呀，迈达斯？"

"你想让我加班吗？"

"不是。我岳母刚才来电话。她找到几只凯瑟琳装东西的旧盒子，问我想不想要一只。"

"凯瑟琳的妈妈不想要啦？"

他耸耸肩："她不想看见它们，还说她也许会扔了它们。我告诉她，我乐意拿点儿。"

"星期六你要去大陆吗？"

"是。"

"你想要我照看丹芙吗?"

他点点头:"如果交通顺畅,只要照看一个早上就行了。我不想带她跟我一块去。真该死,我会眼泪稀里哗啦的。"

虽然事情已过去了三年,但那些场景仍然近在咫尺。他想起自己坐在古斯塔夫的车里,捧着塑料保温杯,杯里的咖啡冷了。他想起空降部队医护人员身上的绿底迷彩服。

显然,古斯塔夫也陷入了回忆。过了一会儿,他强撑着,让自己从椅子里起身,晃晃悠悠地走向位于店后面的水龙头。他拧开水龙头。水汩汩流进一个喷壶。

当时是什么情形呢?只不过在八年前,那个炎热的日子,迈达斯做男傧相,他的衣领掖进了汗湿的脖子里,他把玩着盒子里的婚戒——要是放进他口袋里,这东西是很容易丢的。他注视着,那个烦人的婚礼摄影师把一切都摆弄得不对劲,然后……他被卷入了云里雾里,凯瑟琳穿一身洁白的婚纱,看上去多美啊。

他从小时候起,就跟古斯塔夫是朋友。那时,他们分住同一条街的两边。古斯塔夫一直是个肥肥胖胖、没什么抱负的孩子,对足球贴画比对写作业更感兴趣。可他比迈达斯大几岁,这使他成了迈达斯的一个非常珍贵的朋友,因为在运动场上,被人称作科鲁克的迈达斯可是个不受欢迎的怪人。无数次,这个又高大又年长的男孩凭借他的绝对身高和块头,替迈达斯省下了午饭钱,还让他免挨其他孩子打,免受皮肉之苦。甚至,当古斯塔夫离开学校(利用他最早的一次机会),为生计而工作了,他仍会在下班之后赶来,在回家的路上关照迈达斯,很有见识地跟这个比他小的男孩讲足球联赛的事。对这个话题,迈达斯从来没听懂过。作为报答,迈达斯一直充当古斯塔夫的声音接收板,心无旁骛地听他那些浪漫的哀叹,听他那些忧郁的论调,说他遭人淘汰,说他在二十岁的小小年纪陷入了危机。

然后,古斯塔夫恋爱了。迈达斯担心过,这会导致他们友情的终结,但是相反,它反而带来了他年轻生命中的第二段友情。凯瑟琳光彩照人,雄心勃勃,是小镇花店的新店主。离开学校后,古斯塔夫在一家新闻通讯社干了五年,这固然没能为他配备广博的植物学知识,但由于其他求职者对此也一窍不通,他还是成功地在花店谋到了差事。在卷曲的白星海芋和鲜艳的北极罂粟花丛中度过了两年时光后,凯瑟琳慢慢地、但又确定无疑地爱上了古斯塔夫,她爱他,就像他在两人共处的第一刻就爱上她一样。丹芙几乎是立马就降临了,一个幸福的意外。凯瑟琳一发现自己怀了孕,他们就很快结婚了。在一段不长的时间里,他们的家一直是迈达斯在圣好达兰所能想到的最温暖、最受欢迎的去处。

　　古斯塔夫在拾弄一束酒椰。"我会打电话回来,尽量让你在下午脱身,好为这个简短的通告做点补偿。要是我回来迟了,我这会儿提前道歉了。你知道,凯瑟琳的妈妈有多唠叨。"

　　"你用不着让我下午脱身。我喜欢照看丹芙。你知道我会帮忙的。"

　　他们并排站着,一时无语。迈达斯记得,他们是怎样并排站在凯瑟琳的遗体上方。当时,那位女警察坚持让他们说出来,而他们脸上那种纯粹的表情其实足够说明问题了。是的,古斯塔夫声音嘶哑地说,就是她。

　　古斯塔夫清清嗓子,关掉水龙头。"听着,我跟你说,可别跟你这位新女朋友搞砸了。"

　　"可……她不是什么女朋友。我昨天才遇见她。她让我记住了,是因为她的靴子。这跟魅力什么的无关。要是说她有什么特别之处的话,那就是柔弱,一碰就碎。"

　　古斯塔夫扬了扬眉毛。迈达斯脸红了。他原本无意说贬损人的话。

门铃响了,有位顾客走了进来。

迈达斯的五脏六腑都抽紧了。一滴水从水龙头溅落到喷壶里。

艾达,头发因为淋了雨而贴在头上,走进了花店。她手拿一把白雨伞,伞被风刮得内外掉了个儿,外罩一件长及膝盖的外套,内着一件黑色羊毛衫。她用一只手擦干鼻头和脸颊,另一只手撑住她那手杖的柄。

"下午好,"古斯塔夫说,"我能帮……"他语塞了,因为他看见了她的靴子,"……你吗,想要点什么?"

她脸红了。"我来这儿,是想见迈达斯。"她用手往后指指门口,"我认出了牌子上的名字,凯瑟琳的花店。嘿,迈达斯。你跟我说你在这儿工作,你还记得吧?"

古斯塔夫用两只手猛敲桌子,把身子坐得笔直。"很好,太好了。哇。你们俩,你们俩在干吗?喝杯咖啡,或喝点什么?"

接下来,大家都沉默了。有那么一刻,阳光破云而出,洒到外面的街上,伴随着静静下落的雨,在建筑物发出的湿漉漉的亮光映照下,甚至更显明亮了。

"我来只是……"艾达咕哝道,"只是,你知道的,"她挺直身子,"好吧。你们俩都忙。迈达斯在工作。"她冲迈达斯挥挥手。

"嘿。"他说。

"其实,"古斯塔夫说,"我刚给他放了一下午假。"

阳光消失不见了。

"迈达斯,"艾达说,"你愿意……你愿意出去喝杯咖啡吗?"

她最终喝了柠檬汁,而迈达斯喝了一杯美式咖啡。是在一家咖啡馆,窗子朝上开,窗玻璃雾气腾腾,柜台上放着部黑白电视机,嘟嘟囔囔响个不停。从花店到咖啡馆的短短一段路,他们就被淋得湿透了(艾达一路蹒跚,走得慢极了)。他们坐下来时,他的裤腿湿乎乎地粘在大腿上。这是艾丁福一家典型的咖啡馆,铺着带花纹的地毯和塑料桌布。本地一位艺术家画的水彩画,并没有把小镇描绘成由下沉的砖瓦建筑压成的凹坑——对此,迈达斯有照片为证——而是描绘成一座石头城堡,在不可思议的光线下泛着桃红色。是艺术家眼睛的构造跟他的不一样吗?他清了清一只盐罐,又挡住一只胡椒粉罐,不让它从桌上掉下去,然后,身子往后坐定,在大多数时间里让艾达说。他玩味着窗格上的光线和雨伞反射的水光。然后,她在座位上换了个坐姿,好舒服些,迈达斯觉得,她的靴子在桌子底下拂过了他的鞋子。这轻触让他抖了一下,仿佛夜里听到砰的一声撞击。他把两腿往回摆,紧贴在椅子底下,眯紧了眼睛。

当他又睁开眼时,她正吸吮柠檬汁,还一边好奇地注视着他。他极力让自己停止打量她。她眼睛下方的眼袋呈暗色,像是淤伤。皮肤很薄,血管往外突出,像是预先粘上去的。不过,尽管她看上去很显病态,他还是渴望给她拍张照片,以便放大后仔细端详。

"那你在这住多久了?"

"一辈子。"迈达斯含糊地说,低头看看桌子。他好奇的是,她是不是认为,他本应该更喜欢冒险一些,"你怎么样?你打哪儿来?"

"我四处旅行,去了很多地方。我住在我妈妈朋友的小屋,就在艾丁福的野外。他去大陆了,要待几星期才回来。"

"你是来度假的吗?"

她摇摇头。"我来这儿是找人的,找我在岛上遇见过的一个人。只不过,我一无所获,找不下去了。"她用一根黑吸管搅动柠檬汁。果汁表面浮起了气泡,水汽中冰块相互碰撞,叮当作响。

"我妈妈的朋友卡尔——我就是住他的小屋——据他说,这岛上的圈子很小，很多人都是亲戚：你简直可以问任何人有关其他任何人的事。你认为这是真的吗？"

"不。你会了解到，他们是怎么看待彼此的事的……"

"这难道不是一回事吗？卡尔不知道我会看见哪些地方，这是肯定的。"

这位卡尔是对的。这一带确实是这样。迈达斯知道岛上有三个卡尔，他但愿，他们谁也不是艾达的朋友。"卡尔干什么营生？"

"他是个教授，教古典文学的。"

迈达斯皱起了面孔。他爸爸就是个教古典文学的教授。

"可他并不像你以为的那么乏味。他非常随和。他跟考古学家合作搞研究，四处旅行。我十几岁的时候，帮他做过一个项目，当时，我爸妈是想丢开我一两个星期。我做过大量的潜水运动。那是我的专业。最近，他在伦登多尔的堤道那儿干活。我可以想象得到，那儿的活需要经常潜水。"

他琢磨了一下这段人物描述。听起来恐怕是老生常谈，可这攀谈就像是漫长的马拉松赛跑，你无论如何都得加紧跟进。尤其是跟像这位一样的稀客畅谈。"你……喜欢潜水？"

"我小时候得过奖牌呢。说实话……它可是那种难为人的活动，现在我是这么觉得的……我又带了张照片给你看。"

她打开她的包，取出一张带折痕的彩色照片。照片上的她装备着潜水用具，竖起双手的大拇指，戴着一张霓虹粉色的潜水通气管面罩，露齿而笑。在背景中，大海是一片令人不可思议的蔚蓝。他从没见过这样的大海。即便在夏天，岛上的海水仍是诡秘、混沌而灰暗的。

"是在地中海拍的，"她解释道，"靠近西班牙海岸。"

"噢。"想象那时候的她（皮肤被西班牙炙热的骄阳晒成茶褐色，在金色沙滩上留下脚印，酣畅淋漓地放声大笑，身上只穿一件霓虹粉色比基尼），简直和她现在的气质完全不同。他尽量专注于当下，她那简朴的着装意识，她那优雅而单调的肤色。"我……我……觉得，你现在不能潜水了吧？因为你脚上的病。"

她摇摇头。柜台上，黑白电视没了接收信号，发出像鞭抽一样噼啪噼啪的声音。她显然不喜欢谈她的脚，可这是他可以想到的让谈话进行下去的所有谈资。他偶尔啜一口咖啡，又会为发出的吧嗒声而难堪。电视接收搞定了。一位新闻主播正读着一份有关赫克托·史泰罗斯名下公司股值攀升的财经报道。此人名声不太好，在圣好达兰被人称作"香水男人"，因为香水是他积聚财富的方式。

"说起来，"她说，一边推着吸管绕杯子转，"我正找的那个人……他爸爸是日本人。这岛上不会有很多日本名字的。他叫不破·亨利。"

迈达斯看着她那热切的、着迷的表情，这样他就可以说点什么了。

"怎么说？你听说过他吗？他长了一头黑发，浓密的黑胡子，身材瘦长，戴一副大大的眼镜。"

迈达斯垂下头。电视新闻报道转入了天气部分。在岛上有限的服务性电视节目中，天气预报仍是用云彩卡片图样，贴到一张地图招贴画上。他闭上眼，记起在本地电视上见过不破·亨利，是几年前一个潮湿的下午见到的。不破·亨利蹲在河边，穿件格子衬衫，戴顶扁扁的宽边帽。衣着和脏污程度都像是个淘金的勘探者，做派又仿佛是只河堤上的田鼠。他对电视镜头怒目而视，他的名字从屏幕下方一闪而过。迈达斯于是记起，有一张花束标签上写了几个日本字，是花店里的一份白兰花订单。待送货。他记得，他在拿到这标签时，手像遭到电击一样抖个不停。标签左边是日本语的登记名，右边是不破·亨利先生要求的送货地址。

花束是送到迈达斯妈妈那儿的。

"说呀,你听说过吗?"

他快速地摇摇头。

"果然不出所料,我想,没人听说过他。我在果姆顿见过他,可他说,他就住在几英里以外。我在果姆顿不走运,所以我想,艾丁福会是我下一个最佳赌注地点。"

"我不认为他住这儿。"

她叹口气。"有什么建议吗?"

"也许住乡下。"

"整个这一带都是乡下!"

迈达斯喘了几口气,又整个儿地恢复了镇定,抬起头看过去,"对于……对于大陆来的人而言,这儿或许看起来像是乡下,可我从来,嗯,不觉得艾丁福是乡下。它是个小镇。乡下有上百个僻静角落,村舍就零零星星躲藏在角落里。"

"可你没法开车到达每一幢村舍……"

"你甚至也没法在地图上全部找着它们……"

"好吧,"她拿手指敲敲桌子,"我没什么好接着做的了。我有他的名字,还有他的气味。"他没要她进一步说明,可她说了。

"是泥炭味儿。"

迈达斯吸了吸鼻子,从中呼出一口气。她说得轻描淡写,但这话让他想起了什么……那是他孩提时代包袱打开后散发出的气息。是时候了,他对自己说,喝完你的这杯咖啡,再也不见这个女孩了。

"好了,"她吹了口气,"本次调查到此结束。跟我说说你吧。你跟你的家人一定住得很近吧?"

"不是,"他擦擦额头,欣喜于谈话转移了话题,"怎么了?你为什么这样问?"

"如果你一辈子都住在艾丁福，你在这儿一定有强大的根基。"

"怎么说呢……"事实是，有时候在夜里，他醒着躺在床上，每每自问，为什么从没搬走过？他通常会得出结论，他是个胆小鬼，这一点太像他爸爸了。不过偶尔，他也会认为，搬走才是胆小鬼做的事。凯瑟琳去世后，他爸爸去世后，他原本可以离开这儿的，可纽带仍然在。古斯塔夫和丹芙还在这儿。他妈妈还在这儿……

"我想，"他加着小心说，"是有根基吧。"

"家里人呢？"

"我妈妈住在'殉道者的陷阱'附近。那地方离这儿不算远。可我不怎么去看她。"

艾达挑了挑眉毛。

他喝了一口咖啡。

"我眉毛上挑，意思是让你接着说。"

"噢，对不起。好吧，说白了吧，她不太关心我，我也不太关心她。最好互不干涉。"

"那太糟了。你怎么能说得这么直白？"

"因为我是个坦白的人。我们曾经比现在更靠近过……可她如今活在她自己的天地。要是你见了她……那就像透过动物园的显示屏观察动物一样。有的时候，她会一脸茫然地注视着你。其他时候，她会在屋子里来回踱步，或是坐在她那把该死的椅子里消磨时光。"

他害怕去想，当妈妈这么坐着的时候，她脑子里发生了什么事。你从她那空洞的眼神和无声开合的嘴唇可以看出，她在重新勾勒她的生活呢。

艾达平视着他。"你爸爸怎么样？"

他鼻子哼了哼。

"说下去。他怎么样？你去看他吗？他去看她吗？"

他摇摇头。

"那他如今在哪儿?"

即便在那束花带给他不愉快的回忆之后,他仍发现自己笑了,这意味着,他乐于道出下面这句话。他并不认为自己相信人死后还有生命,可他愿意为他爸爸展开一点想象,"他在某个很热的地方,那种热他永远也习惯不了。"

# 6

在一张凹陷的手掌大小的苔藓吊床上，在绿皮树枝之间，有只长着蛾子翅膀的小牛摇摇摆摆，正在沉睡。它合拢起两只纸一样薄的翅膀，跪在它这张临时床的阴冷枝条上，不知不觉睡着了。在它的周围，沼泽朝四面八方延伸，直到天际。还有斑斑点点闪着光的泥炭，赭色的草，曲曲弯弯的树干，它们一起，组成了低矮的拱道。在它们的阴影下，癞蛤蟆有的独坐着，有的相互趴到背上叠罗汉，它们的喉咙一动一动的，像是粉色的球。冬天的太阳没法给任何生物带来温暖。热量源自肥沃多汁的土壤，以及秽臭的气泡的偶尔爆裂。

有只癞蛤蟆呱呱叫着，消失在一个混浊的水坑里。小牛被溅起的水花打醒了，抬起头，试着动动翅膀。翅膀呼呼扇动，像一本接受了墨渍测试的活页簿。随后，它摆动身下的双腿，飞了起来。它在树间轻轻掠过，又急转闪躲，避开飞来飞去、低沉鸣叫的反吐丽蝇以及滑翔中的蚊子。

它就这样飞了一会儿，直到鸥鸟的叫声刺破这一片嗡嗡声。被水藻打磨得圆滑的石头块块竖起，就像底儿朝天的船只一样，阻断了风景,把沼泽地变成了一个岩石成堆和小溪流水的地界。小牛在其中一块花岗岩的顶部歇下脚,在光线下扑扇着翅膀,在一个转角处拍拍水。接着,它又往前飞去。空气中掺入了海水的气味。前面不远处,陆地陡然下沉,海水朝它直冲过来。沿着峭壁的顶部,有个身着防水布裤子、脚穿惠灵顿长筒靴的男人正往家走。

有时候,他会跟人介绍自己是不破先生,他在日本家乡时就叫这名字,不过,要是他打算结识新的熟人,亨利这个简单的名字用起来更方便些。由于结识人这种事很少会有,跟名字相关的一切事务就都成了多余。同样多余的还有,剃须刀和刮胡膏、头发刷、熨衣服的熨斗以及除体臭的除臭剂。这些东西全都不用,并不意味着他低能或心不在焉。他的眼镜就保存得完好无缺,因为他工作的方式需要进行一丝不苟、细致入微的观察。在极少的情况下,当他结识了个熟人,那个人的面孔会烙在他的心眼里,一烙就是好几个月。

那只长着蛾子翅膀的小牛从他身边飞过。

起初,他简直难以置信。他用两手拍拍脑袋,注视着它来回地飞。"你在干吗?"他叫道,一边本能地伸出手去。它落在他手掌上,轻得就像制作模型的轻木一样。它面无表情地盯着他,伸展一下翅膀,又合拢起来,遮住了它背上那块小小的蓝色印迹。

这些日子,尽管他早晚都要把锁查了又查,它们却无休无止地逃出去。当沼泽地的烈风刮掉了屋顶的一片瓦,或是天长日久弄松了一块砂浆,便形成了极小的缺口。有了这个,它们逃跑就万事俱备了,于是,它们逃脱了。近来,它们变本加厉,飞到野外的危险地带。这危险或来自海里零星的海蜇,或来自好奇心很重的癞蛤蟆、有毒的蝰蛇、沼泽地里的蝙蝠。

不远的地方,在沼泽里的一块扁平岩上,矗立着他的小屋。他有个花园、一小方块湿地,周围有篱笆,断明了它们的归属。花园里、湿地上，紧贴地皮生长着许多花，开出一簇簇的白花。在花园的尽头，是一个用旧石板瓦搭顶的窝棚，这就是他的牲口圈了。

往远处眺望，他能看见，地平线上有个隆起的鼓包，那就是高高耸立的伦登多尔石山，位于伦登多尔岛的最西头。地质学家们说，它在史前时期曾是座火山，喷出的岩浆催生了岛屿，火山灰转变成了土地。

变形也发生在圣好达兰的岩石身上。在采石场，风化了的巨形卵石放得东一个西一个，显示它们的内部变成了石英，或是祖露出一度被禁锢的化石内核。海水啃咬着海岸线，一年年重塑着它。在凹陷处，在缝隙里，各种没有被记录在册的变形正发生着……

亨利在花园的石子小路上慢慢走，下大雨的时候，这条石路可以当作垫脚石。他打开牲口圈的门锁，扭动门闩，但并没马上打开门。那只长着蛾子翅膀的小牛跟随他回了家，于是他又把手掌伸给它，发出低沉的喉音，好让它安逸下来。它无动于衷地降落，他用另一只手罩在它上方，能感到它翅膀在鼓动，身子在顶撞他的手掌。他溜进圈里，踢一脚身后的圈门，好把它关上。

在这儿，喂牛吃的剩菜里散发出一股鸡食味儿。另外还有一个充当临时气闸的门。他倒退着往里走，总算完全进到牲口圈里面了。一盏装了电池的灯在一角亮着，照亮了许多鸟笼状的东西。这些东西或堆叠在墙边，或从天花板垂挂下来，像是活动雕塑一样。飞虫用它们当栖枝和卧榻，不过，它们这会儿却空空如也，因为飞虫们全都飞着。

它们在空中飞旋，就像大风刮起的一团树叶。六十只棕的、灰的、淡黄的物体绕着牲口圈打旋儿，翅膀散发出乳白的、绚烂的光。亨利把他又逮住的那只小牛抛向空中，让它加入牛群当中。它翅膀嗡嗡响，回身冲着门飞去，用身子敲打木门，反复敲打。每当小牛们需要他帮忙时，他就会露出笑容。他朝牛群的方向轻轻挥打它,它朝上猛地一飞,就消失在牛群中,不见了。亨利坐上一把三条腿的凳子,凳子在他身下嘎吱作响。在地上,成群的小牛可以一动不动地站上好几个小时,就像田里常见的耕牛那么驯服。可是,在空中,它们却为飞行的本领兴奋不已,而且,它们的动作可谓千变万化。你开始看出规律了,而此时你已经着迷很久了,你的思绪飘飘欲飞。你会觉得,打从小时候起,你就这么一直坐着,面对着牲口们赞叹不已(也许,到现在,你已经持续做这事做得太久了)。

他摘下眼镜,折起来,放在膝上。同时,他身子往后,靠到圈墙上,舒了一口气,闭上眼,倾听飞牛们的翅膀声,嗡嗡,沙沙。

由始至终,他只对一个人信任到能对之袒露蛾翅小牛秘密的程度。他能描述出那女孩的面容,她是偶然探得这秘密的。她就是艾达·麦克莱德。

那次,她正赶上他摔碎了珠宝盒,进而放松了警惕。她拖着他去了藤壶酒馆。有时候,他会因她而烦恼,担心她会把事情告诉谁。他但愿自己没有气冲冲地走出藤壶酒馆。在他看来,她难免会满世界地当众饶舌,对朋友们讲她在假日遇见的那个怪人的趣闻。要是她对那只蛾翅小牛信以为真,那她就是怪人了。而她要是怪人,她大概就不会把这事讲给他们听了。他常常祷告,但愿她能保守秘密,但愿不管她在哪儿,她都能领悟到,那只脆弱的小牛是真实存在的,而且,不该被人发现行踪。

# 7

小艾达·麦克莱德。

卡尔·茅尔森跟她相处的时间再短不过了。那以后，他就离开了圣好达兰，就像有一场暴风雨把他刮走了一样。他使劲把剪报塞进他那装得满满的手提箱里。他高声大气地和她说再见，并给了她一个熊抱，并注意到她走路用手杖，以及靴子（没时间对此品评了，出租车在路上按喇叭），把小屋钥匙放到她那柔软的小手里，就钻进出租车，疾驶而去了。

在整个这段时间里，一股恼人的恐慌情绪控制了他，起因是，他看到她独自一个人。作为一个骄傲地塑造自我命运的男人，每当有什么事把他推出规定轨道时，他都会觉得可耻。让一个男人脱离轨道，用不着什么悲剧或战争，只要有一个回忆就够了。

他额头冒汗了。他的心突突直跳，他的脸颊有刺痛感，是因为他拥抱艾达时，她的头发拂过他的脸时引发了静电吧。他笑了，坦然好奇于自己身体的这种非典型表现，他的身体在四十八年里只有过一次这种表现，是为了另一个女人。这会儿，裤腿粘到了出租车的皮座上，他终于意识到，他忘了装备好自己的沉着镇静。他那会儿曾经拥她入怀,她的体态就像弗蕾亚·麦克莱德那样纤弱。

出租车在林地的枝枝丫丫之下急驶。他注视着车外树枝结成的网络,试图管住自己的思绪。出租车驶出了林地,驶下一座山坡,朝着凌驾在果姆岛和费里岛之间海峡上的老石桥开过去。桥下,波涛湍急,滚滚向前,朝着广阔的大海奔涌而去。

出租车的行驶路线划破了费里岛上的一大片沼泽地,其中的水池里满是没冻结实的冰,芦苇长得又高又粗,就像小树一样。沼气的气味透进了紧闭的车窗。他看着自己的拳头捶打膝盖。

艾达长大了,模样恰像弗蕾亚。他好奇的是,都说女人会成为她们的妈妈那样,这说的仅仅是纯粹的模仿本领吗?还有,一个女孩真能变成她妈妈的样子吗?女人会空出她的少女时代,把它留给女儿,就像传给她一件衣服一样吗?通过这种方式,男人能拥有第二次机会,去得到一个女孩吗?他猛击他的腿,好让它停止颤抖。他的想法从没这么异想天开过,以为弗蕾亚·麦克莱德仍然在世。他知道这是个荒谬的命题,就极力把它从头脑中抹去。可它在整个旅程中不断露出苗头。道路绕着南海岸的沼泽地画弧线,距离格拉姆斯加洛夫镇越来越近,最终与镇上的码头相接了。

在渡船上,他想着弗蕾亚。登上大陆,在长途汽车里,他想着弗蕾亚。在旅馆的前厅,等拿钥匙时,他想着弗蕾亚。

这天早上,他去了大陆的大学,他要到那儿演讲。事后,邀请他前来的教授们招待他喝酒吃饭,然后,就各自返回了他们的书房,留下他要找到路回长途汽车站。这会儿,他正在大路旁的汽车站候车,路上的车水马龙掀起一阵风,他不禁皱了皱鼻头。他看见,他坐的汽车驶来了,他订了返回港口的车票,再从港口坐船到圣好达兰。车停下,车门颤颤巍巍地打开了。司机打着领带,穿件黄色衣领的衬衫,俯看着卡尔。等了一会儿,司机转了转眼珠,问道:"你现在上车吗?"

卡尔想到,艾达留在他的小屋里。那种昨天伏击过他的感觉,是关于他臂弯里的她如何带回了他跟她妈妈共度的时光的感觉,伴随着连锁旅馆、公共汽车站、演讲厅和测试麦克风开了又关、闪着绿光的防火梯标志等等乏味的体验,已经变得有点淡了。可它并没有消失,在他内心的某处可以挖掘到它。在重新见到她之前,他需要让自己打起精神来。

汽车的门关上了,只是,当车子开动时,司机冲他竖了竖中指。

卡尔横穿马路。一辆货车对着他按喇叭,并掉转了车头,这才没撞到他。来到马路的另一边,他坐到汽车站旁边的人行道上,等候往南开的汽车,继续深入大陆。

他是在吃午饭时第一次生出这个念头的。当时,陪他吃饭的那位文学教授喋喋不休地谈论什么罗曼蒂克。他低声附和了他的观点,一边咀嚼着他点的那块大火候的油炸鸡肉。他从不想对着无聊的大学生们胡言乱语,也无意被素有怪癖的教授们奉为偶像来崇拜。他站在演讲礼堂里,扫视着一百来位等待灌输的大学生们那茫然不知所措的眼神。他的演讲一度卡壳了。他没法思考古典文学了。他只想着弗蕾亚。

可当他试图勾勒她的模样时,他却想到了她的墓碑,还有位于墓碑下六英尺处的骨灰盒。他必须想着艾达那张生机勃勃、吐气如兰的脸,才能替换掉它们。

往南开的汽车到站了,卡尔冲到车的后部,坐到一个没多大空当放腿的座位上,旁边是一位持长期通勤票的乘客,穿着件黄卡其布的军用防水短上衣,他的便携式电脑既刺眼又发热,令卡尔不胜其烦。他表明了自己的不适,一边伸开双腿,一边竖起胳膊肘。

上次给艾达写信时,他用弗蕾亚的闺名称呼了她。艾达·英格玛逊,卡尔全部的爱。当信从狭槽掉进邮政信箱的那一刻,他意识到,自己弄错了。此后,他好几次试图阻止信被寄走,但都没成功。信当然寄走了，艾达对此不置可否。在这事过后差不多一年之后，从他见她时的表情就能看出来，他仍然没有忘记弗蕾亚。

他曾拥有过怎样的爱情啊，可他以为这爱情已经死去很久了，只留下悔恨和一颗像块干肉似的心。可当他一看见艾达完全长大了，这颗心便浸润了，又跳起来了。这是他那不死之爱的镜像，一时让他感到愉悦。可是没多久，他们关系的社会特征便回来了。小女孩的时候，她叫过他叔叔。当然，他真不该让自己认识她。他原不该跟她妈妈保持联系。就好像你可以骤然终结爱，只因你的爱人在教堂跟别人签了婚约。

车窗外，郊区和小镇一个接一个。随后，出现了精耕细作的农田、耕地，还有放牧着花母牛的牧场。夜晚来临了，交通变得拥挤。他们的车穿过一座塔楼林立的城市，塔楼的窗户透出昏黄的灯光。那么多的电话电缆、电线和天线，建筑物看上去如同缚在网中。坐他旁边的那个人打起了呼噜，一条口水从他嘴里奔拉到领带结上。

卡尔在一个小镇下了车，镇上的建筑充满了社会主义风格。远处山峦和一座发电站给小镇投下一片阴云，罩住了街道。双头的路灯杆高高矗立在街角。街道护栏上贴着各种呆板乏味的签条，上面胡乱涂抹，色彩低俗不堪。他找了能找到的看上去最好的一家旅馆，人家至少是尽了心的（哪怕是心有余力不足），在门厅铺了块俗艳的红地毯，前厅挂了顶塑料做的枝形吊灯。一个打工的大学生，打了个晃晃悠悠的蝴蝶领结，递给他一把房间钥匙。他从楼梯上到四层，活动活动他那在汽车上快要麻木的腿。他把包扔进房，就又锁上门，径直顺原路走出，来到街上，不顾他的肚子已经咕咕叫了。

他一路大步走着，来到了墓地。他但愿有家花店在晚上这钟点还开着门，这样，他就能给弗蕾亚留一束她最爱的金色鸢尾花了。在墓地，他从一位凭吊者身边走过，看到那人正在爱抚一块纪念碑基座。他在墓碑中穿行，来到了一块白色石碑前，那上面刻着一个生疏的名字，其中只有一半是她的名：弗蕾亚·麦克莱德。

查尔斯·麦克莱德那个浑蛋竟然从没告诉卡尔，弗蕾亚的脊椎顶端长了个瘤子，甚至从未向他通告过她的死讯。这表明，查尔斯对他心存恶意，这恶意甚至比查尔斯与这个女人的合法关系更伤他的心，比他想象着他们两人时常同床共枕更折磨人，更伤人。

蹲在墓碑旁，用拳头捂住嘴，他感到疑惑不解，他所见到的那个女孩，他交付家门钥匙的那个女孩，为何身上没有查尔斯的一丝痕迹。她太像她妈妈了，像风华正茂时的妈妈，她可以当她妈妈的姐妹了。把她抱在怀里，感觉就像……就像他总是想象抱住弗蕾亚一样。

如果他早知道弗蕾亚快要死了，一定会来到她床边，抱住她，不管查尔斯·麦克莱德和全世界其他所有人会怎么想。

上次来这墓地的时候（大概是三年前吧），他是那么忧心如焚，以至第二天发现，他指甲裂开了，手指被咬出了淤伤。他真的想过，把她从地下挖出来。他已经被剥夺了在她病床边和她葬礼上应有的位置，他决不相信他的希望已经破灭。他长期怀着一个高傲的信念，查尔斯有朝一日会乱了阵脚，而弗蕾亚会离开他。尽管随着身体的衰老，这信念不断遭到侵蚀，他仍守住这个信念，相信他终将跟她共度良宵，她的身体与他的在一起，她的气息透进他张开的双唇。

三年前，墓碑多干净啊，比现在干净多了。他想拂去上面新落的灰尘，但仅有的恐惧止住了他。不是恐惧自己最终会被人抓住，而是害怕会亵渎她。他没这样做，而是返回了他在圣好达兰的小屋。

如今，她的墓地没了花。查尔斯应该照应她的墓，可他们两人是有过摩擦的：查尔斯不喜欢也看不起弗蕾亚，叫她婊子，据说这么叫过。卡尔要是见到这无赖这么叫她,准会拧断他的脖子。起码艾达是明白事理的。从艾达信上对他所说的可以看出,艾达觉得她爸爸是个自私的乡巴佬。她也许不像卡尔那么鄙视他,但卡尔非常欣慰地得知,自己跟艾达的相互关系,要好过她跟生她的那个笨蛋的关系。

她从头到脚都像她妈妈。他俯下身,亲吻了下墓碑。

# 8

　　树叶成群结对在艾丁福的低地公园里流转,散落在泥泞的草地和铺着沥青的小路上。一个孩子正坐在婴儿车里,当树叶从她身边涌过时,她试图去抓它们。她使劲撕扯着身上的缚带,手指在空气中胡乱抓着,发出阵阵尖叫。树叶还在涌动,穿过公园后面水道的两岸,绕着华丽的钟塔底部转圈。最后,它们堆积到一堵树篱边。树篱前,是一位坐在长椅上的老妇人。树叶爬到她身上,附到她的披肩上,她不禁动容了。

　　迈达斯仔细端详着钟塔。太阳已经落山,把天空划分成了黄色围墙和宝蓝色天花板。知更鸟在光秃秃的树枝间飞来飞去。鸭子在水面游去又游回,不时把鸭嘴伸到翅膀下。一艘褪了色的、摇摇欲坠的小轮船在风中吱吱作响。

　　他想知道,艾达还会不会露面,因为她迟到了。他们商量好了,要弄点鱼和薯条来吃,于是,他下了班直接过来了,离开大街上的花店,顶着风,一路走过卵石路,来到公园里空旷的草地上。他又起双臂,两脚不住地交替跺着。即便里面穿了两件套头衫和三件 T 恤衫,他的破外套仍然不能为他保暖。他被鱼和薯条扰得心神不宁。昨天，他们离开咖啡馆的时候，艾达建议两人再见次面，一块吃顿饭。他从没尝试过在艾丁福下馆子或泡酒吧，所以当她问他提议去哪儿吃时，他能记起的唯一去处就是薯条店，大概六七年前他去过那儿。她说，那原本不是她打算去的地方，但又坚持认为，要是他提议去，那就去试试看吧。

令他感到吃惊的是，他已告诉她，不能帮她找到不破·亨利，她竟然还想再跟他见面。在咖啡馆，当她说出亨利的名字时，他的本能反应是，甩甩头，丢开有关那束花的回忆。可是后来，到了晚上，当他烧开水灌暖水瓶时，他觉得自己不够诚实，有种背叛了她的感觉。

回忆就好比印在头脑里的照片。他所认同的做法是，拿出其中一些跟世人分享，而把其他的锁在密闭的相册里。然而，当他往暖水瓶的橡皮瓶嘴里灌冒着热气的水时，某种起伏不定的情绪不禁令他发起抖来，以致把滚烫的水溅到了他手上。是某条法律开始起作用了吗？是某个权力机构要求他，把他有关不破的记忆作为证词提交给她吗？他没睡好觉，就在床上坐起来，瘦骨铮铮的膝盖缩成一团，紧贴住胸腔。阵阵惊悸之余，他不敢关灯。

这会儿，在公园里，是的，他记得不破·亨利这名字，他真的不知该怎么告诉她，同时又不让她生气自己没早点告诉她。

一个流浪汉进入了他的视野，在钟塔的另一边蹒跚走着，手里拿着个厚纸袋，里面装着蓝色的苹果酒瓶子。有人在流浪汉身后慢慢走着。流浪汉懒洋洋地坐到一张长椅上，这时候，迈达斯看见，他身后那个人正是艾达。只不过，她的步履有点不一样了。她扔掉了她那根步行手杖，换上了一根粗矮的木头拐杖。

她在公园的那一边冲着他微笑，这时候他知道，他会忍住不说的。应对起伏不定的情绪，总要好过面对她的恼怒。他的喉头动了一下，仿佛决意要把这内疚感吞下去似的。她顺着水边朝他走近,仍戴着他以前见她戴的白帽子,穿着以前穿的长及膝盖的外衣。她的脸色和眼神是那么苍白,近乎是单色调的,这又一次打动了他。寒冷把万物都变得极具清晰度,她也不例外。他想摘掉镜头盖,给她拍照片,就在此时此地。

"一个惬意的下午。"她一边说,一边抬头看看天。

"是啊。"他说,并打定主意对她把手杖换成拐杖不予置评。

"你看来冻着了,抱歉我来迟了。"

"你没来迟。"

她看看大钟。"我来迟了,真的,很抱歉。对于这个样子,我还是觉得安排好时间挺难的。"她指指靴子,"我还担心,你会以为我不来了。你不冷吗?迈达斯,你的外衣上有个洞!"

"我里面穿了两件套头衫呢。"

"可你不冷吗?"

"有一点儿。"

"好吧。那我们就去弄鱼和薯条吧。"

他点点头,做热情状,跟在她身边慢慢走出公园,过一条马路,来到薯条店。

门上挂着个木头做的鱼。蓝漆门上,裂痕斑斑,鸟粪点点。油脂和面糊的气味飘到人行道上。进了门,这气味就更浓烈了,空气热烘烘的,密不透风。蓝色的墙上砌着瓷砖,跟游泳池似的,上面是画着鲨鱼和章鱼图案的壁画。店伙头戴白帽,脸庞红彤彤的,正把薯条铲进树脂做成的盘子里,把鱼浸到咝咝响的油锅里。

迈达斯用手指着一幅绿色调的图片,上面是特色小吃炸鱼饼。之前她问他这家薯条店有何特别之处,他便以炸鱼饼为例。这时,一位面带微笑的顾客正好从柜台离开,他拿着一袋没封口的炸鱼饼,外加薯条,炸鱼上面的面包屑被醋泡软了。一个瘦瘦的、穿皮夹克和黑色高领衫的男人朝柜台走来,把一把伞放到柜台上。他冲脸蛋红扑扑的女招待眨了眨眼。

"双份炸鱼饼加薯条。"他带着浓重的鼻音说。

"加盐和醋吗?"

"多加盐。"

女招待往他的薯条上撒了盐。迈达斯转头冲艾达说:"要是我说这家的炸鱼饼在六年前要好吃很多,你可别失望呀。"突然间,他对自己选择了这种食物局促不安起来。可她看起来很高兴,还请他给她点炸鱼饼,她自己则坐到一把白色塑料椅上,挨着窗口的一张小桌子。

他走过来,拿着两包东西,是用不透油纸包的,软软的。她问道:"你觉得它们能热乎多久啊?"

"是刚出油锅的。"

她笑了:"我们把吃的带回我的住处好吗?"

"嗯……"

她小心翼翼地站起来,拍了拍他的肚子。她手指碰到了他的肚子,却像漱口药水似的堵住了他的喉咙,让他说不出话来。尽管他认为,他该礼貌地回绝她的提议。天哪,他还不怎么认识她呢。

她却不依不饶:"你能开车带我吗?"

他看着她那热切的脸,心里做起了父亲测试:扪心自问,你爸爸在这种情况下会怎么做,你一定要按照跟他截然相反的方式去做。

他们走出店,来到冷飕飕的街上。那个离开公园的流浪汉正蜷缩在一个小巷口,手里还拿着那只装满苹果酒瓶子的纸袋。迈达斯听见他的牙齿咯咯打战。他朝他的车走去,他现在才意识到,他把车停在一个泥水坑里了。她弯低身子,加着小心,坐到车里的客座上。夜色很快降临。不一会儿,他们就驶过了黑沉沉的乡间。路上再没别的车了。

"薯条闻起来不错。"

"噢。"

她大笑起来："你舌头真的捆住了，是吧？"

他脸红了："想必吧。"

夜色中，树枝飞快地掠过车窗。下雨了。车子摇摇晃晃驶过一个坑，艾达缩起身子，不自觉地抓紧了膝盖。迈达斯极力想看清楚道路。针叶松在风中摇摆，雨下个不停。

"你也许过于斟酌你的用语了，也过于在意你说话的方式了。"

他皱了皱眉头。她发表起看法来，未免太不加考虑了。"可能吧。"

片刻沉默后，她用手指着一条窄窄的车道。他转入这条道，车头灯扫射过一幢低矮的平房，平房外，还有一个附属外屋。

黑暗中，树木相互拍打。冷冷的雨，近乎是雨夹雪，打在刚下车的他们的头上、肩膀上。

艾达深呼吸一口，"到了。这就是寒舍。"

蓝色的前门上挂着块马蹄铁。窗台上摆放着几个带裂璺的花盆，里面的植物已经枯死。一滴冰冷的雨掉进迈达斯眼里。艾达拾级来到门前，手里紧攥着钥匙，却没动，并不把它插进锁孔。她盯着这木头门。

"这装饰风格相当能说明问题。卡尔对此真的不感兴趣。可想而知，什么是中年学者。"

他想到了他爸爸。她打开门，摁动一个灯的开关。

一条宽过道通往几级木楼梯和两扇门，一个是厨房门，另一个是起居室门。起居室里有张沙发，显然，她一直在那上面睡觉。他好奇的是，她怎么不上楼，睡到卧室去，是不是有了沙发床，起居室就成了她的卧室。照这么说，他算是来到她的卧室了。天哪，他还没准备好应对此类情形呢。

一只书架上，堆放着几个相框以及书籍，书的作者有相当一些是他记得的，他在他爸爸的书房里见过：维吉尔①、普林尼②、奥维德③。这些名字就像是黑色魔咒的咒语。他掉头，背对着它们。在一角，整洁有序地堆放着举重器械，还有一副旧的蓝色拳击手套。窗户对面的墙上，挂着一小张梵高自画像，耳朵上缠着绷带的那张。沙发床上，盖着一张海蓝底色配银灰斑点的床罩。

艾达坐到床上，开始解她的靴子带。迈达斯尽力不让自己看上去对此过于感兴趣。她褪下靴子，把它们小心放到床边的地毯上。在靴子里面，她穿了好多层厚袜子。

"一定很辛苦吧。"他看着她那垫了衬垫的脚，说道，"在水下。"

她蹙了下眉头："此话怎讲？"

"我是说潜水，你说过，你经常跟卡尔·茅尔森一块潜水。"

"不，不。我给卡尔打工的时候，这……事还没进行呢。"

"噢。"

"对。"

"潜水是最近的事？"

她点点头。

两人各自看着自己的膝头。

"迈达斯？"

"什么事？"

"我不想聊潜水。"

"抱歉。"

她耸耸肩，双手合击了一下，"那好吧，我们吃炸鱼饼吧。"

---

① Virgil，古罗马诗人，公元前70—公元前19年。——译者注
② Pliny "the Elder"，Gaius Plinius Secundus，老普林尼，公元23—79年，罗马学者。——译者注
③ Ovid，古罗马诗人，以其对爱的研究，尤其是《爱的艺术》（公元1年）和《变形记》（公元7年）而闻名。——译者注

迈达斯走进厨房找盘子。他解开几捆油乎乎的瓷器，把盘子拿回起居室。他坐进一把扶手椅里，是带弹簧的那种，样式笨笨的。

艾达打开一扇窗，好把薯条的油气放出去。他们吃的时候，有什么鸟在树上叫着。

"外面是猫头鹰在叫。"迈达斯说。

"是啊。我听见过它们叫。是有天夜里睡不着的时候听见的。"

"我们应该出去，逮一只来。"

她看上去挺吃惊："你爱干那事？"

"是啊。"

她若有所思地咀嚼着，吃完了一口，揩揩嘴。"小的时候，我经常下到海滩上，趁着月光寻找海豚。别以为我会躲避猫头鹰的注视。可是现在……我很难走夜路了。"

"我们不会走很远。"

"对不起，"她红着脸说，"对不起，迈达斯。我太怕摔跤了。"

他感到意外。他见识过她无论任何事情都信心超群，而这骤然的角色逆转，让她的样子看上去，有那么一刹那，变小了，简直就是个孩子。

屋里越来越冷了。艾达关上窗，把暖气的温度调高了一些。他让迈达斯从冰箱里拿来一瓶白葡萄酒，绿色的瓶颈上，一下子变得湿漉漉的。

"你冰箱里放了很多瓶酒。"

她笑了。"是卡尔的酒。不过，你知道，他跟我说，让我随便喝。"

她把酒结结实实放到沙发床旁的一张边桌上，再放上两个玻璃杯，然后，拿起一个开瓶钻。她挥着开瓶钻，就像挥动一把刀。

"他对我真的很好，这么多年一直是。是那种叔叔辈的人。"

"你们实际上有亲缘关系吗？"

"没有。我妈妈老早就认识他了，"她把开瓶钻刺进软木瓶塞，心不在焉地转动，"那就是他，就是那张带相框的剪影。"

在书架的一头，放着个小小的相框，里面框着一篇发黄的报纸专栏文章。迈达斯站起身，把它从书架上取下。标题是"本地两人组赢得了不亚于大陆团体的声名"，文章底部是一张有着颗粒纹理的照片。照片上的两人身穿簇新的制服，头一个人毫无疑问是茅尔森，身形周正，笑容灿烂，头发银灰色。

"狗屁。"迈达斯说，手紧紧抓住相框。

艾达抬头望去，不禁心惊。软木瓶塞碎了，掉进酒瓶里，悬浮在酒上。

只见他踉跄着走向扶手椅，颓然向后仰倒在椅子里。

"迈达斯，出什么事了？"

他急剧地摇头。她眯起眼，而他却看着她。他想到，他是如何隐瞒了对不破·亨利所了解的情况，但却受不了掩饰刚才这件事。他把相框递给她。

"看看这人名。"

她浏览着文章，然后瞟着照片上的人。

"这是你吗？"

"是我父亲。"

"你也叫这名字？"

"没错。"

她放下照片。"你不知道这事，对吧？"

他摇摇头："我是说，我知道这个团体，可并不知道卡尔·茅尔森。"

"那么……这是个好消息！你说你不太了解你父亲。卡尔或许能帮你忙。"

"我可不想翻出我父亲的更多事。这么多年过去了，又看见他有张新照片……"

她不说话了。他拿不准，像她这样的大陆人，能不能明白这里混乱的生活状态。流言蜚语对人的束缚强过电视机。爱管闲事的邻居会打探出秘密，就像乌鸦找到腐肉一样。比这更糟的是（因为对他人，你可以视而不见），这地方会把令人讨厌的细节重新翻出来。他本希望，死亡已经把他父亲变成了灰尘，父亲葬礼上的牧师也是这么说的。或许，圣好达兰的土层太薄了吧。"天哪，"他冲口而出，"这岛啊！他们竟能如此乱伦！"

"你为什么不搬走？"她柔柔地问，就像他一直在考虑这事似的。

"是因为……"他鼓了鼓腮帮子，"搬走并不能让发生过的事烟消云散。我必须得……克服它才行。"

她缓缓点头，"究竟发生了什么事？"

他指着报上的剪影，"要是你去查《回声报》的档案，你或许会发现，过去十年间，出过两三次尽人皆知的事件。生活是如此困乏……悲惨的事一经发生，就会产生深远的影响。你只要在街上走，就会有人认出，你就是报上说的那个可怜的私生子。更有甚者——既然可充当谈资的只有这一件事——你被描摹的一些样子会是丑陋不堪。以讹传讹。"

艾达小心翼翼地措辞："有什么不好的事发生了，在你身上？"

"我朋友淹死了。在这之前，我父亲自杀了。还出了别的事……"

"真是不幸。我很抱歉，迈达斯。"

他弱弱地冲她笑。"我没事。只有第一件事这会儿仍是个问题。"

"我是说，很抱歉我总是多嘴，不住地闲扯，说这地方人人都知道别人的事。"她看着手里翡翠绿的酒瓶,"同样抱歉的是,我把瓶塞捅进了瓶里。"

他冲她笑了,"没关系。我们可以把它拽出来。"

在厨房(他父亲同事的厨房),他找着一个滤茶器。酒从瓶里汩汩流出,从滤茶器的过滤网筛过。

"干杯。"艾达一边递给他酒杯,一边爱怜地看着他,说道。

# 9

一个宁静的夏日晚上,迈达斯的爸爸从椅子上翻下来,扭动着身子,倒在书房地板上。迈达斯的妈妈发现了他,就打电话叫了救护车。救护车不一会儿到了,载上他,奔向医院。他在那儿住了三天。各项检查表明,他心脏下方异常增大,没机会治愈了。

"今后几星期,甚至几个月,他还会感觉不错,"医生语气平淡地说,拇指不住按动一支圆珠笔的按钮,"然后,他极有可能再次发病,情形就跟刚刚这次发作一样,甚至更糟。终有一天,他的身体再不能恢复完全的控制力。他会丧失知觉,被感染的身体部位会失去运动机能。我们希望,这情形主要是出现在不要命的部位,可是你要明白,如果它扩散到主动脉或消化系统,我们就无能为力了。"

医生把圆珠笔在手指间转动,然后举到嘴唇边,再用它轻敲下巴。

"要是他跟病魔斗争,"过了一会儿,迈达斯的妈妈说,两手紧握在一起,"要是他斗争的时间够长,要是他抗住了。"

医生咬着他的笔。

后来(就在他爸爸往冰箱上贴便条的那天),迈达斯从学校逃学了。那是一所挺大的学校,来自圣好达兰各处的孩子们每天被公共汽车载到这里上学。可他既不能适应,也不能隐姓埋名。当其他学生一块睡觉,或在运动场边吸食大麻时,他却坐在图书馆,读着大部头的摄影书籍。老师以预防偷窃为名,禁止他用照相机,可在那天的课间,他却梦想着他姑妈买给他的新变焦镜头。它放在家里,还装在光闪闪的包装盒里。他一直渴望跟什么人说说它,可这儿没人愿意听。学校下了大雨,雨降落到屋顶,把其他孩子赶到了室内。这雨却把弗雷蒂·克莱尔带到了图书馆。

“嘿,科鲁克。”他悄悄走到迈达斯对面的椅子边,说道。他的星形鲷鱼徽章贴在脖子上,被雨水浸湿了。

“嘿,弗雷蒂。”

“看这个,科鲁克。”他打开运动上衣,有个银白色的东西在他口袋里闪了一下。它看起来像是一个勺柄。

“是什么,弗雷蒂?”

弗雷蒂鬼鬼祟祟地四处观望了一下,就从口袋里拿出了它。是一把弹簧刀,刀刃折进刀柄里。“就像《教父》里的那把刀,科鲁克。你喜欢吗?”

“真是个好东西。”

“一点没错。你这会儿身上带钱了吗?”

“没带。”

弗雷蒂磨磨牙,“别傻了,科鲁克。当个傻孩子会让你遇到麻烦的。别忘了,我可知道你住哪儿。”

迈达斯注视着弗雷蒂玩弄那把刀。他的大拇指和另三根手指上都贴着橡皮膏。见不到图书管理员,其他孩子虽然注意到了他们的事,却坚决把脸埋进书本里。

“我没钱,弗雷蒂。”

"你当然没钱。"他笑着，把刀刃从刀柄拉出来。

"我……我没说谎。"

"你当然没说谎，就像在《教父》里，科鲁克。"

有人为迈达斯解围了。一个图书管理员从古代史藏书区域后面现身了。她瞧见了弗雷蒂的刀，看上去吓坏了，嘴巴一张一合的，不住用手摆弄着她羊毛衫的纽扣。

弗雷蒂叹口气，把刀折回刀柄里，"没事，小姐，我在给科鲁克看我的新玩具。"

他从椅子里滑下来，神情沮丧地看着那把刀。雨敲打着图书馆的窗。

"可我猜，你是打算没收它，是吧？小姐？"

他把它交出来给她。她一把夺过去。

"哇！"她大惊小怪地说，"感谢老天，你们男孩子在这方面还算有责任心！"

弗雷蒂笑逐颜开："当然，小姐。你了解，我做事光明正大。"

图书管理员用拇指和四指捏住刀，仿佛它会弄脏她似的。"你明白吗，我不得不把这件违反校规的事进行上报？"

弗雷蒂友好地耸耸肩。"就照你的本分去做吧，小姐。"

他把手塞进口袋，看看图书馆的大钟。

"你猜怎么着？课间快要结束了。时间飞逝啊，不是吗，科鲁克？放学后见。"

迈达斯和图书管理员注视着他溜溜达达地走了。学校的铃声响起。

迈达斯躲在图书馆的厕所里，直到上课。然后，他逃学了，把夹克的领子竖起来，溜出了学校。风雨太大了，他只得顶风冒雨，一路回家。到家时，他全身湿透了。他高叫了一声，想看看他爸爸在不在家，可没人回答。然后，煮咖啡的时候，他看见，冰箱门上钉着张便条：

在修车厂。……抱歉弄得很乱。

M.

迈达斯丢下咖啡，又穿上他那件湿透了的夹克。他走出后门，小跑着穿过院子，沿小巷走到头，来到街上的修车厂大楼。雨斜着落下，又因风而助长了势头。

霓虹灯照亮了修车厂大门的一圈边缘。雨砰砰打在金属的门上，跟窗户上的雨声交相呼应。迈达斯踩着水花走过来，使劲拉开门，拉开一点缝，就急忙闪了进去。

他父亲正站在折梯上。他是个脸色苍白的男人，留着胡子，身穿毛线衫和一条时髦的裤子，正用牙撕扯一根绳带。他是在往一面墙上钉塑料垃圾袋。他后背高高隆起，显得很紧张，即便在折梯上也一目了然。

"你在干吗？"迈达斯问道。

他父亲吃惊之余，差点儿从折梯上摔下来。他用一只手捂住胸口。"上帝，迈达斯，你把我的魂吓出来了。"他急忙下了折梯，猛踢一脚，合上一个箱子。箱子里放了一件不知什么工具，是I形的，有个黑柄。迈达斯还没看几眼，说不出它是什么，可他还是注意到，在箱子里，它的旁边放着一个包，里面装着一些很小的金属圆柱体。

他父亲把手放到臀上，"你来这儿干吗？你本该在学校啊。"

"我逃学了。"

"噢……迈达斯！"他步履沉重地走过来，上下打量他儿子，"你要是不把自己弄干，会得肺炎的。你挑了个恶劣的天气逃学。我们走吧，给你找条毛巾去。"

"你在拿这些塑料垃圾袋干吗?"

他父亲的目光越过他的肩膀,注视着墙上和地上的黑色袋子,"那些东西?好了……我们去给你找条毛巾好吗?"

他关上修车厂的灯。迈达斯打开门,两人一路飞跑着回家。他们从后门一跃而进。

"毛巾,毛巾……"他父亲喃喃自语。

"我可以给你找一条。"迈达斯说。

"我正给你找呢。给你。"他递给迈达斯一块洗碗布,"现在说说吧。你可不能就这么从学校跑出来。"

迈达斯用洗碗布擦着头发。

"他们会担心你的。"

"他们不会惦记我。"

"哦,他们会的,迈达斯。像这样的机构是不会失职的。事到如今,他们会动用警察的,我敢肯定。"

电话响了。迈达斯的父亲用食指和拇指捋着胡子。

"可能是他们打来的,"他说,"打电话通知我,你离校了。接电话。"他走进门厅,从墙上拿起电话,"科鲁克家。接听的是科鲁克先生。我能帮你什么?是,是,恐怕是的。跟我在一起,是的。哦,我会的。嗯,日安。"他稳稳放下电话,叹道,"穿上你的鞋。我开车送你回去。"

"我本来就穿着鞋呢。"

"哦,那走吧。车停在路边。我刚才用车库来着。"

"你拿那些塑料垃圾袋干吗用?"

他翻着口袋,找车钥匙,却又停住手,去开门,把手指放在门把手上说,"别担心,迈达斯。你今天下午就可以把它们拆下来。"

"可你这是——"

"迈达斯,请!"他打开门。雨落下来,拍到他的脸上,"仁慈的主啊,你会以为这世界发洪水了。"

他们抬起头,望着天上的乌云。

"我不想回学校。要是我回去了,弗雷蒂·克莱尔要么痛打我一顿,要么会把我刺死的。这要视他能不能拿回他的刀而定。"

"是吗?"他爸爸低声说,一边注视着水坑里的水像羽毛似的飞溅起来。

"我说真的呢,"迈达斯说,"弗雷蒂就是这样的人。他是个疯子。"

"那好,上车吧。要是你乐意,带上一个提桶,好在途中帮我们舀水。"他自顾自地咔咔笑着。迈达斯跟着他在雨里穿行,手里还拿着那块洗碗布,随即爬进了副驾驶座。他父亲正准备用钥匙给车点火,又半途停下来。

"要是我不反对的话,你妈妈原本要让你上星期日学校①。你信吗?"他往后靠到车座上。

"是我帮了你的忙,没让你上。教条主义地信奉一位唯一的神,这可不适合我儿子。不,我儿子完全清楚万神殿②的象征意义——为数众多的统治力不可思议地同生共存。难道不是吗,迈达斯?"

要是弗雷蒂拿回了刀,会不会飞快地刺穿,或是拖拖拉拉地进行? 慢慢地折磨人,一次来一个口子……

"你知道吗,迈达斯,我很高兴,我们今天下午偶然相互有了认识。"父亲用手指轻拍方向盘,钥匙仍挂在发动器上,没转动。"这次有关星期日学校的聊天,还有这场下在热天的倾盆大雨,让我打消了洪水泛滥的念头。"

---

① 又称主日学校,指星期日对儿童进行宗教教育的学校。——译者注
② 古希腊、罗马供奉众神的庙堂。——译者注

雨水在挡风玻璃上乱溅。

他父亲开始聊起了停泊在山顶的方舟、雪白的鸽子和浮在海上的淹死了的乌鸦。迈达斯迷失在担忧的情绪中。后来,他意识到,他爸爸已经不说了。他的指关节放在方向盘上,显得很苍白。他的眼镜滑下来,压住了鼻子。那正是父亲兴奋起来的样子。他父亲从未对什么事兴致很高或兴高采烈过,不过有一次,他曾经激动兴奋过很长时间。

有只黑鸟在大雨的冲击之下,落在车子的发动机顶盖上,摇摆了几下,便跳到柏油碎石路面上,跌跌绊绊地朝另一个方向走掉了。

迈达斯的父亲拍拍手。"用船,迈达斯!一个做事的好办法。比拿塑料垃圾袋瞎搞要好。"

"那些塑料垃圾袋是干吗用的?"

"一件蠢事。用船,迈达斯!上帝,你可启发了我。"

他一下子打着了车的点火装置,"带你回学校吧。"

迈达斯耷拉下脑袋。他回到学校,正赶上两节连续的数学课。他手里拿着块湿抹布,这是他表明自己逃学的唯一展品。

# 10

迈达斯醒来时,头感到刺痛,身上关节僵硬。他在艾达房间的扶手椅里睡着了,房间里漆黑一片。他们聊了些比较轻松的话题,书籍(他们发现他读的书只有她的二十分之一)、新闻(他对此全无接触)和电影(他告诉她,他对电影应付不来:他乐于研究每一个相框,就像他想研究每一张照片一样,可这样做让他头昏脑涨)。终于,倦意向他们袭来。他们就原地坐着,沉沉睡去了。

他们没关窗帘,这时候,窗外的世界隐隐可见到一层蓝色,就像从潜水艇里往外望一样。床那边,传来温柔的呼吸声。迈达斯嘴巴发干,仍然残留着白葡萄酒的味道。他往后一靠,试图再睡会儿,可睡不着了。他伸手打开灯,柔和的橘色光一下填满了整个房间。一只蝙蝠顺着墙往上爬,好躲开这光。艾达躺在床上,她那张银灰点的毯子折了过来,被压到了她身下。她的两脚伸到了床外。他头脑昏沉地盯着它们看了一会儿。她嘟嘟曦曦说着什么,时而转一下头,可她的两脚却一动不动。即便是攥紧了拳头,并保护性地把拳头移到胸口,她的脚趾仍然静止,就像石头一样。

夜间时光似乎滋长了他的好奇心,就像月亮让潮汐涨起一样。

他的照相机就放在椅边的小背包里。他取出照相机，取下镜头盖，接着他意识到，自己这是想干什么，就又把它盖上了。他把照相机放在床旁的边桌上，拒绝看它。

照相机看似清白无辜，可因为艾达睡在床上，它也显出一种怪诞的格格不入，仿佛它是个同谋犯。他握住照相机的挂带，感到那粗糙的编织纹路擦过他的指尖。长久以来，他一直把照相机看成是他身体的延伸，就像别人可能这样看待一部轮椅或一副眼镜一样。一想到可以独立拍摄，他就会肩膀发紧，脚趾发冷。没了它的引导，他会变得盲目。看着艾达那一动不动的双脚，他觉得没了照相机，自己恐怕没有勇气去研究它们。

当他站起身，他的膝盖咔嗒响了一声。他蹑手蹑脚走到床脚。

艾达最外层的袜子是乳白色的。他回头看了一眼照相机，黯淡的塑料镜头盖遮住了镜头。他的手指抽动了一下。他稳住呼吸，然后轻轻把一只大拇指放到艾达的大脚趾上。她没察觉。她的脚出人意料地凉，也就是说，摸上去感觉跟触摸其他人的不一样。她均匀地呼吸着，嘴唇张开，嘴角挂着一滴口水。他轻轻按压。她的袜子很软，可她的脚趾硬得像钻石一样。

他立即把大拇指抽回来，迈步从床边往回走。一定是白葡萄酒把他搞晕了。他摸到的感觉不像是脚趾啊。

他回到扶手椅那儿，抱起他的照相机。不一会儿，他便愉快地相信，是他自己欺骗了自己。

相信了这一点，他感到百分之九十九的快乐。

他把照相机的挂带套到头上，就又回到了床脚，深呼吸一口，便把她的大脚趾夹到自己的四指和拇指之间。他挤压着它，直到他再不能否认，它是那么的又冰又硬。而她肯定是感觉不到的。她在睡梦中呓语。他把他的冷手塞进口袋里。天花板上，那只蝙蝠正爬来爬去，从灯光的光弧里进进出出。

他伸手去够艾达袜子的顶端,并轻轻把它握成一团。然后,他朝她脚踝的方向卷起袜子。她咕哝着什么,而他虽然冷死了,但是还是让手指留在原位。她静静地、深深地沉入了梦乡。他向下褪着袜子,一直褪到她脚踝上方距离脚几公分的位置。

他凝视着。

一直凝视着。

袜子整个剥掉了。

她的脚趾纯粹是玻璃的。光滑、清澈、亮闪闪的玻璃。光芒闪烁的月牙形镶嵌在每一个趾甲边缘、每一个脚趾关节的皱褶处。从她的脚趾缝望去,床单上的银灰斑点弥漫成一片闪着光泽的水汽。她的脚后跟也是玻璃的,不过要暗一些,逐渐变得不那么透明了,直到在脚踝处与皮肤相接:皮肤与常人无异,肉质,不再闪光。可是……那几英寸的过渡甚至比她那纯粹的玻璃脚趾更让他吃惊。骨骼现形了,在脚后跟内部,是模模糊糊的,到靠近了没变成玻璃的脚踝处,就变成纯白色的,清晰可见,并一路被半透明的、厚实分层的红色韧带遮挡。在她脚背的曲线中,一束束血管仿佛被缚住一样悬浮着,看起来就像盘旋的大理石雕刻画。在玻璃中,有些地方的化石还不完善,这儿有一个针眼儿大小的洞,那儿有一丝细细的金黄色汗毛。

她还在沉沉睡着。

他的手指一点点朝着照相机的按钮挪动。

拍够了照片,他站了一会儿,手里握着她那褪下来的袜子。他试图把袜子再穿回她脚上,可当他把它拉到她脚踝位置时,她在睡梦中喘息了一下,于是,他就住手不动了。他没弄醒她,可他没法把袜子穿回去了。他把袜子蜷曲着留在她的脚趾上,回到扶手椅那儿,小心筹划着要溜走。她在某一刻会醒来,察觉她袜子的情形,并显而易见地得出结论。他静静叹了口气。他仍然有点微醉,而且非常疲倦。她脚的样子滞留在他头脑中，感觉就像是对一个梦的记忆，一个他想要去除的梦的记忆。

伴随着耳边的嘻哈音乐，艾达有节奏地跑着。她的左边，赫然耸立着混凝土和玻璃做成的庞然大物：办公楼和住宅楼。楼里的洗衣房以及悬挂的洗衣篮把单调的大楼点缀得多姿多彩。她的右边，在船只和浮标的下方，城市的河流正辛勤奔忙。前方，有一座桥横跨在蜂蜜色的河水上，承载着成百上千的步行者，车水马龙当中，不时有喇叭声鸣响。太阳把每一面汽车挡风玻璃都变成了一块不透明的橘色图板。

她在桥下慢跑，脚步在桥梁下激起回声。桥梁上满是涂鸦和潮水的痕迹。这回声并不均衡，因为她没法保持稳定的步伐。她的右脚每一次踏上人行道，都会有什么锐利的东西直钻进她的脚趾。她一直试着不理睬它，并且已经停下来好几次，以便把运动鞋里的石子摇晃出来，可并没有结果。她不间断地跑了将近一英里，就又尝试停下来。这一次，她坐到一把长椅上，从这儿，可以望到河对岸的城市大教堂。脚手架织成的网络包裹着教堂的双尖塔。头戴安全帽的建筑工人像蜘蛛一样在网中移动。一只派对船正泊在远处的河岸边，乘客们摇摇晃晃地相互拥抱，大喊大叫声越过河面，直传到对岸。

她脱下鞋子，摇晃它，然后，同样脱下袜子摇晃，想找出石子，可还是什么也没有。

又穿上袜子，她感到有个像碎片似的东西在里面，于是又把脚拿到手里，试图找到它。

太阳照射到她大脚趾的下侧，形成了一个光斑，恰好选在她红红皮肤上一块橘色的部位。她试图把它拂掉，可它还在那儿。凑近点儿，她看见，像是有一块水晶嵌进那里似的。一层薄薄的皮肤罩在水晶上方。

　　稍后,她在她的公寓里洗了个蒸汽浴。窗户是关着的,可闹哄哄的车水马龙声仍然持续不断地透窗而入。她试着用针和镊子取出那块水晶。她夹住了水晶,猛地一拉。一股火辣辣的疼痛传遍了她的脚部,她不禁咝地吸了口气,用一只手握住脚趾,使劲按压,等待疼痛能渐渐消去。

　　水晶仍然留在肉做的垫子里,而肉已经发红了。她深呼吸一口,试图再用镊子把它拔出来。可疼痛更强烈了,现在肉已经发炎了。窗外响起了汽笛,她突然有一种感觉,这城市太大了,连同它所在的乡野、大陆的地形、天上云彩的形态、侵蚀着陆地的大海,而她本人,仅仅是这大千世界的一颗微粒。她不禁发起抖来。洗澡水变冷了。

　　不知怎么的,她想起了那个圣好达兰的男人。不破·亨利和他的珠宝盒,盒上钻着透气孔。

　　她夜里醒来了,拉起羽绒被,紧紧裹住自己。她的膝盖和双腿感到血流不畅,又湿又冷。她看了看迈达斯,他睡在扶手椅里,发出尖细的鼾声。他打开了床边的灯。如果这是出于对黑夜的恐惧,她不会感到怪异,反而觉得这样做挺可爱的。他手里握着放在膝头的照相机,像是握着只玩具熊。艾达不知道,自己能不能信任他。要是她打算充分信任他,告诉他实情,她就需要对他了解得再多些。

　　她坐起来,悄悄挪下床。一只脚上的袜子掉到了地毯上。她停住不动了,目光盯住袜子,又转移到迈达斯身上。

　　他睁开眼。时钟在黑暗中的某个地方嘀嗒。夜里的这个时候,正值一切显得虚幻起来的时候,正值某个在白天可能被抛开的想法占据内心,且挥之不去,直至天明的时候。可他却醒着,确定无疑地醒着。他看见了他所看见的。他梦到,闪电划破了海滩,把沙粒熔化成了玻璃。还有……他无意再入睡。他打算,在艾达睡醒之前溜走。

他伸了个懒腰,打了个哈欠。然后,他意识到,照相机不在他膝头了。床边灯仍亮着。他全身都绷紧了。

艾达坐在床上,背对着他,照相机的挂带从她的膝盖垂下,摆动着。

他慌了神。他只好装睡。他说不清,自己最不想让她看见哪张照片。那一张拍的完全是她的过渡部位,那结了晶的根根血管让他隐约联想起外太空的图片。或是她脚趾的那张特写,拍的时候,他空出的那只手摆弄着她的脚趾,所以,照片上除了她的脚趾,还挤满了他那浅粉色的手指。他假装打鼾。过了一会,他听见艾达走近了。他感到,照相机的分量回到了他的膝头。床单沙沙响,床垫嘎吱叫。灯熄了。


艾达轻轻推他的胳膊,叫醒他。清冷的光充斥着卧室。他又合上了眼。

"醒醒,迈达斯。我有东西给你看。"

她身上散发出清香,头发湿湿的。她穿一件浅灰套头衫,一件黑色 T 恤,外面系着件白色围裙。她又穿上了靴子。

"快点儿。"

他勉强起身,跟着她走进厨房。她在厨房的窗边停下,腾出块地方,让他站到她身边。窗外,纯净的雪已经止住,白茫茫覆在田野上。田野的边上,显现出一面山坡,坡上是一片丛杂的森林。在半山腰处,有鹿在奔跑。这是一个小小的鹿群,其中最近的那只离这儿大约二十码远。一只年幼的牡鹿煞有介事地在牧群中逡巡，时不时抖落它那尚未发育成熟的鹿角上的雪。

"很美，是吧？"

"是啊。"

艾达弓着背看他。照相机的记忆又猛地浮上脑海。噢，上帝，他不禁这样想。她知道他看见她的脚了。她怎么只字不提呢？噢，上帝。

她走到灶台边。蓝莹莹的火苗上，烧着一只油锅，熏肉火腿和番茄在油里煎得咝咝作响。她剥掉一包熏肉火腿的塑料包装。

"我给你做十足的英国餐，"她说，"为了谢谢你昨夜留在这儿。你还没睡醒吗？"

他勉强笑了。

她把熏肉扔进锅里，推着它在锅里转圈儿。"喝咖啡还是喝茶？"

"茶吧。"

窗外，有只鹿正把脸抵在牡鹿脸上。

艾达把咖啡灌进一只大白杯里，热气升到空中。

"橙汁要吗？"

"听我说，艾达……"

她抬眼匆匆瞥他一下，然后又看着熏肉。"说吧。"

"请给我咖啡。"

"你已经有咖啡了。"

他看看杯子里的暗黑旋涡。"是。我是说，很好，谢谢。不要果汁。只喝咖啡就好了……嗯。"

她打破一只粉皮鸡蛋，让蛋液流进油锅里。蛋白发出咝咝声，颜色转暗。

"要一只蛋还是两只？我是从住街角的一个农夫那儿弄

来的。"

"嗯……艾达?"

她往鸡蛋上撒了点儿盐,然后情急地看着他。"你打定主意要把事说破吗?我猜想,我觉得,我们本可以假装它从没发生过呢。"

她让木铲绕着鸡蛋的边缘游走。窗外,鹿群正缓缓越过田野。

"你看,"她终于说道,"我还以为我会生气呢,可我没有。"她用木铲轻拍另一只手掌,"起码不是很生气。我不明白是为什么,可我真觉得轻松了一点儿。"

"早上的时候,我试图想明白,都是哪些原因让你这么侵犯人家的。你早就想明白了吗?或者,你也许只不过患了恋足癖吧?"她大笑起来,"可你是想拍张照片而已,不是吗?这是没恶意的。"

她搅动熏肉。他欲言又止。

"迈达斯,我喜欢你。"她用木铲指着他,"可你别告诉任何人我脚的事。我向上帝发誓,要是你这么干,我会杀了你。"

"好的。"他说,咽了下口水。

"早餐做好了。就座吧。"

他拉出一把椅子,坐在餐桌边。一块棋盘图案的桌布斜铺着,没能盖住木制的桌角。

"嘿,"她说,"你想吃这只蛋吗?"

"你的脚疼吗?"

她专心盯着食物,把它们分到两只盘子里,又把盘子放到桌上,把刀叉弄得哗哗响。迈达斯束手无策地坐进椅子里。

"听着,我跟你说过,我信任你。我原谅你打探我的事。可我还是觉得,你的做法无礼得令人难以置信,尽管这并非出于你的本意。但我并不确定我愿意探讨那血淋淋的细节。我宁愿忘记它们。"

"细节让你恐惧,是吗?"

"当你想亲手挖个洞的时候,迈达斯,有人提供给你一条出路,那么惯常的做法是,走这条路,不要继续挖洞了。"

"对不起。"

她坐下,接着又站起来,扯着围裙去解裙带结,脱下围裙,团起来,扔到屋子的另一头。她又坐下来。她捡起餐刀和餐叉,切起鸡蛋来,蛋黄溢得四散开来。

她深呼吸一口,把刀叉靠到盘子边。她用手掌捂住眼,揉擦着,"很抱歉。你说得没错。细节的确让我恐惧。"

"我不会跟任何人说,也不会提问题了。"

"谢谢。"

"我这咖啡很好喝。"他又呷了一口,就开始吃熏肉了。

"迈达斯?"

他咀嚼着。"哎?"

"玻璃还在扩展。我很害怕。一个月前,还只有我的脚趾尖被波及呢。"

他咽了一口。厨房显得如此安静,这会儿,他停住不咀嚼了。"你有没有……我是说,你介不介意我问……"

"我有没有看过医生?"她摇摇头,"你以为医生能帮上忙吗?在这儿,吃下这些抗生素。不出两星期,就会万事大吉。"

"或许,你可以找着一种……别的疗法。"

"什么样的啊?整体治疗吗?针刺疗法吗?我深感怀疑……"她止住不说了,因为她已经热泪盈眶了。

他低头看着早餐。他切一块炸番茄,注视着番茄籽漂浮在番茄汁上。

艾达擦干双眼,尝了一口她的茶,却做了个鬼脸,因为茶变凉了。"我很害怕,迈达斯。尽管这不能击倒我。"

他缓缓点头。"我能做点什么?"

"我跟你说过。谁也别告诉。"

"我想帮忙。"

他注视着她站起身,蹒跚地、柔弱地朝水壶走去。他想,她又该跟他说别碍事儿了。窗外,鹿群正回返,跑进树丛里。

"其实,你可以帮的忙最简单不过了……就照我刚才说过的去做……我很害怕。我感觉不到我的脚趾了,看在上帝面上,我不知道我的末端在哪儿,我的袜子和靴子又是从哪儿开始有的。要是不太麻烦的话,你可以就留在我身边。"

他站起身。他猜想,在电影里,此时此刻,他该用胳膊搂住她的腰,很有男子气地说点什么了。最起码,他也该把手有力地放在她肩膀上。可他的胳膊像是石头做的,一动不动。

"好吧,"他说,"那不成问题。"

"谢谢,"她说,"我得到外屋去一下。"

她去了,他还坐在那儿,扒拉着他的熏肉。这真是一顿大餐,一顿很大的大餐。他低头看着照相机,不禁想问,是不是它让他陷入了这种境地,它这么做,是出于嫉妒而惩罚他,因为他花了太多时间去想她。不过,他还是有种又活过来的感觉,因为他仍然有机会给她拍照片,而且得到了她的允许。

他闭上眼,感受到一些快乐,假定这快乐能抵挡住那个令人不安的念头:她正在变成玻璃。

# 11

卡尔·茅尔森抓住渡船的栏杆。他注视着海浪奔涌、吞吐，就像眼镜蛇一样。浓密的雾气把世界缩减成了这艘摇曳在海上的、涂成了白色的金属渡船。风吹拂着他，雾气一股股地袭来，裹住他的四肢，缚住他的脖颈，挥之不去。

他深吸一口咸咸的冷空气。刚过去的这些日子里，他内心正被弗蕾亚·麦克莱德纠结着。这么说可不是在打比方。他本不信鬼神，可他看见她了，是有天夜里，他在房间里昏昏欲睡时，看见她仿佛是墙上的一道投影。他觉得，他在拥挤的大街上瞥见她了，还没等反应过来，他就踉跄着朝她冲过去，又回头瞅了一眼被他挤到边上的陌生人。不过，他确定他认出了她的装束和她鼻头两边的雀斑。从他二十一岁起，他就熟悉了这些。当时，他们两人正从海边返回他们的大学校园。

后来，又有一天夜里，他生病了。他醒来了，全身湿淋淋的，浑身发麻。他在床上蠕动，把自己卷在被褥里。几张毯子轮流充当他的掩体，帮他抵挡那令人牙齿打战的严寒。毯子的质地是一种像熔岩一样又热又黏的布料。他走进旅馆房间的淋浴室，坐到温热的水流下，不住地咳嗽、冒汗。不过，淋浴过后，他感觉好些了。他伸展着四肢，重新调整了注意力。从那以后，他再没想象过看见弗蕾亚。他有了控制力。

这会儿，在渡船上，他观察着自己小臂和手背上长出的白色汗毛。雾气中，不知什么地方拉响了浓雾信号。

有一个话题，是迈达斯·科鲁克曾经在一篇论文中写到过的，也是他在他那乱糟糟的办公室跟卡尔探讨过的，那就是，时光对一个人的消磨。他写道，一个人的生活景象就好比是一天的衣着，从寒冷的早晨穿上好几层衣服开始，然后换成正式服装，离开家去工作。到了晚上，又换回休闲服，最后，当深夜来临时，会剥去衣服睡觉。科鲁克说道，每一件衣服都是一个人一生所持有的诸多性格特征之一。

卡尔争辩说，要是拿那些可以穿上一整年的衣服来作比喻，这比喻就更贴切了。因为人的个性在一生当中不会越积越多，也不会被掩盖，反而会消除和改变，并多次被买进和卖出。

他走下渡船，手提箱在他身后咔嗒咔嗒响。他坐到一间可以俯瞰海港的简陋茶室里，置身于用过的杯子和沾着碎屑的盘碟当中。服务生们太懒了，不愿来收拾。

这会儿，他觉得恐怕科鲁克说的是对的。卡尔总在想，他自己已经被生活改变了好多次，被交易过了，进步了，拥有了更多令人愉快的个性特征。从那以后，只是因为他的身体替换了每一个细胞，他便替换并重建了他的全部个性，为的是把它结结实实变成他自己的，不再欠弗蕾亚任何东西。

可是现在，他觉得，自己仍逃不脱科鲁克那个比喻所构筑的模具，仍是个把工作服穿破为止的人，露出了里面属于过去的隐秘衣着。

在岛上预订一辆出租车，有可能让你经受一次漫长的等待。

还在渡船上的时候,他就已经不知第多少次地读完了《奥德赛》。因此,消磨时间的唯一方法就是,喝杯温热的茶(还没加糖,就已经太甜了),读一份沾了一圈咖啡液的两天前的报纸。他不住驱逐着头脑中的阴影,就这样过了三十分钟,才传来出租车的喇叭声。他把茶杯跟其他脏兮兮的餐具丢到一起,就朝外面走去。

他隐约认出,司机正是他离岛时载他来海港的那个人。司机也认出了他,便在开车上路后,问他旅途可好。卡尔躲避着跟司机的交谈,只用单音节的词回答他。车子驶过空荡荡的原野,就如同驶过国际象棋棋盘,下棋的只有白树和黑乌鸦。当你抬头凝视低空的云,你无法分辨,你所看见的泡沫究竟是你眼珠上的灰尘,还是就要降下的雪。

他们在他的村屋前停下车。他取下手提箱,付了钱,然后,在蓝色的门和门上那块可笑又代表幸运的马蹄铁(是弗雷亚送他的)前面站了一分钟。他把手放到露湿了的油漆门上,转动脖子,从一边转到另一边,听脖子发出令他满足的咔嗒声。他松了松肩膀,对着手呼出一口气,好验证他呼吸中的薄荷味儿,然后,抓住门环,冲他自己的前门使劲击打三次。

艾达向他致意,她一只手扶着墙,另一只手撑住一根木制拐杖。他立刻认出了那根拐杖,就是他亲手做的那根。她无疑看见它靠在起居室墙上,觉得自行取用也没什么。

她挪动着,要拥抱他。他羞怯地走了两步,拥她入怀。他感到,她握住了他的两肋,似乎她身下有一个地方张开口,藏着什么东西。在他匆忙离开村屋的时候,他曾对她一直使用手杖走路评说过几句,她脱口而出,给他一个解释,说有一根断了的骨头还没完全愈合。对此,他没时间怀疑什么。这会儿,他却觉察到,她在强作镇定,于是他疑心,她对他并不诚实。

他跟在她身后,走进屋子。他看见,水槽里满是洗餐具的泡沫。洗涤才刚刚开始，水蒸气还在从水槽往上升。那儿有两只盘子、两副刀叉、两只咖啡杯。

"你来了个访客？"他有气无力地说。他吃惊的是，他竟然对此感到心烦。

她耸耸肩膀。"他刚走，你错过了。"

他扬扬眉毛。她拿起抹布，打了他一下。

"抱歉，艾达。我只是问问。"

"别疑神疑鬼了，卡尔。我们啥也没干过。"

他举起双手，强挤出一丝友善的笑。"即便你们干了什么，也不关我的事。他是个本地小伙子吗？"

"是的，当然。我是在艾丁福遇见他的。他是个摄影师。"

那就不是一个成功人士了。圣好达兰并没有可供成功的摄影师施展的空间。"他有名字吧？"

"那当然了。"

卡尔继续微笑着。"你不打算告诉我他叫什么吗？"

她绞着抹布。

"不说也没关系。"他说道。

"不。事情很有趣。我觉得你认识他。他叫迈达斯。"

他应该马上就想到，正是这男孩。不过，他首先想到的却是他父亲迈达斯。

"你认识他父亲，对吧？你书架上有他父亲的一张照片。"

"是的。"

"果然如此。"

记得他们拿博士学位时，狂风大作。摄影师须得不住地一拍再拍，因为每次拍摄时，风都把迈达斯·科鲁克摇摇晃晃地吹出拍摄范围。

他发现，在他的意识深处，他们大家变得混乱起来。弗蕾亚和迈达斯·科鲁克。艾达和他本人。艾达和年轻时的他本人。艾达和科鲁克。他鼻子呼哧呼哧喘气,又不住地摇头。

"怎么了,卡尔?"

他干过木活儿。在制作艾达如今倚着的这根拐杖时,他劈过木头,尝过空中飘浮的碎木屑的滋味。钉过钉子。把他的全部体重压上去,测试拐杖。后来,以玩儿命的速度开车去医院,弗蕾亚正躺在那儿,受了伤仍带着笑,肋骨骨折,断了一条腿,是登山沿绳索下滑时出的事。靠着那根拐杖支撑她的体重,她康复了。然后,在一个花香浓郁的夏日清晨,他去应门,一位不住打喷嚏的邮递员送来一个狭长的包裹。作为礼物的拐杖本身被还回了,对此,没附带任何解释,却有一张用词甜得发腻的卡片,写着寄自弗蕾亚·麦克莱德。而在以前,她向来只会简单签上弗蕾亚的名字。他拆掉拐杖包装,从上到下使劲嗅着这根木头,指望能闻到她的清香。可他嗅到的只有空气中的花香。

"没什么,"他说道,"我……十分仰慕他。他就像是我的良师益友。他的儿子怎么样?"

她大笑起来。"他有一点儿怪。可我觉得他挺可爱。他不像他父亲。"

"这并不奇怪。我们只有少数人才像父亲。"

# 12

迈达斯还是个小男孩的时候，坐在父母家房子的阴凉里，坐在最下面一级台阶上，不由对它心生向往。他以为，它会缓缓渗出，或倾泻而出，可它闪耀着，眨了一下眼，就消失不见了。它真的走掉了，以六百万英里的时速。要是你把它遮住……

他关上沉甸甸的窗帘，又拉上窗帘后面的遮光布。墙上的照片就又变成了一张张的纸，它们的色彩被黑暗减到统统只剩下灰色。他本可以轻松坐着，就像坐在黑暗洞穴里的一块岩石上。可是随后，他把电线插头插进了闪光枪。

那就是它了，它猛地把自己投到窗帘上，照亮了窗帘上藏青色线绳结成的十字结，然后消失不见了，速度之快，就像它显现时一样。闪光过后，一切显得更黑更暗了。他怀着敬畏之心，等着光线的模糊足迹能一路慢慢回到室内。当黑暗还原成了近乎黑暗，他又插上了电线。闪光灯发出咕噜的一声。

墙上的照片从灰色的虚无变成了街道上身穿礼服的呆板人像，然后又回复到虚无。光在他眼睑上留下的印迹消退了，他正准备按动按钮，再闪光一下。这时候，前门突然打开了，门厅一下子满是色彩和噪声。

他瞟了一眼,见他妈妈一瘸一拐地走进来,长满斑点的两臂把一个纸盒子抱在胸口。湿热的气流尾随而入,还有车水马龙的隆隆声,一只燕雀的吱喳叫声。她轻快地在地垫上蹭蹭鞋,然后吃惊地跳了起来。

"哦,"她放松了,低声说,"是你呀。我没看见你。太暗了。"

前门在她身后摆动着,关上了,室内又恢复了柔和的阴暗。她冲迈达斯笑着,用后背顶开饭厅的门。那儿也很暗。他把电线插进闪光枪,她大叫起来,差点儿扔掉纸盒子。她把盒子往胸口抱得更紧了,还用一只手抚摸着,像是要保护它。

"儿子,你不该这么吓我。"

她瘸着走进了饭厅。他站起来,跟着她走进去。她把纸盒放到饭桌上,拍拍两手。

"你爸爸不在家?你爸爸不在家,是吗?"

他摇摇头。

她咧嘴笑了,又拍拍手,然后快速转过身,扯开餐厅的窗帘,阳光透过窗玻璃倾泻而入。她从头发上拽下一个卡子,又抖了抖她卷曲的发绺。阳光透过她的发丝,照亮了她那米色的布外衣。她像个音乐盒似的哼唱着,扯下盒上的一根带子。一粒粒灰尘在光束中翻滚,聚拢。

盒里装满了树脂做成的八字结,她热切地抓出了一把,它们飞到空中,把餐厅变成了一个雪球的世界。然后她停住手,从头一个盒子里拎出个小一点的盒子。她拿了把手工制作时用的剪刀,冲着缚带轻柔地割了一刀,里面的树脂八字结还要更多些,还有什么东西包在薄纸里,打开后,拿到她手里,包装纸发出喀喀的刮擦声。

是个厚厚的相框,正面是玻璃做的。她把它翻过来,给他看,他看见,里面钉着五只昆虫。它们都是蜻蜓,每只都有他的拳头大小，是再纯净不过的白色。乳白的翅膀被拉开了，钉在相框里。眼睛幽灵般的，无色，仿佛珍珠大小。它们边上有一行题字，可迈达斯读不懂。

迈达斯的母亲闭上眼，开始发抖。她呼哧呼哧地大口吸气，好稳住自己。

"现在，儿子，"她又睁开眼说，"把这盒子和所有这些小包装都取下来。我给你点钱。你回去的路上可以买点糖果。"

他留神看看草地上的太阳，草地一片暗绿。"难道你不能带上它吗？你可以开车的。"

"做个好孩子。"

"我不想去外面。"

"听着……我得……把这些藏起来。在你父亲回来之前。他不会理解的。做个好孩子，儿子。"

他们把树脂八字结拢到一块儿，塞回包里。然后，她母亲给了他几枚硬币，他很不情愿地把盒子扛出屋。可他不想走远，就又蹑手蹑脚折回来，暗中观察她。

他看着她在门厅里昂首踱步，仿佛在跟个假想的舞伴共舞，她那条坏腿使她动起来不太平衡。他没有迟疑，悄悄溜到他父母摆放即显胶片照相机的柜子那儿，又踮着脚回来，以他母亲为主题，拍了一张又一张，他爱听照片不需冲洗就滑出相机的嗞嗞声。他把照片放到厨房地板上，而这时候，她正在门厅哼着一支舞曲。照片从空白中显形，恰似探险家从暴风雪中归来。他全心沉醉于这种魔力，以至没听见他母亲停止了哼唱。他正盯着照片，被她逮个正着。

"儿子！"她以嘘的一声表示抗议，又赶忙朝他拍的照片冲过来。看见照片，她不禁以手抚额，又发出一声叹息。

"妈妈？"

前门有什么响动。她转脸对着迈达斯,顿时露出一副担惊受怕的神情。他看见,她瞪大了眼睛。"快!"她又用嘘声催促他。可这响动只不过是晚报投进邮筒的声音。她用一只手捂住胸口。谁知,她接着又焦躁不安起来。"我得把蜻蜓藏起来。"她自言自语,又像是对他说。她捡起那堆照片。"现在,你得把这些藏好。不过迈达斯,请把这盒子扔到垃圾场,你说过你会的。求你了,帮我做这事吧。"

他耸耸肩,又走回屋外,捡起盒子,扛着它沿街走了几步,转入一条树木成荫的小巷。热辣辣的太阳让他的短上衣下面直冒汗。鸟儿一见他走过,就尖叫着逃开了。一只黑黄相间的毛毛虫正挂在叶柄上,搭建着蚕茧,为的是完成自己的蜕变。灼热的阳光无处不在,让人目眩,他一路小跑,好快点走完去垃圾场的路。不一会儿,就能闻到腐臭味儿了。小巷往右一转,就看见那里围了一圈翻斗车,还有隆隆作响的机器。工人们个个身形健壮,穿着霓虹色夹克,一见他跳上一辆翻斗车的踏板,把盒子扔进一窝废弃物里,就忍不住皱起了眉头。他爬下来的时候,有个工人对他的发型说了句什么。他急忙走回那条林荫小巷。

他回到家,一打开花园的前门,就听有人叫道:"迈达斯!"

他父亲正从街上走过来,白衬衫外罩一件暗红色毛衣,打着黑领带,脸上没有一滴汗。阳光在他的镜片和秃头上闪烁,却隐入他那浓密的胡子里。在大门口,他冲迈达斯点头示意。

"你一直在街上玩儿?"

"没。我……去给我的照相机买胶卷了。"

他父亲摇摇头,推门而入。"你该把零用钱花在买书上,知道吗?买书,迈达斯。"他顿了顿,拽了拽手指,就俯身蹲到草地边上。"啊……这是什么东西?"

他拾起一个树脂八字结,像是拾起个稀世珍宝。他一边挼着胡子,一边翻来覆去地端详它。"嗯。真不赖。"

屋里又暗下来了。迈达斯的母亲又拉上了窗帘和百叶窗,站在门厅里。迈达斯的父亲在地垫上擦了擦鞋,就蹲下身,慢慢解鞋带。

"下午好,亲爱的。"他亲热地说。

"下午好。嘿,亲爱的。"

她踱近一些,一副心神不安的样子。他脱下鞋,递给迈达斯。迈达斯把鞋放到鞋架上,又把拖鞋递回给父亲。父亲把拖鞋套到他那彩色菱形图案的袜子上。然后,他拿过母亲的手,翻过来,把八字结按到她手掌上。

"破烂儿。毫无疑问,准是哪个惹是生非的家伙扔进咱家前花园的。"

她大惊失色。昏暗中,这该是怎样的情景啊!她绝望地斜觑了迈达斯一眼。可他又能怎样呢?

"破烂儿,"他父亲重复道,"当然,除非是今天送来了你的一个邮包。"

她咬住颤抖的嘴唇,不吭气。她的眼光从左边掠到右边。

"听着,"他捋着胡子说,"我不想再例行公事了。可你跟我打过包票,不会再有邮包寄来了。"

她企图支支吾吾说点什么,可又止住了。

"我明白,亲爱的,你无能为力,无法阻止这些邮包寄给你。尽管你提出抗议了,可邮局还是给你留着这些邮包。自然,邮递员们忙得不可开交,他们忘了,你想把这些东西退还寄件人。"

"没什么东西,亲爱的。只是个普通的包裹。"

"里面装的是什么?"

"哦……啊……"

他叹了口气。"你把东西藏哪儿了？我可不想把家翻个底儿朝天。我本打算，晚饭前读完我那本普林尼的书呢。"

"我……我没……藏……"

他耸耸肩，不耐烦地转身去爬楼梯。迈达斯的母亲跟在他身后上楼，进了他们的卧室。迈达斯从门口看见，他父亲一个个地检查抽屉，为看得清楚些，还打开了一盏灯。最下方的抽屉放的是内衣和夜间用品。他把东西一个个扒拉出来。样式简朴的三角裤，再往下翻，是有点破损的花边女内裤，以及一个缀着皱褶布艺花的胸罩。

"啊哈。"他说道，长长的手指拢住蜻蜓相框。他肩膀往下一沉。他冲她笑着，却砰的一声，摔裂了相框的背板，拔下大头钉，于是，死了的昆虫就掉到床上了。

"很迷人，"他说，"虽然有点可怕。"

"你……它们很漂亮。请别弄坏它们。"

"我亲爱的艾弗琳，它们漂不漂亮并不重要。我的问题依然是，它们是谁送的？"

她沉默了。

他点点头，小心捡起头一只蜻蜓。"把垃圾桶递给我，迈达斯。"

迈达斯轻手轻脚走进卧室，提起垃圾桶，递给他父亲，而父亲并没把垃圾桶从他手上拿走。蜻蜓在他攥住的拳头里嘎吱嘎吱响，就像张薄纸似的。迈达斯的母亲听到这响声，不禁向后退去。父亲打开手，搓了搓手指。洁白的翅膀碎片和弯曲的腿盘旋落下，掉进垃圾桶里。这是它们的最后一次飞行。

他把蜻蜓一只只扔进垃圾桶。迈达斯的母亲颓然跌到床上。然后，他步履沉重地走回了书房。迈达斯又磨蹭了一会儿，就悄悄下了楼梯。楼下一片黑乎乎，可是很惬意，他可以摆弄他的闪光枪了。

# 13

　　一个雪天的下午，古斯塔夫家的花园一片幽深。丹芙（衣服上拉链、纽扣和栓扣一应俱全）抱起一捧一捧的雪，堆成了个雪人儿底座。她一头灰褐色头发，七岁的年纪，咧嘴一笑，会露出一口不太整齐的牙齿，头上插着朵冬天的雏菊。古斯塔夫在打下手，听从女儿的指令干着苦差，而迈达斯负责供应小的物件：一根胡萝卜，一顶褪色的毡帽，还有一袋当纽扣用的坚果。

　　他合上眼，感到寒冷刺骨的雪粒落到他脸上。在这短暂的家庭时光里，他有时会觉得，自己就像个冒名顶替的人。有一天，古斯塔夫开玩笑说，迈达斯如今成了丹芙的代理妈妈。随后，他看见迈达斯在为此担忧，就又解释说，这不是坏事，要是不能指望老朋友帮忙，他就没法一边开花店，一边照看丹芙。

　　这话不假，但让事情更糟了。当然，迈达斯喜欢有他们的陪伴。只不过……假如凯瑟琳还在，她会是那个给雪人插上眼睛的人。就这样，迈达斯一边把一颗颗坚果压进脆薄的雪里，一边想着凯瑟琳在伦登多尔石山出了什么事，还疯了似的期望，自己一转回头，就能看见凯瑟琳手里摇着根胡萝卜，或是拿出一副手套，戴在细枝做成的雪人的手指上。

跟朋友一起度过的这个下午尽管苦乐参半,也总好过一个人孤零零坐在厨房里。过去几天,他一直强忍着负罪感,因为他对艾达隐瞒了他所知道的不破·亨利的情况。如今,这负罪感又回来了,他担心,恐怕唯一的解脱方式就是向她坦白了。然后,他又怀疑这么做会有什么好处,因为尽管不破这名字他一直熟悉,可对于不破藏在圣好达兰的哪一处洞穴,他并没有比艾达更好的线索。他擦拭着满墙的照片,好分散注意力,可照片搅动着各种各样的记忆,有时甚至造出了新的记忆。他溜出厨房,锁上前门,顺着光滑的人行道,去古斯塔夫家。他知道,他现在还隐瞒了别的什么。虽然他本人并不知道不破的下落,可他猜想,他认识的人有可能知道。

"我们明天做肉馅饼吃。"丹芙说。这时候,他们已经回屋了,古斯塔夫催着她换上干衣服。她是个热心肠的孩子,长了一头姜黄色头发,眼睛大得有点不成比例,脸上长了雀斑,新长出的恒牙重重叠叠,像是一串卡片。"爸爸答应找些切割模具,这样我们就可以制作饼干了。你会帮忙吗?"迈达斯凝视着白茫茫的世界。

"迈达斯!"

"对不起,你说什么,丹?"

古斯塔夫插嘴了,说她的头发湿了。他把她赶出了厨房。她离开了,没有抱怨,只是闷闷不乐地回头看了看迈达斯。古斯塔夫在她身后关上门,"出什么事了?"

"是关于艾达的。"

"啊。想喝杯啤酒吗?"

"我真的没心情喝。"

"迈达斯……我晓得,你有上百件事从没跟我说过,那很好。可你要是想卸下你的某些忧郁,那我这个笨人很乐意帮忙。来杯白兰地怎么样？痛痛快快喊叫一番？"

"嗯。古斯①，我说的不是什么与浪漫有关的烦恼。仅仅是……你听说过一个叫不破·亨利的人吗？他就住这岛上。"

"这个嘛……，没听说过。我们可以查查电话簿，还有花店的顾客记录。"

"我早就查过了。"

"她出钱雇你了吗？你是她的私家侦探，还是别的什么？"

"我，哦，我……把他从顾客记录里删除了。"

"再说一遍？"

电话响了。迈达斯用手势示意古斯塔夫过去接听。古斯塔夫看了看电话显示屏上的来电号码，"又是凯瑟琳的妈妈打来的。她这么干真的有一段时期了。"

"你最好还是接听。"

古斯塔夫拿起电话，开始跟他岳母进行又一场累人的谈话，内容是关于在哪儿过圣诞节的。古斯塔夫不想去大陆看望凯瑟琳的父母，他们在凯瑟琳出事后，就搬到了大陆。同样，凯瑟琳的父母也不想到圣好达兰来，自那以后，他们再没回来过。打过好多次电话以后，事情会陷入僵局，然后不了了之，一方或另一方会提议，到明年再相聚吧。

门开了，丹芙又进来了。她抓住迈达斯的手，把他拖到起居室里。

"这游戏是我发明的，"她跪到地毯上的一堆鞋盒后面，说，"我认为它好玩得很。"

鞋盒的后面，立着古斯塔夫刚刚修剪好的、还没挂装饰品的圣诞树。它让屋子里充满了松针的香味。

---

① 古斯塔夫的昵称。——译者注

"看……"她打开第一个鞋盒的盖子,里面放着一些卷在米色糖纸里的小玩意儿和精致的木制装饰品。迈达斯不由得想到,去年圣诞节,他看见古斯塔夫用锤子击碎了一个雪球,古斯塔夫还以为没人会注意到呢。他说,那雪球会让他回想起伦登多尔石山的空气。

"规则很容易。你只需要判断,你面前的每一件装饰品是什么,然后,再把它们挂到树上就可以了。就像这样……"她把手伸进鞋盒,拿出一颗蓝色的金属球。"这东西,"她说,"就是上帝让洪水淹没了的那个世界。要是你从超近、超近的距离来看,"她把这装饰品按到她眼睛上,"你就差不多能看见方舟了。还有诺亚,他是个秃头。还有独角鲸在水里游。"她把这玩意儿的线钩到一根树枝上,把鞋盒捧到迈达斯面前,"该你了。"

他把手伸进鞋盒里,拿出了一个闪着彩虹般七彩光的橘色的小玩意儿。"这是一驾南瓜车,"他过了一会儿说,"不过,还得找着它的车轮才行。"

丹芙点头,表示赞同。"你想让我把它给你挂到树上吗?"

"不,我来挂吧。"他在树的下部找了个好位置,星星会来到这里。

丹芙又从鞋盒里捡出个小玩意儿。它血红血红的,拂去灰尘后,发出红宝石般的光。她宣布,"这是圣诞老人,你看,他带了太多吃的东西。"

迈达斯搔搔头,"我没明白这游戏的要点是什么——"

"嘘!"她回头瞥了一眼厨房,在那里,古斯塔夫正唯唯诺诺地靠着墙,用那只空出来的手擦着脑门儿,同时用脚拍打地板,显然,是在接听他岳母的电话。"我侦察发现……游戏的要点是,暂时哄骗自己一会儿。这样,事物就不是原本的样子啦。"

"嗯?"

"轮到你了。"

他拿出一个精致的、透亮的玻璃球。

"继续，"丹芙催促道，"你得判断它是什么。"

他的手掌透过球体变了形。他发抖了。"这是个水晶球。"他说。他看见，自己在球的表面投射下弯曲的映象，显得更瘦，眼睛更圆更突，比较像他妈妈。然后，当他转动球时，他的映象变得瘦骨嶙峋，面如菜色，更像他爸爸了。他持续转动球，注视着自己在父母亲的遗传密码之间游移不定。他记得泥炭的气味：他妈妈在哼唱，比任何时候都高兴；蜻蜓飞出沼泽，一束花在柜子里压皱了；日本语的签名；水从截断的植物主茎滴下；墨水四溢，字迹难辨。

"太好了！"丹芙叫道。她野性地一笑，露出满口牙齿，"我就知道能行！"

他直愣愣地盯着她。"什么？"

"你忽略了你脑子里有什么东西。而我就是这么折腾我脑子里的东西的。"

"你怎么变得这么勇敢了，丹？"

她耸耸肩。"爸爸说，人有时会遇上倒霉事。"她站起身，调了调树上一个玩意儿的位置，"总之，我不觉得我勇敢。我不习惯踩水坑，万一掉进去了，我会像妈妈那样死掉。可是后来，秋天发大水的时候，我陷进水坑里，不得不蹚着水走出来。这事让我觉得既没变安全，也没变糟。我只是必须蹚着水走出来，或是一直等到太阳升起，水坑整个变干。"

他站起来。"丹，"他说，"你说得对。至少，是的，有时候你必须放弃做个勇敢的人，而是继续做事。我得走了。你能替我跟你爸爸说再见吗？"

# 14

　　从果姆顿通往伦登多尔岛的那些桥,总是让迈达斯想起一座座倒地的铁塔。旧钢梁上涂了一层大海的白色垢质,弯弯曲曲地凌驾在汹涌的海面上,连通了一个个岩石嶙峋的小岛。在渡口靠伦登多尔的那一边,桥跃入了一条建在岩石护坡下的隧道。这其实是石山上地势最低的区域。在隧道的另一头,道路露出地面,穿过覆雪的礁石,向山坡上曼延。夏天的时候,山的阴影投射在岛上,轮廓格外分明。山坡一片灰蒙蒙,桥下的海水晦暗深沉,不过,远方的海水却是蔚蓝色的,因为阳光无遮无拦地普照着。到了秋天,石山的阴影仿佛挣脱了束缚似的疯长,就像煤气在空气中窜行。在伦登多尔岛,什么都逃不脱阴暗。土地回应以各种各样的霉菌和卵石一样的灰白蘑菇。鼻涕虫、蜗牛和水陆两栖动物都喜欢待在潮湿的阴凉处,在"殉道者的陷阱"的人行道两旁都能找得到,这是伦登多尔主要的乡村地带。冬天来了,阴影会给地面罩上一层看不见的冰外套,把人行道变成滑道,把水坑变成镜面。

　　在迈达斯看来,"殉道者的陷阱"就是一座旧时的死囚牢。房屋建得颇有用意,彼此不相望,让人幻想,它们是与世隔绝的乡下房子。迈达斯停下车，用舌头体验了一下石山的阴影，感到凉凉的，就像感受一枚铜币似的感觉。他不禁发抖了。在石山上，在那雾蒙蒙的最高处，有个隐蔽的池塘，就是它，吞噬了凯瑟琳。

积雪覆盖着门口的草地，削弱了他妈妈花园里挂钟的钟声。迈达斯踏上门前的台阶，摩擦着戴手套的双手。一个黄铜做的小天使咬住了门环，他抓住它，接着扣响了门。这房子建了只有几年，砖瓦平庸无奇，花园就像是一个方形异物，跟周围风景格格不入。迈达斯憎恶它：憎恶那俗里俗气的小天使门环，憎恶花园里那雕成希腊女神模样的俗里俗气的喷泉，憎恶那刻着拙劣拉丁文的俗里俗气的日晷。他承认，他不是世上最爱冒险的人，可他妈妈还不到六十岁，他觉得，她真该继续忙于工作，而不是让自己托身于一个小村子，这地方不比一个散落着的疗养院更大。他总是在问，为什么当他父亲死的时候，她看上去是那么无力摆脱他的幽灵，过上他从未给过她的生活。她反而来到这儿，心甘情愿地跳过她的中年，直接切换进了牙脱齿落的老年。

他记得，在给他父亲守丧的日子里，他扒拉着他姑姑带来的无聊的自制食品。乏味的面点，三明治像是从水池里捞出来的，小蛋糕上嵌着草莓，草莓裹在一层糖衣里，糖衣压碎了，闪着玻璃似的光。死人的吃食。他把几片黄瓜和一块燕麦饼放到一个纸盘上，四下逡巡，找个角落，好避开来宾。他母亲就找到个最佳的角落。他仍可以描画她当时的样子，坐在窗沿上，穿一身有缎带的黑衣，网格图案的窗帘在她身后随风摇动，透进柏油路上雨的气息。她的手指轻轻拍打着一杯水，水一点儿没喝过。整个下午，她一动不动。她既没喝水，也没吃东西。到场的为数不多的来宾谁也没同她讲话。他也没跟她说话。可他记得，他曾在心里冲她号啕大哭，这哭又开始了。

他又一次扣门。真空吸尘机在门里呼呼转动。没人应门，风刮着他母亲花园里纤细的植物。那是一丛丛的玫瑰树,可他通过在凯瑟琳那儿打工得知,它们长得太不壮实了,是开不了花的。他母亲几年前就放弃照看这白玫瑰了。他把耳朵挤到门上,只听到真空吸尘器的嗡嗡响声。

他记得,他父亲第一次企图自杀后,他母亲加倍努力把他们三人维系成一家子。一个细雨蒙蒙的下午,在家里,他和父亲分别坐在沙发的两头,他在摆弄他的照相机,老头儿在看一本纸页泛黄的很大的书。过了一会儿,他母亲轻手轻脚地朝父亲走过来,悄悄在他肩膀上方俯身,亲了亲他的面颊。

他父亲跳下沙发,用手按着胸口,大叫一声:"艾弗琳!"

她哈哈大笑。她手里拿着一束白玫瑰,包扎得很不专业。自打去年夏天以来,她一直在花园里侍弄它们,如今把最好的一束摘了下来,当作礼物。迈达斯的父亲惊恐地看着她,而她却结结巴巴地朗诵了一首土里土气的诗。她事先排练过,声音伴随着韵律,时断时续。

"周年纪念快乐。"

她把玫瑰塞进他怀里,可他一扭身,躲开了,一只手还被花刺扎了。她退后一步,又把玫瑰花送上来。他一把夺过花,拉开一个抽屉,找到两把剪刀,对着花一通连剪带砍,直到白色的花瓣碎片在地毯上散落得到处都是,屋子里满是花的香气。他甩门而出,一边吮吸着手上被花刺扎伤的地方,一边把自己锁进了书房。

那个时候,正值青春期的迈达斯对此无能为力,他的勇气像他父亲的一样荡然无存。他无法安慰他母亲。她坐到沙发上,号叫着。

然后,她的手冲他伸过来,抚摸着他的头发,绕着他的脖子滑动,又拉他靠近她。他感到她干枯的头发掠过他的脸,听到她那烦人的啜泣声响在他耳边,嗅到了她的气息。他叫起来,可她把他抓得太紧了。他只得把她推开,才得以脱身。他跳到一边,喘着气站在那儿,而她在剧烈地点头,仿佛中了风一样。她握紧拳头,击打自己的膝盖。他因为不能安慰她而觉得内疚,可她那抚触带给他的惊恐让他难以忍受。她的皮肤像纸一样薄,眼泪是温热的。他就这样一动不动地站着,用双手紧握住胸口,就像他父亲那样。

突然,她母亲位于"殉道者的陷阱"的房子的门打开了,一位年轻女士朝门外望过来。迈达斯觉得冷,站在门前台阶上的他,这时候又已经长大成人了。

"你好。"她一边打量着他的长相,一边缓缓地说。

"你好。我来看我母亲。"

她脸上浮现出认出他的神情。"哎呀,科鲁克先生!我就知道准是你!很高兴见到你。恐怕你母亲出去了,到雪地里遛弯儿去了。我会告诉她,你来看过她。"

她紧贴着门,又把门关上一点儿。

迈达斯尽量有礼貌地把脚放到壁炉边。"嗯……"他说,"我想进去。"

"可是……"

"你我都知道,她在家。"他抱歉地挤进门,脱下鞋,放到门垫上。

那年轻女人看上去有点不耐烦,"那好吧……我去告诉她,你来了。我得看看,能不能找着她。"

他摇摇头,沿着狭窄的过道往里走,跨过真空吸尘器,打开里屋的门。那女孩沮丧地用手拍拍脑门。她是他母亲雇来照看她、买菜做饭的女仆,有时,还帮她洗澡擦身。

他母亲正坐在外突的窗前的一把椅子上。除了她身边有张放茶具的桌子外,房间里没有任何其他家具。屋外,是贫瘠空旷的草地和光秃秃的树丫,就像是一张黑白照。冰柱从一个鸟食平台①上

① 花园里供人们放鸟食的木板台。——译者注

垂下。

他母亲的头发仍然是旧时的骨黄色。她戴一副珍珠耳环,披一件橙色披肩,这披肩并不能掩盖她那瘦瘦的肩胛骨。

"下午好,克丽斯蒂安娜。"她哑着嗓子说,一边把柳枝般的手指伸向茶桌。

她从糖罐里挑了一块褐色方糖。她指甲上透出再浅不过的粉色。糖块扑通落进她膝头的茶杯里。

有那么一会儿,他真想转身离开。何必到这儿来让他的精神紧绷呢。可是后来,他想到了他欠艾达的东西。

"我不是克丽斯蒂安娜。"他说。

她转过头,脖子咔嗒一声响。

"嘿,妈妈。"

她把茶放到桌上,手抖个不停,茶溅到膝盖上一点,她却浑然不知。干茶渍早已跟她的衣服融为一体了。

"你……你该打个电话来,给我点时间准备一下。"

"你就可以确保你没出门儿了。"

"我根本保证不了。我们会出门,去海滩上。在外面好好过一天。我的老天,你真像你父亲。"

她掉转头,注视着窗户。他觉得,她没有注视外面的白雪世界,也没注视她自己的投影,而是在盯着窗玻璃本身。

"说说吧,"她说道,"你来干吗?"

"我来给你送圣诞礼物。"他打开他的背包,拽出一袋礼物,都被他用黑白包装纸包着。

"哦。当然。早已到了一年的这个时节了。今年,我恐怕没为圣诞节采购什么。"

"没关系。我把东西放这儿,可以吗?"

"好。你走后,克丽斯蒂安娜会安置它们的。"他把礼物小心翼翼放到地毯上，"今年圣诞节，我去古斯塔夫家过。丹芙越长越大了。他们也邀请你了。"

"你去年没去吗？"

"我年年都去。很开心。"

"哦，好吧。"她低头看看膝盖，"让我考虑考虑。"

"好。去吧。"

"那么……还有别的事吗？"

"有，想了解一个情况。"

"嗯？"

他定了定神。他原本设计了一个提问路线，逐渐过渡到他的主要问题，好指望她能更好地承受这个问题。他们两人从没谈起过不破·亨利，也从没谈到不破在迈达斯小时候送她的礼物。迈达斯一直甘于搁置这个话题，连同其他所有话题。直到现在都是这样。

"我小的时候，你收到过好些邮包。是礼物。有一次收到个白色的蜻蜓画框，还有一次收到一些照片。父亲把它们毁掉了。可你试过藏起它们，不让他发现。"

她坐起身，像只兔子似的起了戒心。

"你干吗企图把它们藏起来呢，妈妈？"

她又往茶里扔了一块糖，动作果断地搅拌着。糖没有融化，因为茶变温了。

"请告诉我。"

"这跟你有什么相干？这些事发生了那么久，干吗还要翻旧账呢？"

"有人遇到麻烦了。"

"这句话是什么意思？你这么说是什么意思？"

"请告诉我，礼物都是谁寄来的？"

她放下茶匙,啜了一口茶。"它们挺让人开心,不是吗?"

"求你了,妈妈。"

"是你爸爸寄的。"

"不是。他讨厌它们。他把它们全撕毁了。"

"他是个自相矛盾的人。他干过坏事,你不知道的坏事。他偷了我的结婚礼服,这事我跟你说过吗?"

"没说过。"

"有一天,礼服不见了。他当然矢口否认了,可我知道,它跟蜻蜓相框一样消失了。"

迈达斯能听见,他舌头上的口水在嘴里呷呷响。"要这么说……那你干吗假装说礼物是他送的?"

她胡乱摆弄着她那脏污的衣服下摆。他的这次来访让她感觉像被人扯住头发一般难受。

她的呼吸声就像风吹过死寂的森林。"你有没有希望过什么?有没有在渺茫的时候仍然维系着希望?直到你所做的一切都变得荒谬可笑?"

他没有回答。

"那些礼物是为我选的。它们都是我想要的。它们是为我一手挑选的。"她晃一下身子,一边拉扯着披肩上的线绳。"忘了这事吧。咱们把它一股脑儿忘了吧。要是礼物不是你爸爸送的,它们就不是有意送给我的。那样就说不过去了。"

在亮晶晶的窗玻璃上,他们的投影仿佛是半透明的幽灵。她上下打量着他。"你爸爸,"她喃喃道,"依我说,你活像你爸爸。"

他舔舔干燥的嘴唇。"妈妈……你……我知道,你当时有外遇。"

她几乎令人难以觉察地点点头。

她眼泪夺眶而出,握紧了拳头,捶打着膝盖。他掉转头,不去看她的这副惨象。屋里没第二把椅子，他就盘腿坐在地毯上。他记得，在他还是小学生的时候，父亲剪坏了母亲为他种的玫瑰花，母亲曾经这般大哭过。这会儿，长成了小伙子的迈达斯·科鲁克静静坐着，仍然无力安抚她，就像那么多年前一样。

他母亲抽泣着。泪水在她那干裂的手掌皮肤上流淌。

他知道，父亲的测试会让他做出跟这会儿全然不同的举动，可这测试却无力阻止他，而只能谴责他。

然后，出乎他意料，他想到了艾达，想知道她会怎么做。

他勉强站起来，很不自然地挪到他母亲身边。他把一只手放在她瘦削的肩上，她的头就像一个坍塌的旧雕像一样，倒向了一边。她稀疏的头发从他的指间垂落。

"他当时在跟我恋爱。"她呜咽着说。

迈达斯强忍着一阵突如其来的心烦意乱：怒火中烧。他从没见过不破，可他突然觉得，对这个男人怒不可遏。他站在这个气氛沉闷的小屋，顿时明白了，他母亲为什么自我禁闭在"殉道者的陷阱"。父亲去世后，路已畅通无阻，她可以正大光明地跟不破恋爱了。可经过十八年殚精竭虑的婚姻，她已经心气全无。她所能做的只不过是，坐等不破前来拯救她，可什么事也没发生。

"好了，妈妈。我只不过……"

"你当然会觉得我这事挺震惊的。你完全有权这么想，完全有权。可对于我的所作所为，你其实连一半也不知道。婚姻是漫长的。"

"我并不感到震惊。我完全能理解。实际上，我还……为你高兴呢。"

"对了，你交过女朋友吗？"

他点点头。

"她叫什么？"

"娜塔莎。"

"你从没向我介绍过。"

"我们也没交往多久。"

"你爱过她吗?"

"爱过。"

她缩进椅子里。"挺好。你爸爸……从来都不是个适合谈情说爱的人。或者说,爱情原本就不是给他预备的。可亨利却是个适合谈情说爱的人。我担保他是的。"

"你知道,他如今在哪儿吗?"

"嘘!"她举起双手,"这事没有下文,儿子。"

"那么,他住哪儿呢?"

"住沼泽地那儿。"

"哪儿? 说确切点儿。"

"你究竟为什么要打听这些? 你干吗无端来这儿,坚持要知道这一切?"

他感到,一股想要离开的冲动涌上心头,逃离这令人窒息的房子,还有房子里的人。可在他的思想深处,他又惦记着艾达的脚,这让他觉得,有必要留下来。

"我……"他哑着嗓子说,"想帮忙。"

她不住地摇头,仿佛要把头从脖子上摇掉似的。她抬起头,审视地看着他。她眼睛里眼白太多了,"帮忙? 太迟了。"

"不是帮你忙,"他硬起心肠说,"我是想帮别人的忙。"

听到这话,她仿佛松了一口气。"我有次看见,他在一个地方抓鱼。是在一座旧桥下,那地方是路的尽头。沼泽地里的常春藤在石头上牵牵挂挂,就像剧场里的帷幕。他穿件带帽风衣,赤手空拳,在浅水里抓鱼。令人赞叹的男人。他抓住鱼尾,把鱼捞出水面。鱼停住,不扑腾了,因为它们相信,他会把它们放回水里。"

"你怎么不去敲他的门?"

"我很长时间没跟他说过话了。"

他挤了挤口袋里的手,在她身边默不作声。

花园里,有只白猫从草地上飞跑过去,在雪里留下一窝窝的爪痕。迈达斯心跳得很厉害。"这事真丢人,"他说,"没别的。"

她点点头:"完全是件丢人的事,迈达斯。我跟你爸爸的婚姻一无是处。"

# 15

他父亲去世时,只留下一堆盒子。葬礼后,迈达斯和他母亲没打开,就把盒子收藏起来了。她搬家时,这盒子就从她旧阁楼里一处黑乎乎的地方,挪到了新阁楼一处黑漆漆的所在。盒子包得严严实实(毕竟他父亲一直是个完美主义者),过了几个月,不知是迈达斯还是他母亲,偶然发现了以前不曾注意到的头一个蛛丝马迹。他们在地毯下找到一副鲸须制的扑克牌骰子,鲸须已经风化,上面用墨水涂着扑克牌的数列,而不是编号牌点。在灶台下,迈达斯的母亲发现了一根脏兮兮的牙签,上面写着她丈夫名字的首字母,是小写的。迈达斯在把旧书打包装箱时,有张地图从翻开的书页里滑落。

这是他父亲加了注解的本岛地图。上面密密麻麻,满是评论风景审美的手写注语,以至于地形本身跟文字混在一起,变得模糊不清了。只在断句的空当处,才能找到地形的轮廓。迈达斯用小手指指着父亲的文字,引导自己阅读,就像在追踪他父亲思想的截图:

裂开的树看上去像九头水蛇

峡谷令人难忘

冻结的湖犹如灵柩里的冰


　　如今长大了,迈达斯把地图放在膝头,试图留住他这些认知。跟地图夹在一起的那张纸上,有他母亲为他画的路线图。看到这两套手迹摆到一块,可真够怪异的。

　　在离开"殉道者的陷阱"的路上,石山的影子变得散淡了,一丛丛附着在巨石周边,把路旁的峭壁映得光影斑驳。有一大块阴影仿佛填满了他汽车的内部,就像黑色的液体。他预计,一打开车门,这液体就会涌出来。

　　他驱车向坡下驶去,进入隧道,一路离开伦登多尔岛,又驶过通往果姆顿的钢架桥。

　　一过桥,果姆顿便在望了,只见它沿海岸向南散落开来。此后,车开进了一条别具一格的隧道,这是一条黑乎乎的山道,穿过两侧的松树,向山上蜿蜒。越往岛内走,静寂的林地就越发茂密。山毛榉骇然矗立,落叶汇聚成潭。银色白杨宛如月亮射下的光束,树形能让人联想起任何事物。他驶过一个驼背的干瘪老太婆身边,又看见一只麋鹿,还有一只猞猁蜷缩在树下的矮丛中。

　　接着,车驶过海峡,上了费里岛。树木变得稀疏,过渡为一片开阔的沼泽。他来过这沼泽,这地方……说起来,总是老样子。小时候,他曾被带着来过这儿一两次,盯着黏稠的水面发愣。他始终讨厌自己的倒影被黑乎乎的水池弄得脏兮兮的。来过这儿之后,他会有好些天睡不着觉,呼吸中带着股沼泽味儿,浑身上下因被小虫叮咬而奇痒无比。

　　走出沼泽的路有好多条,可烂泥和覆雪的芦苇荡把路挡住了。在一处地方,他从一辆锈迹斑斑的车子边驶过,那车子垂直戳进一个黑泥坑里。无疑,这条路上有泥坑陷阱,而坑里的沼泽冻结后,看起来就像是路面。然而,到最后,沼泽会一劳永逸地把车子吞噬到水面下,再把它嚼碎。迈达斯只想知道,那司机的命运如何。

路边是一幅芦苇和掏空的泥炭洞交织的图景。就这样走了一段,道路出现一个停顿,有条潺潺小溪穿路而过。迈达斯十分仔细地查看地图,确信远在这地图刚出版的时候,这条路在这儿是继续推进的。

他母亲曾经说过,这有一座桥,可如今没桥也没路了。前方有一个样子很奇特的土墩,布满了苔藓和污泥。迈达斯下了车,顺着溪边连走带跳,好离土墩更近些。土墩边上是芦苇和泥浆,他用一根棍扒拉着。在苔藓地衣下面,土墩露出了碎石头。他清理下去,终于看见一个潮水标记的顶部。这是那座桥的最后残余。他跳回车里,踩大油门,开进了溪流,溪水往两边排开,空中水花飞溅。

从这往前,他只得小心开车,因为车轮越来越下降到缓滞的溪流中。他来到一片浅滩,穿了过去,再继续开短短几分钟,就看到前方依稀一幢孤零零的房子。房外覆盖着浓密的常春藤,很有年头了,藤条像人的手腕那么粗。房顶的歪烟囱缠满藤蔓,像是被勒住了的脖子。绕窗四周的藤条被粗鲁砍断,一扇低矮的门漆成了蝾螈绿色。

园里的植物都是些缠缠绕绕的品种,茎柄像线一样拖拖挂挂。在一块可以笼统描述为草坪的场地尽头,栅栏径直穿过一片湿地,湿地的边缘盘踞着火石,令这湿地宛如池塘一般。在一块燧石上,站着一只长相奇异的鸟儿,鸟嘴又长又弯,活像根麦秆。迈达斯注视着它用嘴划开水面,吸吮着绿绿的液体。癞蛤蟆也在盯着它看,眼珠一眨不眨。在这花园的顶头,矗立着一幢旧楼,外墙是石板瓦的,紧闭的大门上长满了青苔。

找着来这儿的路其实并不难,他猜想,找着回去的路还会更容易得多。整个旅程费时一小时出头，想到这个，他不禁又对不破生起气来，因为他竟从没留出一小时来，去"殉道者的陷阱"，去迈达斯母亲的住处看看。不过，此时此刻，还有更紧迫的事要做。他决意要敲门了，他会问候不破，以他的能力来帮助艾达。

他敲响了门。


不破·亨利坐在卧室的书桌边，给一个老式黄铜灯笼换了垫草。做完以后，他往一个茶托里倒了一些新的水，然后转过身，冲那只有翅膀的小牛吹起了口哨。这只小牛正在床的上空慢慢绕圈飞，圆滚滚的肚子活像颗葡萄。听到口哨声，它掉转方向，朝亨利的书桌摇摇摆摆飞来，轻轻降落在桌上，拢起它那天青石色的蛾翼。它步履迟缓地走向鸟笼的门，每踏一步，丰满的肚子就从一侧晃到另一侧。亨利骄傲地笑了，不由得轻抚它肩上那卷曲的毛发。

弄只小牛来养，是一场持久的奋斗。他常常觉得，小牛是个为存活而抗争的濒临灭绝物种。它们交配是为了生存，不过，雄小牛有时仍会处处留情，不断骚扰年幼的雌小牛，劳烦它们繁殖小小牛。记得刚开始关注小牛的时候，亨利常常看到一些细碎的小牛流产物质，以及皱巴巴的、尚未成形的小牛翅膀，而小牛妈妈就在这些东西的上空嗡嗡地飞。

如今，他把怀孕的小牛领进了家。重新把它和它的幼虫纳入群虫当中可是一件艰苦的差事。不过，让幼小牛降生在这儿，总好过它没法出生。

他抬起头望去，在他屋前的垫脚石上，有个黑头发的陌生人正一蹦一跳地走过来。他喘息加重，身子往后靠进椅子里，惊讶之下，差点儿把灯笼从书桌上撞掉。那只怀孕的小牛也受了惊吓，低鸣了一声。

他占住窗边的位置，藏在窗帘后。每当看见有人在他的隐居之所露面,他总会感到震惊。

何况看见一个去世的人现身,就更加让他震惊了。

这种事可能发生吗?他可去过科鲁克位于廷特尔教堂墓地的坟墓!

且慢……当然可能了,来的人是个小伙子。

亨利咬住手指尖。要是让这男孩进屋,他会跟他握手,那会是什么感觉?他有很长时间没接触过别人了,单是这一点,就差点儿阻住他走下去开门。以前,他曾情不自禁地想象过这第一次会面。那会在一个心旷神怡的场合,一个暖融融的屋子里。这男孩的母亲会给他们引荐,再给三人分别斟一杯杜松子酒。亨利用指甲梳理着胡子。他从没想到过此情此景。他曾付出过很大努力去躲避,搬到了无人之境,任由沼泽淹没了道路,风雨冲刷掉路标。

在这地方被人发现,真是件既不可思议又荒唐的事。他真想笑,可是(他心跳加速),这男孩真的在这儿了。看着男孩,就像在看一幅还没擦掉草图的画。画上有黑色的定稿线条,是明白无误的年轻人线条,可也有模糊的暗影,是铅笔涂的,这暗影是他母亲的翻版,附着在他的动作上和他惊悚的眼神中。要想继续平静地生活,真该继续对男孩科鲁克置若罔闻。

男孩已经在敲门了。敲呀敲呀敲,敲门声响彻整幢房子。他该假装不在家吗?

他曾把一些毛茸茸的虫子握在手里,帮它们抵御冬天的寒风,也曾在靠住枕头打瞌睡时,让雌小牛蜷缩在他脑门上,感觉它翅膀随他的呼吸颤动。然而,想到跟一个人这般亲近,感觉却像太空旅行那样可怕。真的,他觉得他自己跟他遇见的每个人都格格不入,除了艾弗琳·科鲁克。第一次见到她时,他难以相信,世上竟有这般让他没法挣脱的吸引力。他感到震撼,不仅是因为自己迷上了一个有夫之妇,也是因为自己竟然想跟另一个人在一起。

他记得,见过她之后,由于没了同伴,他便回去照料一只蛾翼的灰白小牛,就是那个待在虫群的一端、脚是奇数的小东西。它已经老了,得了风湿病,垂头耷脑的,也没有同伴。

踮着脚尖下楼的时候,他还沉浸在这些念头中,竟让装着怀孕小牛的黄铜灯笼敞开着。他慢慢跑过前厅,靠在墙上。迈达斯的敲门声穿透他的身体,回应着他的心跳。

从现在倒退十四年,艾弗琳在冲他微笑。他跟她一块坐过,聊过,相互有过了解。他们情投意合,却用不着说一个字,做一个手势,就跟昆虫一样。

他冲上前,打开门。

他想不出该说什么。他个头比门框还高。他伸出手。

亨利一边上下打量他,一边摇摇头。

"我,"迈达斯说,"嗯……我叫迈达斯·科鲁克。我想……你,嗯,以前认识我父母。"

"嗯。"亨利说。

"嗯。"

"啊。"

"哦……我能进屋吗?"

亨利鼓了鼓腮帮子,然后往边上一闪,让迈达斯进屋。过道上的天花板吊得挺低,木地板踩上去吱吱响。地板上,散乱堆放着上了年头的盒装卷宗和用线绳扎住的一捆捆纸张。他注意到,迈达斯在观看过道墙上挂的相框里的昆虫素描,有解剖图,也有飞行图。看见一个陌生人关注这些他多年来天天看的东西,这感觉让他挺不自在,皮肤都刺挠挠的。

他引迈达斯走进起居室,这里装点的昆虫胸部、翅膀和多棱面眼睛还要更多。蝴蝶经过了防腐处理,钉在橱柜里的木板上。在一个玻璃水槽里,树叶的纹状叶脉上爬满了蚂蚁。纸灯罩里,两根粗蜡烛发出摇曳的烛光,让这屋子里的各种阴影像定格动画般挪动着。屋里摆着张低矮的老式桌子,配了四把带椅垫的椅子。

亨利不安地扯扯胡子。"对了……我叫……亨利。"他一说话,竟觉得自己说出来的话很怪异。他不常动用嗓音。他的扁桃腺就好比封存已久的卫生球,舌头就像一扇吱吱嘎嘎的门。

"我知道。"

"哦。"

他再次伸出手去,迎来的却只是局促不安的表情。拒绝握住他伸出的手,这是一种侮辱吗?或者,是他本人太咄咄逼人了?亨利不记得他这样过。

"对了,"他一边搜寻记忆里的细节,一边说,"喝茶吗?"

"你这儿……嗯,有咖啡吗?"

"对不起,只有茶。绿茶。"

"那好吧。有劳了。"

亨利迟疑了一下,随后,急忙进了厨房。

迈达斯站起身,惊异于这次交流进行得这么简单。房子里散发着干羊皮纸的味儿,可在这气味之下,又透出一股沼泽味儿。他审视着木相框里的几张照片。照片上,可见到从空中拍摄的大海。有一张拍的是某种阳光,可当他凑近些看,却发现,这不是透过镜头拍出的效果,而是水里可见的某种有形实体,就在水面下方。在这张照片边上,框着的是张水母素描,卷须上的标注是用拉丁语写的。迈达斯不禁想起,他父亲一边读着用这种死了的语言写成的书,一边兀自哧哧笑。

亨利回来了,用雅致的瓷杯盛着绿茶,杯沿上画着红花瓣。他看见迈达斯正观看水母素描,便放下茶杯。

"人们把它切成碎片,却仍然找不着它的光是从哪儿发出来。"

"……人竟会这样?"

"这是本地的一个样本。这画的是解剖图。这些水母会发光……不过,这个你当然了解了。"

迈达斯点点头。他对这种越冬的无脊椎动物无所不知,知道它们每到十二月,就会云集在海湾,把阳光捕捉到它们那肿胀的体内,再以闪闪的电火花的形式把光释放出来。

尽管如此,尽管它们能吸收每一束阳光,把它变成粉红的微光或黄色的亮点,他却对它们怀着一种病态的恐惧,对这美景始终避之不及。

"当我最初来到圣好达兰时,我的部分工作就是研究它们。在大阪我父亲的厨房,我曾见过小一些的水母,小小的白色生物,样子就像马勃菌。父亲为对付它们,把它们切成条。不过,这些迁徙到圣好达兰的品种却全然不同。全然不同。"

"你的工作究竟是什么?"

亨利涨红了脸。

"你是生物学家吗?"

"我有一定的……洞察力,这可以保证我手头有点儿钱。比如对水母,人们原以为,它们是到岛上来繁殖的,直到我的研究表明,它们是来送死的,而且它们死的时候会发光。"

弄清其中的道理可得花点时间,可迈达斯随即兴奋起来了,他回头去看他刚才看的那张相框。

"这么说……圣好达兰对水母来说,跟大象的墓园意味相同喽?"

"它们会溶解于水,只留下一点微光。"

"那水里的这些光……"

"是夜间已死的和濒死的水母。它们的身体物质正在分解、溶化,同时还在发光。每个粒子都会变得像星团一样,直到残存得只剩了蒸汽,蒸汽再缓缓变暗,与大海融为一体。"

迈达斯指指一张照片上一只散发着蒲公英黄的光环的水母,"这只原先一定很大。"

"有一艘小船那么大呢。我还见过更大的。一开始,我还天真地打算跟它们一起游,好给它们拍照呢。不过当然,它们的毒液可能致命。虽不像有些物种那么置人于死地,但对要害部位十分够劲儿。它会让人变跛……啊,这些你全都知道。"

"我母亲就被一只水母刺伤过。"

亨利把重心挪到另一只脚上。片刻尴尬的停顿后,他说:"看这个。"他打开一个抽屉,拿出本相册。他轻轻翻开一张又一张照片看,全是发光的水母。然后,他翻到了几张海滩卵石路的照片。在色彩斑斓的石头当中,可以见到一片片被冲刷得很干净的、泛着光的鱼群。

"它们没死,"亨利说,"或者说,至少在空气里窒息之前,它们没死。它们被水母麻痹了,然后像漂流木一样被冲走。"

两人并肩站立,喝着亨利泡的绿茶,注视着照片。迈达斯轻易就沉浸到图像中去了。就这样过了几分钟,迈达斯才又想起他母亲的跛腿来。他意识到,亨利站得离他这么近,让他挺不自在的。

这个关于他母亲的问题在两人之间暗浮着,深不见底,就像这些水母当中的某一只。他看见,有只蓝翼的昆虫,不知什么品种,正沿天花板的下方飞舞,往下一冲,就不见了,消失在一堆封面打了卷儿的杂志后头。

小小的茶杯里,他的茶很快冷了。"艾达·麦克莱德这名字你有印象吧?那个金发女孩?非常……苍白?非常,嗯,你知道……漂亮?在果姆顿,她给你买过杯喝的。"

亨利看样子顿时着了慌:"她人不在这儿,是吧?"

"她在这儿。她来圣好达兰找你帮忙来了。"

亨利的眼睛大睁着,虹膜的纹理渐渐清晰锋利起来,像是青铜的短剑。"是她跟你说的?"

"跟我说什么?"

"她说过些什么?"

"她……生病了。不舒服。"

亨利皱起眉头,咬了咬胡子上的茶叶。"不舒服?就这个?"

"是啊。"

"她干吗来找我?她跟没跟你说过什么……秘密的事?"

"哦……是的。说过件很机密的事,没错。"

迈达斯注视着亨利的手指,见他的指甲里满是泥灰。亨利擦擦额头,冲口而出道:"失陪了,科鲁克先生。"然后,匆忙离开了迈达斯的视野。迈达斯听见,他把楼梯踩得嗵嗵响。屋外青蛙呱呱叫。迈达斯转动着手里的茶杯,看茶叶在瓷杯底部盘旋。


亨利不得不上楼,好让自己有个透口气的间隙。他坐到床上,拉条毛毯盖住肩头,像裹孩子似的,把自己裹起来。男孩科鲁克的身份已经够让人难以承受的了,他还提到艾达·麦克莱德……他想怎么样?她一定是为了那只蛾翼小牛回来的,他还以为沼泽能给他安全,躲开这种窥探呢。他以牺牲社交生活为代价,换得他在这儿辛辛苦苦构建的简单生活。这是昆虫学家的生活:有次,在旷野上,他双手拢了只蟋蟀,感觉到它窸窸窣窣地动,想逃走,就把它放了,看它不知所措地跳起,穿过长长的草地,一路跳走了。换句话说,他可不想让蟋蟀来敲他的门,让他对它的那次经历给个解释。可是……可是……在他生命的某个时期,他曾想要得更多,不愿舍弃他手上拥有的东西。他清晰记得,一个夏夜,时值他遇见艾达几天后,他仰天躺在沼泽里。湿地的气体整日蒸腾,化作热浪,融入大气层,给蔚蓝的天空涂上大理石似的斑纹,玻璃瓶似的绿色和棕色斑纹。要是当初在那条路上,他没有不加思考就拉住了艾达的手,此刻他本可以带着敬畏之情欣赏这万千气象。他抓住过一只癞蛤蟆,它干巴巴的,不盈一握。他看着它用腿踢打他的小臂,直到挣脱为止。他是这方圆几英里内唯一的人类。沼泽汩汩向四方流淌,"咳"出些新生的苍蝇。

他花了好几小时,才挨过孤独。

他很不情愿地把毛毯放到床上,深深地、均衡地呼吸着。艾达……她知道蛾翼小牛的事,他能想到的全是,她来这儿是为了恐吓它们。他看了看书桌上的黄铜灯罩,发现灯罩的门敞开了,里面空空的。他拼命地抑制住内心的哭喊。


迈达斯决定,再看看那几张水母在宝蓝色大海里像是烧着了一般的照片。可还没来得及看,他就被分了神。他看见,有只蓝翼昆虫落到书堆后面。它嗖嗖地飞过空中,带着气流掠过他的脸。他使劲眨眨眼,没头没脑地追随它,手本能地去扒照相机。

那是只长着翅膀的小牛,轻风习习,皮毛在风中发着淡淡的光。它的两腿松松地挂在丰满的肚皮下,头上的眼睛透出困倦的眼神。

他扯开背包,拽出照相机。这动作惊得这小生物猛一痉挛,飞得更高了。迈达斯不由得僵住了,只有照相机还停在眼前。它俯冲下来,朝一个纸灯笼飞去,烛光在灯笼里颤动。迈达斯还是拍下了它躲进纸灯笼里的侧影。小牛落到灯笼里,扇动着翅膀,露出身体内侧珍珠白的斑纹。

门口传来一声惊恐的尖叫。

亨利跌跌撞撞进了屋,张着大嘴看着迈达斯的照相机。

"你——你,"他张口结舌地说,"必须把胶卷给我。必须毁掉胶卷。"

"相机里没有胶卷,"迈达斯留神握住照相机说,"是数码的。"

"那就删除它。"

迈达斯摇摇头。

亨利挺起窄窄的肩膀，显然还不习惯恐吓别人。迈达斯像摆弄颗炸弹似的，缓缓把照相机放进背包，拉上拉链，牢牢锁住它。小牛蹲在桌台上，兀自舔着嘴巴。

"求你了。"

"那你必须帮艾达。"

亨利点点头："她想让我干什么？"

"我说不准。你得见见她。她觉得，你该对她出的事有所了解。"

"她出了什么事？"

迈达斯拍拍背包："我本该保密的。你也得保守我跟你说的秘密才行。你千万别告诉艾达，我跟你说过什么。"

"你没听说过蛾翼小牛吗？她来这儿难道不是为了它们？"

小牛闭上眼，它圆滚滚的肚子随呼吸一起一伏。

"她来这儿是因为，她的双脚正变成玻璃。"

亨利身子往后，靠到门框上。

"你得保密，"迈达斯说，"答应我。"

亨利点点头，如释重负似的。"还有什么要我保密的？现在能删除照片了吗？"

"好吧。"迈达斯目视片刻屏幕上闪动的照片。不管怎么说，它都是张很棒的照片。他删除了它。

"很好，迈达斯。啊……不知该从何说起。"

"随你的便。"

"你去过大陆吗？"

"去过。"

"几次？"

"五六次吧。"

亨利谨慎地点点头。"从大陆返回圣好达兰时,你也许注意到了某些变化。空气中的某种气味,鸟儿们的某种样子,还有奇特的降雪,落成了几何图案。也许还有一头纯白的动物,但并非是因为白化病。"

迈达斯摇摇头:"我觉得,这在我看来很平常。"

"是,或许是,"他叹口气,"对大多数人来说,他们要么生在这儿,要么习惯了这些现象,要么就搬走了。来这儿的人可不多。"

"可你来这儿了。"

"是的。可我对万事万物都很留心。我听说有种动物,用眼看谁一眼,就能把谁变成白的。我看见它以后,我……就找着了留下的理由。因为你想了解艾达的事,我得先说点题外话。"他透过窗户,凝视着黑压压的沼泽风景和泥泞的水塘。他看上去筋疲力尽,仿佛自迈达斯跨进门后,已经让他在劳累中过了一天似的。"你最好跟我来。到沼泽里,我给你看样东西。"

亨利借了靴子和防水裤给迈达斯。不一会儿,它们就沾满了滑溜溜的烂泥。两人踏着沉重的脚步,走在无边无际的沼泽地,土里掺着脏污的雪。泥浆结了霜冻,一被踩在脚下,就咯吱咯吱裂开。鼻涕虫睁着柄状的眼睛①,从阴暗处往外张望,表情神秘莫测。在一处地方,他们看见,有只长着蓬松须毛的苍鹭抓住一条鱼,可当他们走近时,它却飞起来了,重重地扑打着翅膀,飞向云天。亨利不时停住脚,查看他的指南针,或查阅沼泽路标:这块岩石顶部尖尖直刺空中,那根圆木形状像是剑龙。当他这样做的时候,迈达斯就紧张地候着。

---

① 某些甲壳类动物的眼睛长在可动的柄状结构末端。——译者注

然后,他找着了那去处。他解释道,他先前是怎样在旁边一株灌木上扎了根亮黄色的带子。这会儿,他认出了那脏兮兮的标签。"就是这地方。"他一边说,一边伸出根手指,指点着眼前墨黑的池塘。

"好的。可我们……我们在找什么?"

亨利沿着池塘边慢慢挪动。池塘里唯一能看见的是,有只蜗牛壳在水上漂浮。他找着一根长树枝,弯弯的像个大镰刀。他轻轻把树枝探到水面下,水一下子喷涌出来。他用树枝梳理着池塘,直到它绊在什么东西上。亨利站稳身子,用这木棍往上撬他的发现物,双脚在泥泞的岸上微微打了个滑。

水流向两边分开,有件平滑而又闪光的东西露出了头,不一会儿,这物体又浸到水里。只听亨利嘴里咕哝着什么。

"你得帮帮忙,"亨利道,"抓住木棍。"

迈达斯从亨利手上拿过树枝,感到另一端挂着件重物,原来树枝钩住了水里的什么东西。

亨利蹚进池塘,直至水没到他的大腿。"现在使劲拉。"他说道。

迈达斯使劲拉树枝,奋力捞出了水里的物体。亨利则从池塘里往上提这重物。慢慢地,他们把它抬起来了。

迈达斯喘息不止。

原来是个男人。水流从他身上排下,溅落池塘。有光静静穿透了他的躯干,穿透了他精致的面庞,还有胸部纠结的胸毛阴影。细碎的光浮现在他身体上,化作上百道缤纷的光线,洒满了池塘。他身上,每一寸都是玻璃的。蜗牛粘在他的皮肤上,看起来像疣一样。绿色水草缠在头上,像是给他戴了顶帽子。重压之下,亨利露出副苦相,手一松,又把这躯体放回水下。它沉没了,像是受洗一样。迈达斯猛地坐到一个烂树桩上,顾不得屁股被打湿了。他低下头,用双手捂住脸,两颊顿时沾上了泥掌印。

亨利爬出池塘,注视着涟漪散去。"你没话要说吗?"

"你是说,这种事会发生在艾达身上吗?"

亨利神情凝重:"你是说,你还从没想到过这种情况?"

迈达斯无力地点点头。一路艰难地走到这儿,他觉得浑身都在疼。"这东西怎么会在沼泽里?"

亨利耸耸肩。"这儿就是它的坟墓啊。"

"是你把它放这儿的?"

"不是。我是在搜集癞蛤蟆卵的时候撞到它的。我不知道他是谁,在这儿多久了。可能几年,也可能几百年。我在沼泽里见过玻璃手,还见过一个玻璃造型的东西,像是冰河时代的样本,后来弄清它是一只狐狸或青蛙的后腿。这片沼泽恰似一个玻璃墓园。要是细淘这池塘底的沉淀物,你会看见,很多玻璃颗粒在你的淘盘里闪闪发光。"

"我何时能带艾达来见你?"

他以为亨利会毫不犹豫地接受呢。然而他没有,却不安地摆弄着他风衣的栓扣。"问题是,迈达斯……我带你来这儿,为的是……"

迈达斯闭上眼,试图排出他吸入的硫黄异味。"你没法治好她,是吗?"

亨利捡起根芦苇,把它撕成一条条。"是的,没人治得好她,因为她没病。这不是病。要是你同意的话,玻璃如今成了她的一部分,就像手上的指甲或头上的头发。"

"那,她能干脆把玻璃切掉吗?"

"这不好。它只会长回来。"

亨利把撕碎的芦苇片撒进池塘。迈达斯觉得,他看见有条鱼浮上水面,吞食这些碎片。

亨利叹口气:"对不住,迈达斯。"

种种事情在迈达斯的内心翻腾:是种地动山摇的感觉,他以前从未有过。一想到会失去艾达,他就顿时气急败坏起来。要知道,他们俩甚至还没……

他凝视着这片锁闭在池塘里的黑水。又一次,他看到有树胶坠下,划破了水面。

"你可以找着帮她的办法。你自己也说过,你的见识无人可比。"

亨利耸耸肩:"我只会浪费你的时间,只会给她其实根本不存在的希望。"

迈达斯扣紧满是泥污的双手。"我母亲,"他说道,"我母亲的事怎么说?这件事我完全了解,我知道,她想跟你在一起,我会帮你跟她走到一起的。可你得帮帮艾达。"

亨利低下头。"我不成,迈达斯,你没看出来吗?这完全不可能。实际上,这是个绝妙的类推法。我做不了这件事,自然也干不了那件事。"

"我父亲去世后,你怎么不去找她?"

亨利脸色苍白:"她在哪儿,迈达斯?"

"在我家的房子里。如今我们住在'殉道者的陷阱'。"

亨利摇摇头:"早在你父亲去世前,她就离开我了。"

迈达斯心头一阵火起,不由得抓起一块泥巴,猛地掷到水里。只见它划破水面,激起上百道涟漪,一圈套一圈。一想到艾达会变成沼泽里的那具尸体,他的心仿佛都要枯萎了,碎掉了。他的脸扭曲了,表情复杂莫辨。迈达斯转头冲着亨利,在模糊的视线中,竟把他看成了一个不相干的人,一个孤独的学者。他怎能逃避帮助艾达的念头呢?他究竟有没有考虑过帮她,哪怕是考虑一毫秒的时间?

"现在怎么说?"他问道。

"现在我们没什么好做的,除非自我安慰说,从来没发生过那件事。"

"从来没发生过? 你这就打算放弃吗? 就在这会儿,当我们见识了她将来的状况时?"

沼泽里,鸟儿在别处大叫着。迈达斯的怒火骤然离他而去了,就像闪电击到池塘四周的林地一样消失了。如今的他被冷飕飕的感觉包围着,没精打采的。昆虫啾啾叫,芦苇摇啊摇。

他们走回亨利的茅屋和迈达斯的车那儿。路上,两人没说一句话,始终隔着一箭之远。亨利站在茅屋门口。迈达斯把借的靴子丢在路上,让它往下淌泥浆,随后,就坐进车里,开走了。

# 16

迈达斯的父亲坐在书房里,埋头读一本大厚书。他不时抬起手指,翻动厚重的书页。门开着,迈达斯敲了敲门,等一会儿,然后又敲。他还是个小男孩,门把手有他的脑袋那么高。

慢慢地,父亲合上了眼皮。他深吸一口气。他的肩膀耷拉着,脸上流露出一丝疲倦的神情。

当他意识到迈达斯来了,才拖长了音儿,道:"嗯?"听起来,就像是一根树枝在森林里呻吟。

"妈妈在哭。"

他叹了口气:"你说什么?"

"妈妈在哭呢。在你们卧室里。"

"哦老天,迈达斯……"

"对不起……我做错事了吗?"

"你问没问她怎么啦?"

"你说过,不准我进卧室的。你说过,不准我……"

"是,是。哦,迈达斯,我正看书呢。"

他用一根长长的、干净的手指捋捋胡子,然后,继续热切地看着膝盖上的书。"她没看见你吗?"

"门关着。"

"嗯。你干吗偷听?"

"她……她哭得太大声了。"

父亲的书里有张照片。迈达斯挪步过来,想看看,他瞥了一眼。可父亲把书合上了,拇指还夹在书页里。

"你没敲门吧?"

"我敲了。可你没应门。"

父亲低头注视着合上的书。那是本另类的书,跟他平常看的书全然不同。一本关于解剖学的巨著,封面是一幅胸腔截面图。

"迈达斯?"

"嗯。"

"跟她说……跟她说,我还有六页要看。看完,我就会上楼安慰她。"

迈达斯点点头,留父亲一个人在书房里,上了楼。父母卧室的门要比家里其他的门高一些,看上去像扇石门,漆成了石板蓝,露着凹痕和裂口。

"妈妈?"

他听到啜泣声,就推开门。窗帘是带网眼儿的那种,光线透过窗帘的缝隙射进来,把他母亲身边照得一道明一道暗。她坐在床的远离窗户的那一边,面朝一面全身镜。她留一头松散的长发,漂亮的象牙色发绺落到肩头,垂到毛线衫上。

从镜子里望去,她的影像正捧着张照片,捧到靠近腹部的位置,盯着它看。那是她的照片。上面的她还是个年轻姑娘,没这么瘦,也没这么没精打采。她在河边摆了个姿势,一只手伸进头发里,头上和身后都是蓬乱的树枝。一个倒影(不是她的)映在水面。前景一片模糊,白茫茫的,但不可能是雪,因为这是个夏天的场景。

或许是花吧。迈达斯猜想，那花的样子一定像是小仙女。

"儿子，"她一看见他，就用鼻子吸了口气，"这些照片拍的都是妈妈，是我年轻时拍的。你想看看吗？"

她从床上又拿起几张照片。一共是五张，每张上的姿势略有不同，前景都是轮廓各异的白茫茫一片。迈达斯从她手里拿过一张。

"小心，"她说，"给我寄来的所有照片都在这儿了。我可没底片。"

很小的时候，他就开始把底片当成光线的陷阱了：光线留在底片上，难以磨灭，成了过去的物质残余。回忆是由光线组成的。照片是个奇妙的东西，可只有底片才值得珍存。没了底片，你拿到的只是幻影。有了底片，他就能拿到他母亲过去时光的片断，就像一根失而复得的头发或一片指甲那么真切。

"迈达斯！"她嘘声说。

她露出受惊的眼神。他很快意识到出什么事了：上楼的脚步声传来。在她能采取措施之前，他父亲就来到了卧室。有那么一刹那，他们三人全都呆住了，脸色煞白。然后，父亲夺步向前，从母亲的膝头一把抢过照片。

他两眼转来转去，反反复复端详着照片，仿佛它们是书里的文字。然后，他叫了一声，仿佛喘不过气来似的。他没注意到迈达斯拿着的那张照片，因为小家伙悄悄把它塞进了衬衫里。

"请出去，迈达斯。"迈达斯一离开，他就猛地关上门。可迈达斯还在倾听。

"亲爱的……"父亲说，"这都是什么？这是怎么回事？你跟我说过，你会撕毁它们的。你保证过。"

"可是……亲爱的，这不关他的事。和他一点关系也没有。照片上的人是我，这些照片拍的是我。"

迈达斯听到了撕纸声。撕了一张又一张。门一下打开了,他让自己贴在墙上。父亲拂袖而去,手里攥着一堆碎纸片。他一下楼,迈达斯就从门框望过去。

她手里拿着一片指甲大小的碎纸。迈达斯看见她肩膀在颤动,就战战兢兢地敲敲门。她抬起头来,他把他藏在衬衫里的那张照片递给她。

她嘴角抽搐着,发出压抑的一声叫喊。他观察到,她一看见照片上的自己,瞳孔就放大了,眼睛里的晶体不住地调整,仿佛他照相机的镜头一样。

"拿好它,迈达斯,"她说,"好让你爸爸永远找不到它。"

他照做了。

# 17

风从北方吹来,裹挟着雨云和尘埃,直到给天空罩上一层灰蒙蒙的外衣。亨利坐在他那小屋的门口台阶上,风灌进他嘴里、鼻孔里,把泥沼的肥料味儿吹进他肚子里。

他帮不了艾达。他对此心知肚明,心情倍感压抑。他帮不了她,那个叫科鲁克的男孩要求他帮她,这对他是不公平的。在他为获得隐居生活而做出的所有牺牲当中,最大的牺牲莫过于背弃了他爱过的女人。因此,她儿子长大成人后,走过那片密闭的、迷蒙的沼泽出现在他面前,索要他力不能及的帮助和回答,这也是不公平的。

向远处望去,雨就像是灰毛线,把天和地连接起来。他帮不了艾达,不过……他用双手捂住脸。他没跟迈达斯完全说实话。

小时候,亨利把他的自行车卖了,换来一套化学仪器。他试图以搞成熟的研究之名,而舍弃掉孩子气的东西,这在当时看似是个合理的主意。后来,他看见那个买他车的男孩每到晚上就开心地踩着自行车,而他却拿把镊子,拨弄着各种培养皿之中的晶体。那时候,他的内心似乎形成了两个不破·亨利。科学家不破·亨利,栖息在他脑袋里,渴望研读生物学和解剖学,另一个不破·亨利则藏身在他胸腔下的某个部位,一看见自行车被另一个男孩骑着,就懊恼到几近崩溃,一门心思向往着脚踩踏板一起转动的那种生龙活虎。

几年后,他背着个小包离开了大阪,觉得自己会搬开真正的绊脚石,发现一种不为人知的病菌。那个渴望拥有自行车的不破·亨利害怕离家,而另一个不破·亨利却始终明白,靠他父亲开在道顿崛一带的饭馆过活是没有前途的。在这儿,他每天睡醒都闻到一股蒸米饭味儿,觉得他的肺都成了硬糯糊。他知道,离开家不会错,置身于芦苇丛和沼泽百合当中,过上与世隔绝的生活,安安静静、勤勤恳恳地搞研究,这正是他该过的日子。只不过,当他母亲的死讯传来时,他仍是那么平静,连他自己对此都吃惊了。于是,他开始寻找那个蜷缩在他胸中的孩子气的不破·亨利,指望他能帮忙对母亲的离世挤出些许悲伤,可他找不着他了。事实上,他不见他有一段时间了。也许是在横渡大洋的那次长途旅行当中,他被丢掉了、遗忘了,丢在机场候机室无人认领的行李里,或是丢在投递地址错误的航空邮件里了。正因如此,亨利才会对那个在大阪抚养他成人的女人的去世感到无所谓。他甚至记不起当她儿子是什么感觉了。沼泽地的生涯周期性地持续着:春天,芥菜花把泥沼变成金黄的世界,夏天的高温让池塘生成一层黏稠的水皮,秋天滋生出数以百万计的昆虫,还有那黏人的甲虫。

可是有天下午,在度过了许多个如此这般的周期之后,另一个不破·亨利竟回来了。他如今完全长大了,变成了个贪得无厌的家伙。他给他来了个伏击。要报仇。他击败了他。

他瞄见了艾弗琳·科鲁克。

那个夏日,他一直在上游抓鳗鱼,爱看它们在他钓桶里快滑和乱窜的样子。一旦抓到手,他就把它们拍下来,记录颜色和尺寸,然后把它们倒回水里。它们就光闪闪地游走了,就像是有生命的液体。

那天过得很开心,他漫无目的地沿河边溜达。刚长出两翼的叮人小虫和蚊子成千上万地在草地上飞舞,绕着他的脚踝嗡嗡乱叫。河里,有暗黑的鱼类闪着光飞速游过:新生的小鱼就等着被鳞光闪闪的梭鱼和贪吃的癞蛤蟆吞掉了。他顺着水边一路闲逛,河流蜿蜒曲折,他不觉被引到了林地深处。

这时候,他看见她在前头,盘腿坐在河边,身穿夏天应季的衣服,戴一顶巴拿马式草帽,帽檐上缀了朵布艺的玫瑰花。一见他,她就跳了起来,不过没说话。她身材很美,肢体修长,一头青丝飘逸在头边,仿佛要垂到水下似的。她紧张地用手指摆弄着上衣的下摆,把它揉成一团,然后松开,再揉成一团,松开。他注视着她不住重复这动作,直到他意识到,欣赏女人要是像欣赏一条容易兴奋的鳗鱼或一只反复无常的蚊子那样,那是让人受不了的。他低了低头,为自己的无礼致歉。

她笑出了声,开始自我介绍。他知道,他再也忘不了她的名字。他问她,是什么促使她走进林地的。只是好奇,她说。她家人就在附近,正在林中的空地打盹儿呢。"是父母吗?"他抱着希望打听。不是。是儿子和丈夫,他们俩都穿着长衫长裤,为的是提防黄蜂和荨麻。

她忧伤地笑着,反问道:"你怎么会来这儿?"

他晃了晃盛鳗鱼的钓桶,算是解释吧。

当她问他,介不介意有她陪在旁边,他差点儿发脾气。斑驳的阳光穿过树叶,照在她帽子上,还有她瘦瘦的小臂上,他继续欣赏这情景。她的手指停不下来,要么指指点点,要么一声不吭地摆这弄那。他们沿河边走着。她一条腿有点跛。

突然,他一下子来了个一百八十度大转弯。他猛地伸出一只胳膊,拽下她的帽子,盖住了她的脸。她惊叫一声,害怕地从他身边跳开。

他大着胆子转头瞥了一眼。

那东西消失不见了。

刚才它就跪在河边,拍打着河水。一层粗糙的白色表皮,一个拱起的脑袋顶,还有一张扁平的脸紧贴在水面。感谢老天,喝水时,它大大的眼睛是闭着的。看见它,让他吃惊不浅,惊讶程度略逊于此的,是看见它的大小:它只不过比羊羔大一点。

他问艾弗琳,是不是也看见它了。她(一边把帽子稳稳戴回头顶)承认看见什么东西了。可她遇见它的眼神了吗?这怎么可能,它脑袋是低着的?他一下跳过小河,落到那东西跪过的地方。绿绿的水草茎高高擎出水面,成了蜻蜓幼虫的爬梯。幼虫已经完全发育了,紧紧攀附着青枝绿叶。它们通体像雪一样白。他一屁股坐到河边,咬住嘴唇。他冲她解释说,幼虫本该是乌黑的,这颜色对于在水里做伪装是很理想的。如今它们从水里爬出来了,却是白色的,这很容易成为鸟儿的目标。它们用腿把身体锁在叶柄上,一动不动,而皮肤却变干了,为的是准备好蜕变为成虫。

"那让我们保护它们吧。"艾弗琳说。她坐在河对岸,踢掉了鞋子,把脚趾放进水里,晃动着。他也照此行事。他的心发疯似的怦怦直跳,因为她想跟他一块儿保护它们。她跟他说,他很好笑,可她喜欢他的好笑。他们惬意地静静坐着,看那幼虫的白色外壳缓缓从眼后开始裂开,粉白的脑袋和胸口使劲从皮上的裂口挣脱,半露着身体,摇摇摆摆。

"你要是集中注意力,"亨利说,"就能看见它们呼吸。气流让它们膨胀,阳光却让它们干瘪。然后,它们就准备破壳而出了。"

像是为了做演示似的,有只正在破壳的蜻蜓突然屈身爬回它的幼虫壳上,使劲把尾巴和两腿扯出来。它的两翼贴住后背,像是起皱的纸。它挂在那儿,抱住那皱巴巴的旧身体,一动不动。与此同时,别的叶柄上的其他幼虫也在这么干。

亨利和艾弗琳惊得说不出话来,看着一双双的翅膀变干了,在叶柄间慢慢张开,就像花瓣在开放。

太阳热乎乎地晒在亨利脖子上。他用眼角的余光观察着心醉神迷的艾弗琳。阳光给水面留下斑纹。一只白蜾蠃从睡莲丛中哗啦探出头来吸气。艾弗琳真美,他想,比这儿的一切还要美。

最近的那只蜻蜓本已张开两翼,又突然伸展到最大程度。光线把翅膀上细碎的棱面照得亮晶晶。别的蜻蜓也同样行事。水中植物的叶柄上,顿时挂满了光滑的翼片。

过了几分钟,第一只蜻蜓起飞了。它垂直冲天飞去,然后,在他们头顶上折来折去地飞。艾弗琳一边喘着气,一边捂着嘴。亨利盯着她看。有更多的蜻蜓挣脱了它们那已经僵硬的前身,嗖地飞向空中,如同白色的火花。

暴雨从天而降,落到他身上,把他带回了沼泽地,带回了现实。他闭上眼,感觉雨滴啪啪打到泥泞的草地上。他对记忆中发生的事又爱又怕,因为那虽然是个充满希望的时刻,是他有生以来第一次坠入爱河,可过了这么多年,它却变成了一个再恰当不过的隐喻,只因为他不知道,与他共度那段时光的艾弗琳去了哪儿。今时今日,在"殉道者的陷阱"残留的她,只不过是蜻蜓丢弃的一具幼虫壳。

这会儿,他像落汤鸡似的站在雨里,觉得很内疚,因为他没对她儿子彻底坦白,就好像说出全部的真相会对大家都有好处似的。

他突然感到恼火。花园里的一块石头竟成了鼻涕虫们聚会的峰顶,他从泥浆里抓起石头,扔进一个水坑。在石头底下,在满地乱爬的团子虫和虱子当中,有一条玉石似的甲虫。他吸了一口气,用脚踩了上去。

他立即蹲下,蹲在它那被踩烂的残骸边,使劲又掐又扯自己的胡子。等他恢复了自制力,他看见指甲上沾了血。他站起身,觉得自己无比高大。他的鞋看起来像巨人的,他的手饱经风霜,粗糙而笨拙。

由于迈达斯·科鲁克的出现,一切都变了样。

"好!"他冲着沼泽咆哮,"我跟你说!"由于这叫喊,他顿时觉得肺伤着了,他高声大叫持续的时间太长了。他不禁捧腹大笑,随即跺跺脚走进屋内,用一口平底锅烧水,锅里汩汩冒着泡。然后,他端着锅出门,蒸汽在寒气中分明可见。冰冷的雨水像蠕虫一样流淌,又被他的长筒靴踩开。他端着锅走进沼泽,热水溢出锅边,啪嗒啪嗒掉到地上,浇得烂泥嘶嘶响。他来到一个形状和尺寸像棺木一样的池塘,用炙热的锅底把表面的冰融出一个圆,然后把热水倒在水草上,抓住泥泞的锅底,像布渔网似的把锅浸入池塘。他感到水冻麻了他的手指,冰围拢了他的手腕。他把锅拽出池塘。锅里盛满脏水,黏泥里包着一块硬物。

他端着锅,还有这硬物,回到小屋里把水排掉。然后,他堵上水池,拧开热水龙头,挤出长长的一条洗涤液。他戴上金盏草图案的洗涤手套,做了个深呼吸,然后把手伸进水池,摸到那块如今隐藏在泡沫下的东西。他用刷子擦洗它,直到泡沫洗掉了,他才把它干干净净地从水里拿出来。

回想他把它从迈达斯·科鲁克的坟墓里抓出来那会儿,那股恶臭让他快把苦胆吐出来了。如今,迈达斯·科鲁克的玻璃心正闪烁着多棱面的光,就像一块巨大的钻石。过去几年,池塘的蜗牛寄居在它那透明的心房,癞蛤蟆产的卵堵塞了它那清澈的心室。洗干净,消过毒后,它却让亨利对他的所作所为充满了羞愧和恐惧。他曾把它从迈达斯·科鲁克的胸中摘下,像摘颗熟透的水果,然后赶忙回家,擦掉它上面那层干了的血膜。随后的几夜,他通过仔细查看,掌握了它的某些奥秘。这玻璃就像人的指甲或头发那样运转。人死后,它还会生长一段时间,哪怕在坟墓里也生长,可这过后,它就跟人体其他部位一样归于静寂了。自打他偷偷把它带回沼泽,他每天都想着这些事,想到自己干的事简直是犯了弥天大罪。

就在他铲去坟墓表层土、捕获里面腐烂棺木的那天夜里,他买了瓶杜松子酒,把一整瓶都喝光了。廷特尔教堂墓地的花仿佛染上了月光,即便在午后也是洁白的。手握铁锹时,他臂上那瘦弱的肌肉算是得到了锻炼。廷特尔教堂矗立在一座孤零零的山脊上,风刮掉了那儿贫瘠的土壤,只给地面留下海滩一样的沙砾。只有一次,他看见了活物。他看见两只汽车前灯从远方渐行渐近,便趴到了地上,被这光弄得惊慌失措。这闪过的黑影就像是墓碑黑色的帷帘被掀起一样。待到车灯沿着果姆顿路消失不见了,他出了一身冷汗。他知道,他身子下方,有个死人伸腿躺着,位置恰好跟他平行,只不过,他没时间查看,自己藏在哪块墓碑后。透过坚硬的泥土,他能感到这是谁的墓。他跳起身,掀掉杜松子酒的瓶盖,喷喷地对着酒瓶喝酒,然后呷呷嘴,抓起铁锹,从坟墓上铲掉脆弱的草根。

他记得,在秋日的星光下,他挖出个光秃秃的木制的棺材铭盘。他捣碎棺材盖,棺里腐烂的残骸令他不禁作呕。在沼泽,腐烂分解的过程是复杂的。水里的各种气体和液体可以把一具尸体保存几百年不腐,也可以没过几天就剥掉它的皮肤,就像剥落油漆一样。他曾经希望,这沙土质的坟墓在七年时间里已做足了功夫,打开了其中这躺卧的尸体。他需要的无非是:看一眼胸腔下面那个挥之不去的东西。那爱的中心。

这坟墓果然超额完成了任务。

现在,在他小屋的厨房里,他把这玻璃心塞进一个手提袋里,放到茶几上。

你要是问精神科医生,人为什么会自杀,你会听到上百个理由,可没有一个理由能导致手提袋里的这种结果。亨利长时间绞尽脑汁思索科鲁克博士的特殊自杀方式。他把这玻璃心跟他在沼泽里展示给迈达斯看的玻璃尸体进行了对比。如果说,变成玻璃的进程会随死亡而终止,那科鲁克就用他的自杀推翻了这说法。由此断定,这个沼泽人某种程度上并没有死。他死了以后,玻璃迅速长到了极限。这个沼泽人要是活着,就不可能这么大幅度变成玻璃,变形也不可能像死了以后完成得这么彻底。要是这男人溺死在池塘,水一旦浸满他的肺(气胸足以致他死命),玻璃就会立即停止生长,变形就无法完成。要是他被沼泽地的某种果子毒死,躺倒在沼泽的岸边,他的胃一定会活着,而不是变成玻璃,以便分泌出霉来消化这果子的毒质。要是他被谋杀而死(他的尸体并没有受伤迹象,不过,他也可能被打裂了头),那他必得要残存完整的头盖骨和足够的脑髓,好活下来等杀手来杀他。还有,即使是这玻璃本身杀死了他,把一个器官接一个器官变成了晶体——如今他的残躯就是这种状态,玻璃也肯定会败在它自己手上,因为一旦某个至关重要的器官变成硬硅石的时刻到来,他的躯体便会整个停止运转,致他死亡,这样玻璃就不能再迅速蔓延至把他整个变成玻璃。

对于这一切,亨利只能提供两个假设。

其一:由于某种原因,即便在变成玻璃之后,受害者仍然活着。科鲁克博士看来并不相信这个理论,不然就不会这么轻易地放弃自己的生命了。

其二:变形并不像亨利设想的那样稳步展开,它的速度不会一成不变。变形可能会形成势能,以突如其来的突变打垮受害者。

看来，很有可能是，科鲁克博士在布下自杀计划时，就害怕会出现这种情况。沼泽人在思忖自己的病情时，也一定害怕这种情况，尽管如此，他仍在多年乃至几个世纪以前，突然间便以摧枯拉朽的速度变成了坚硬而空心的矿物质，竟快到来不及听到别人的赞叹。

解开这个谜团始终是亨利的兴趣所在，直到现在。如今，情况大不一样了。他跟艾达·麦克莱德并不太熟，但就是这点熟稔，已足够促使他不希望迈达斯·科鲁克博士或沼泽人的事情在她身上重演。

那个下午的剩余时光，他觉得自己唯一想做的事就是不要再想艾达的事了。到黄昏时分，他喝光了他储存的杜松子酒，专注地倒出了每一滴钻石般清亮的酒液。他想到了艾弗琳，河边轻舞的白色蜻蜓，幼虫留在芦苇和绿叶柄上的外壳，还有他们两人返回时走的那条路。走在那条路上，他感到，爱情正在萌生。

# 18

夜晚在大雪之后悄然降临。森林顶部的轮廓仿佛一把锯齿，直逼天际。雪一下就化，落到铺满落叶的路上，被车轮辗得粉碎。

卡尔·茅尔森在开车。

时间，他缺的是时间。人生没多少年可以施展拳脚的：你不得不经历不顺心的年月，而且还要从中获得储备。因为当你老了，境况会变得糟糕。他但愿，当他第一次真正跟死神擦肩而过时，他身边能有人，有别人。他母亲和父亲坚持要在遥远的亚利桑那州过活，这未免显得固执。先行辞世的本应是他俩当中的一个，而不是弗蕾亚。任何人辞世都行，除了她。只有她的辞世才让他感到，他在这世上的时日并非无限，他未必有幸能比查尔斯·麦克莱德活得长，也不一定有机会规划并进入某种完美无缺的未来。

他感到喉咙一紧，一滴热辣辣的眼泪溢到他下眼皮上。他竟忍住没让它掉下来。他觉得自己老了，变得多愁善感了。或许，是这森林的魔力惹他生出了眼泪。银白色的蓟花开在路边，颤巍巍的。他的车前灯一闪，把一只野兔的眼珠照得煞白，怪吓人的。

今夜，他又看见了活生生的她，看见她身穿大学最后一夜穿的那件舞会礼服舞动着。她的衣裙连同她那齐腰的长发熠熠闪光，如同这野兔的眼睛。他记得，她从舞池另一端向他致意，嘴角的一边挂着一丝作弄人的笑。他走了过去请她跳舞，不过那只是他的幻想而已，他并没有那么做。他当时扮酷来着，后来才走到她跟前，却发现，她挎住了另一个男人的臂弯。

他把记忆切到一开头，重新设计它。这一次，他迈步走进舞池，大踏步朝她走去。在闪烁的迪斯科灯下，她的秀发波光荡漾，让他目眩不已。他握住她伸出的手，感到那软软的手指锁住了他的手指。

他没来得及踩刹车。有只母鹿撞到了他的车前灯。

这鹿被撞得嗷嗷叫，在引擎罩上撞出个凹痕，一只前灯熄灭了。它死了，在车下发出惨白的光。卡尔骂骂咧咧地跳下车，查看了这铁家伙上的凹痕。他用工具取下那只前灯，引擎罩皱巴巴的。他冲母鹿的尸体大发雷霆一番，然后打开后备箱，抓起母鹿，扛到肩膀上。就算他得付修车费，鹿肉也够他和艾达吃一星期的了。

母鹿被撞断了脖子。除此之外，当他把它丢进后备箱时，他看见，有只后腿也断了好几处，断骨弯弯曲曲耷拉在皮毛里，就像圣诞节长袜子里装的玩具。

他把手插在口袋里，站了一会儿。这场公路杀生造成的惊吓，还有冰水在每片叶子和每朵蓟花尖上的闪光，让他浮想联翩。

记得三十年前的一个夏日，学院大楼之间的空地上，阳光把整洁有序的草坪烤得焦干，黄黄的草坪看上去就像羊皮纸粉碎后烂进了地里。卡尔站在一幢砂岩建筑的阴影里，手插着口袋，皱着眉头。他拿出把梳子，用它梳了几下他那乌黑的头发。其他大学生绕过他，登上台阶，走进他身后那不通风的过道。

他对他们要多厌恶有多厌恶：这些没有梦想的家伙。他们谁也没有冲天干劲或凌云壮志。他们要么一本正经地在小社团里忙忙碌碌,要么四处闲逛,没心没肺地听任学术上就要临头的失败。不管是狂啃书本,还是不把学业当回事儿,他们没一个像他这样有干劲,有热情。相较于学习,他们更在意晒着太阳,懒洋洋地打发时光,而这在他是不堪忍受的。他不禁对他们嗤之以鼻,像头野猪似的哼了两声。这吓着了一个胖乎乎的女同学。这女子紧张兮兮地往上推了推眼镜,踉踉跄跄走掉了。他把梳子塞回口袋,拢起了双臂。

有个女孩骑着自行车来到这块空地。她看起来挺着急,骑得很快,可当她骑过一块有裂缝的铺路板时,车子摇晃起来,链条松了,女孩一歪,倒在路上,双腿跟车子绞到了一起。当她理好这乱摊子,站起身时,卡尔幸灾乐祸地笑了。

他停住笑。她很美。

女孩割伤了膝盖。暗红的血顺着小腿蜿蜒流下,就像长错了位置的红斑。当她试图整理她的套靴时,一头金发沾上了血迹。她丢下自行车,疾步跑上台阶,进入校园,只留下卡尔,回味着那股强烈的芳香,那是她的体香和血味儿混合而成的。

她令他腰间的某种东西绷紧了。他原以为,自己已超越那冲动,来这儿只是为了献身学术。可是现在……他吃惊地发现,自己竟然一路小跑到这空场,去搭救女孩丢下的自行车。当他把车支撑起来,发觉车架上的铁锈时,他意识到她需要辆新车。他轻轻把车靠到墙边,把手掌放到车座上,期望能感到残存的体温。他什么也没感到,不过,他还是让手在那上面停了一会儿。

过后,他幻想着,自己往她破裂的膝头涂抹药膏。

"弗蕾亚。"他呼喊道。这个词似乎把他带出了回忆,回到这静默的树林,这冰封的道路,还有他汽车后备箱里的那只死鹿。他转过脸,注视着路旁一簇簇的蓟花,和花后面那镀银般的森林。

"弗蕾亚。"他凄凉地叫道。

她的名字响在空中，竟是一片死寂。它不再是什么人名了，只不过是大陆某个墓地里草根的营养物罢了。他对此早有预感，在她的闺名变成一件文物时就有了，但他无力用行动制止事情的发生。他绝不会勉强她用茅尔森的名字。他揪住自己的头发，使劲拉扯，痛得流出了眼泪。他多妒忌那些享用着她尸体的草啊，在她曾经温热而柔软的皮肤那儿，细草丝正长出来。

他回转身，关上后备箱，盖住了那只半路丧生的母鹿。艾达·麦克莱德：一个仍然含有某种意味的名字。这名字让他多日来头一回笑了，因为一想到她是从那具如今埋在草下的躯体里生出的，他就不禁微笑了。活生生的艾达让他感到欣慰。

这让他更难忍受她身体有病的事实。他观察她在房子四周走动，很快就生出疑心，怀疑她得的是种严重的病。

他对受伤并不陌生。在一生当中，他右脚的跖骨断过，左腿的胫骨裂过。艾达受的不是这种伤。她绕着村屋走动，那么纤弱易碎，看来她的脚有可能是瓷。这个比方让他想起了艾米丽亚娜·史泰罗斯，赫克托的老婆，利用她丈夫的钱在果姆岛北部海岸的恩格姆开过一个小店，做另类疗法的生意。

卡尔固然担心那店里卖的都是吉卜赛人的药品和迷信用品，可他由她去，因为他们一直在约会。他们俩的私情对艾米丽亚娜来说比对他重要，不过，青春时代的她一直很美，他曾误以为，如果说有个女人能打破他对弗蕾亚的徒然思念，此人须得像弗蕾亚那般迷人才行。

他绞尽脑汁，方才记起，她跟他说过什么。她说的时候，他似听非听，但她说的话如今总唤起他对她的记忆。有天早上，他们俩一起躺在床上，他在享用一天当中的第一支烟，而她在唠叨当下生活中的烦心事。艾米丽亚娜时常为她的这个那个病人而难过，可有个女孩的故事——细节他现在记不起来了——却与众不同，艾米丽亚娜说过，她被这故事深深打动了。

他须得在很久以后，重新启用她的电话号码，或是做一趟恩格姆之行，因为他们有好些年没取得联系了。

不过，他先得拜访另一个人。自打科鲁克博士死后，那个姓科鲁克的男孩曾经有一两次从他的脑海掠过。卡尔对他自己的发现十分好奇，就像他好奇科鲁克是不是艾达的合适伴侣一样。如果说，有一样东西是弗蕾亚遗传的，是艾达身上肯定有的，那一定是她对男人的品位。艾达曾跟他说起这些年来有过的男朋友，说到她对他们的看法，让他不禁目瞪口呆。

她需要有人施以援手，卡尔实在太乐意伸手帮她了。

"你会喜欢他的，"她这样谈到卡尔·茅尔森，"他也会对你感兴趣。"

可关键是，迈达斯不喜欢见人，人们也对他没兴趣。迈达斯独自坐在厨房的餐桌旁，把头埋进手里。这是他惯常的样子。再好不过了。

"我跟艾达纠缠得太近了。"他冲放在桌上的照相机坦白，"我该立刻脱身。"

他深情地环顾他的厨房，这是他给自己营造的温暖舒适的日子。他该打电话给她，取消会面，并且再也不见她。见她能有什么用呢？

他站起身说："我不喜欢被人打扰。"

他大步朝电话走去，抓起听筒，按了她号码的头几个数字（意识到，自己记住她的电话号码了）。他犹豫了，随即把听筒扔回到电话上。她还不算是太扰人。他想到了她的脚。光穿透了她的双脚，令她那结晶的血液闪出火花。他答应过她，会留在她身边。要是现在丢开她不管，那该多狠心啊！

"要是事情变得拖泥带水，"他返回水壶那儿，下了决定，"我就拍屁股走人。我不会为此感到亏心。"

他发抖了。他从不擅长跟人打交道，特别是跟女人。他有过的第一段也是仅有的一段关系，让他对此深信不疑。他曾给过娜塔莎独占整间摄影室的待遇，还租来好些服装给她穿。她喜欢搔首弄姿，说这让她自我感觉良好。既然他爱好摄影工作，看来他们俩可称绝配了。她令人目眩……可只在照片里。对他来说，跟她约会成了个难题。他宁愿借口病了，这样就能待在家，欣赏他拍的一本本照片了。照片里，她有一头浓密而光滑的秀发，可在照片外，这头发却干枯起来，散发出难闻的啫喱水味儿。当他合上相册，她迷人的眼波就变成了烧焦的木块。跟她分手需要莫大的勇气，他不得不坐下来，解释说，他只为胶片版的她着迷，只为他所拍的她着迷。

分手后的那几年，他过得不太好，因为她不断能找着什么人爱她真正的样子，并不爱用硝酸银和闪光灯打造的她。她给他写过一封信，他读了好多遍，都能逐字背下来。

> 你看来总是热衷于那些乏味的事，总喜欢摆弄两维的平面。我一直没能把你从那种状态拉出来。我从来没能让你喜欢上三维世界。直到今天，我都不认为你了解什么是深远，可我曾拼命想成为那个向你展示它们的人。保重，迈达斯。

这信让他很不舒服，部分因为他伤害过她，部分因为她误解了他。竟然说什么他不懂深和远，太可笑了。任何摄影师都懂深和远。他可不像他父亲那样一叶障目不见泰山，他确信，他对自己在这世上的位置看得十分通透。而这，正是他继续扛照相机的原因。

丹芙该来了。他乐意让这女孩陪在身边,因为她喜欢安安静静地待着。任何多余的唠叨都会让她心烦。他们两人配对,可以在桌边一坐坐好几个小时,迈达斯加工他的照片,丹芙画画。

　　可是,自打那天她向他展示了那些小玩意儿,并直率地说到了花在脑后的时间,他就一直替她担心。古斯塔夫曾经很有耐心地把她带出门,带到万物生长、暴力横行、气象万千的外部世界。他骗她走到人行道上的裂缝上,好让她认识到,什么意外也没出(过后,她竟开始了某种苦行,在路上来回跳,从一块石板跳到另一块,几小时都不停)。他故意伪装停电了,好让她应付黑暗(从那以后,她就在床下的一个盒子里储存起蜡烛来)。他花了好几年来矫正她对水的恐惧。在学校,她用钢笔尖扎破了充气救生圈。老师罚她抄写课文,可她接受了并耐心地抄写。老师向古斯塔夫报告说,她这种情况没得治了。迈达斯也不喜欢水,所以暗自赞赏她这种特殊的犯上做法,但自打那一天起,他就隐隐担心,他恐怕会毁掉古斯塔夫的辛勤工作成果。他鼓励她的内省倾向,说这是她特性的一部分。他一直认为,内省是一件好事。他是从什么时候开始觉得那并非好事的呢?

　　这会儿,她正画一只独角鲸,喇叭鼻,长着鳍。而他,在往厨房墙上张贴新照片。照片上,有明亮的阳光照耀潮湿的原野,土地像是白纸上摁了上百万个墨黑的指纹。有只蜗牛长着黑色大理石般的外壳,触角直伸向空中。一只白猫只有一只眼,是他在凯瑟琳的店外拍的。要是在一星期前,所有这些照片都会让他开心。他可以花上一小时,迷醉在照片的光影中,欣赏光的壮丽和影的深邃。只不过如今,它们却像是成了他钉上墙的废品,他只对他现在选出来摊到桌上的那些照片感兴趣。那都是艾达睡着时他拍的她脚的照片。他从中选出一张,钉上墙,把其他的收起来。然后,他把手插在口袋里站着,注视着这张上了墙的照片。

过去几年里,他渐渐不再用那台老式单镜头照相机了。他怀念在暗房度过的那些个悠长的夜晚,怀念那里的潮气和显影液的味道。满室的红光会让你觉得,你仿佛在透过眯起的眼睑往外看。尽管偶尔还会有怀旧的痛楚,他如今还是迷上了数码相机。下一张照片对他的诱惑太强烈了,他的等待很浮躁。用数码相机照相之前,每当胶卷用完,他总能克制住自己,返回暗房,从硝酸银中幻化出图片。他的眼睛经过调整,已经能够从暗光中看世界,看照片在洗片池中渐渐浮现。

那时还有底片。他多怀念底片啊。它能留住实实在在的光线,逼真地反射风景、物体和人,把它们留在胶卷上。摄影的底片是印证记忆的最过硬的证据。它就是火后的焦炭,是皮肤留下的疤痕。拍照那天的同一束光线,连同母亲、父亲或挚友的图像都自动记录在了胶卷上。现在,凝视着墙上那张显示艾达透明的脚趾贴住床单的照片,他想,她那双脚跟底片有多相似啊:两者都是那个连接了回忆和现实的混合世界的主体。那不是真实、灵动的走路用的脚趾,而是光的戏法,唯有靠着光,才能展露脚趾的所在。

门铃响了,他看看表。古斯塔夫早到了半小时。

他意外地发现,门口站的不是古斯塔夫,而是卡尔·茅尔森,来者身穿皮夹克,手插进口袋,肩上落着雪。

"你好,"他说,"我们没见过面,可你是迈达斯,对吧?我叫卡尔·茅尔森。艾达的朋友。"

迈达斯清楚记得父亲跟卡尔获得博士学位时的合影。在现实当中,这个男人身上有着某种照相机没捕捉到的东西:仪表堂堂。他带着某种磁场,就像发电机四周的空气一样。

"是。你好。她给我看过你的照片。"

"我是顺便来拜访的。你瞧,真有趣。我认识你父亲。"他试图越过迈达斯,朝屋里打量,"我来得不是时候吗?"

迈达斯心想,这话是不是说,我能进屋吗?

迈达斯往后退到门厅。卡尔走进来,关上门,径自把外衣挂到衣架上,然后,跟着迈达斯进了厨房。

"丹芙,这位是,嗯,茅尔森博士。茅尔森博士,这是我朋友丹芙。"

"你好,茅尔森博士。"

"别喊我博士,"卡尔温和地说,"这称呼未免太妄自尊大了。"

丹芙耸耸肩,又去画她的画。

"坐吧,"迈达斯从桌边拉过一把椅子说,"要喝点什么吗?"

"我想跟你一块喝杯咖啡。"

"好。"迈达斯烧上了水壶。

卡尔看了看丹芙正画着的画,那是深海里的一只独角鲸,海草做它的挽具,拉着辆贝壳做的车,她正给贝壳涂上粉色。有个女人在驾车。卡尔注意不碰到这铅笔画,用手指着这女人问,"这是只美人鱼吗?"

丹芙摇摇头,接着画。

他转而注意到墙上的照片。"看来,迈达斯……你原来是个不错的艺术家呢。你父亲觉得这些照片怎么样?"

迈达斯摆好咖啡壶,还有他家里最小的杯子。"他不懂摄影。他只认为,他在古旧书本里读到的东西才叫美。"

卡尔点点头,呷了口咖啡,接着浏览照片。"我有幸跟他共事过一段时期,是以前在瑞彻尔大学。"

迈达斯没精打采地坐在椅子里。"你瞧,"他说,"我父亲是个笨人。"

卡尔表情很吃惊:"我可不那么认为。我挺喜欢他。他提起过我吗?"

"没有,抱歉。他大概没提过。他从不谈论什么人,也不谈他的生活境况。他只是喋喋不休地谈论什么原型和素材。"

卡尔天真地笑了："听起来活像我认识的他。我不指望他提起过我。不过,你父亲可说过好些绝妙的事。他眼界很开阔。"

"或许吧。"

丹芙打了个很响的呵欠。她的铅笔沙沙响,划破两个男人之间弥漫的静寂。

"我从你身上能看见你父亲的影子,你知道吗?你有着跟他一样的……该怎么说呢?沉着。他去世时我很难过。都是那只船把事情搞糟了。那是个重大损失。"

迈达斯耸耸肩。

"你对他毫无感觉吗?"

又耸耸肩,不置可否。

"你有没有保留一张他的照片?"

"那边墙上有一张。我把其余的清理掉了。"

"我能理解。"卡尔加着小心说,他看着那照片,"这个话题不受欢迎。"

迈达斯注视着杯中咖啡荡起的一圈圈涟漪,仿佛这涟漪能化成旋涡,而他想钻进旋涡,逃开这场谈话。在桌子底下,他正用手指甲掐自己的膝盖。

"好吧,我这些话无非是说,你这么厌恶他,真令人遗憾。"卡尔懒懒地斜倚着椅子,"你们两人原来长得这么相似,却又如此大相径庭,你不觉得很有趣吗?算了,我来这儿不是为谈论他的。"

"你说了,你只是顺便走访。"丹芙说。

他斜眼看了看她,显然忘了有她在那儿。"好吧,"他深吸一口气,说道,"说实话,我来这儿还有点事。我是为艾达来的。"

"迈达斯的新女朋友!"

"丹!"

她耸耸肩。

卡尔抬了抬眉毛。

"不!"迈达斯反驳道,"不,不,不,我们只是普通朋友。而且,我们刚认识。"

卡尔嘴上露出一丝诡异的笑,仿佛对迈达斯这副样子很熟悉。他看上去近乎陷入对过去的怀念中。"艾达病了,是吗?"他问道。

迈达斯默然点点头。

"不过,你和我会帮她的,是吧?她对你坦白了,这让我很欣慰。"

迈达斯原以为,自己会局促不安地矢口否认这一点。换了他父亲,也会这么做的。可是,他对于谈论感情还很不老练。他真想跑上楼,赶紧冲个凉水澡。

"她跟没跟你说,"卡尔道,"她脚上的毛病?"

丹芙咳嗽两声。她冲迈达斯使个眼色,试图暗示什么。

"我,嗯,"他咕哝道,"我想,艾达不会特地跟我说她出了什么事。"

"你这么以为吗?"

丹芙用铅笔敲敲桌子。"对,"她说,"他就是这么以为的。"

"她跟你说了我和她是怎么认识的吗?"

"哦,嗯……"对这事,迈达斯有记忆,可丹芙摇晃着铅笔,于是,他什么也没说。

"我是她母亲最好的朋友。这使我处在一个有趣的位置上,因为我又是你父亲的旧同事。"

"在圣好达兰,谁不认识谁呀。"

"没多少人认识你父亲,迈达斯。再说,我是艾达在圣好达兰唯一认识的人。"

"她认识迈达斯,"丹芙反驳道,"还认识我爸和我。"

"可你们跟她只不过见过一面。艾达跟我老早就认识了。正因如此,我才处于这么特殊的位置上,你们两家我都认识。"

"迈达斯跟他家其他人可不一样。他就好比……好比上帝重生。"

卡尔惬意地笑了:"这小姑娘被惊着了,是吧,迈达斯?"

迈达斯嘟囔了句什么。

丹芙气呼呼地合上她的素描本:"我没法集中精力。"

卡尔站起身:"我的咖啡喝完了。"

他们送他走进门厅,他穿上皮夹克,打开门,在台阶上站了一刻,那姿势仿佛在欣赏漫天飞舞的雪花。

"那是张有趣的照片,"他说,"你厨房墙上的那张。从你父亲的照片往上数,大约第五张。"

"哦,"他使劲用脑子想,"是它?"

"是。"卡尔在空中晃晃他的汽车钥匙,抓住它,漫步下了台阶,走到他停车的地方。他爬进车,头也不回地开走了。

"真烦人!"迈达斯说。

她手抚臀部,脸涨得通红。"傻瓜!"她喘着气说,"你怎么这么傻?"

"什么? 你说什么?"

"他看出什么来了。他是在考问你呢,就像老师考问学生。"她气呼呼地转身回厨房了,"他说的一定是你今早挂起来的那张照片。"

他疾步跟在她身后,而他的神经早已冲到他们两人前面了。

"就是那张,"她指着厨房墙上的那张照片说,"可我够不着它。"

就是拍了艾达玻璃脚的那张。从他父亲的照片往上数,大约第五张。

哦,天哪。确实……这太出格了……照片上,就有一双玻璃脚……别的什么也没有……这说明不了什么……

"那只不过是……"他支吾道,"只不过是特效。电脑就能做出来,你知道……"他把照片拿下墙,正面朝下放到桌上,就像这样能改变什么似的。丹芙回身走到前门,双手用力关上门,把寒气挡在门外。

# 19

　　走在夜里,会有那样的瞬间,她忘记自己的脚出事了。然而,她麻木的静脉,还有当她试着曲起脚趾时那毫无反应的坏死的神经,又会弄砸这样的瞬间。今夜,睡意难以降临。卡尔回到他自己的这幢村舍后,她觉得他就像是个闯入者。她知道这感觉未免荒谬。记得那一夜,她一觉睡到天亮,迈达斯的一只胳臂从她床边伸过来,那让她有了回家的感觉。次日早上,有他在身边,听着油在锅里咝咝响,她体会到了幸福的滋味。

　　她讨厌一动不动地躺着,便早早起了床,给自己弄了点儿麦片,把麦片浸入牛奶,看着它变成湿湿的一团,沉下去。她并不饿。她看着屋外雪花片片,敲打着窗户。过了一刻钟,她听见外面传来脚步声,不禁兀自紧张起来。厨房的门啪啪直响,一晃就开了,卡尔迈步走进来,穿件灰外套,裹着厚围巾。他的鼻子耳朵冻得发紫,头发上有雪花在闪亮。屋里顿时寒气逼人,艾达不由得往后一缩。卡尔关上了门。

　　卡尔面带疲惫地笑,落了座。“你也睡不着吗?”

　　“是睡不着。”

"有时候，我简直会没完没了地想事，想够了才能睡着。"

她勉强露出颇有同感的神情："我是在想我的脚。"

"啊。"他盯住她的眼，把肩膀放平，"听我说艾达，我挺担心你的。"

她耸耸肩，用调羹勺搅搅溶解了的麦片。"没什么好……"

"艾达。我想我知道，有个女人能帮上你。"

"帮我找着不破·亨利吗？"

"不是。是帮忙治好你。"

她眯起眼，想用意念控制住双手，不让它们躁动不安地露了馅儿。可没睡好觉，意念也供应不足了。雪花片片打到窗玻璃上。"卡尔……拜托……我没事的。"

他一掌拍到桌子上。这一拍，令她惊得跳起来，调羹勺在麦片碗里当啷一声。她试图弄清楚，他察觉了什么，他又企图从她的言语里证实什么。他深吸一口气："你的脚趾变成了玻璃。"

她惊得哽住了，觉得腾地升起一股怒气。几个月来，她的脚一直是她严守的秘密啊。"你一直都在打探我的事吗？你夜里偷偷溜进我房间了？"

他不屑地摇摇手："没想到你把我想象得这么不堪，艾达。我昨天跟迈达斯·科鲁克谈过了。"

再不可能紧守她的一级秘密了："是他跟你说的？"

"没错。也许我给你带来了好消息。我有个朋友住在恩格姆。她在几年前曾经牵扯进了一桩不寻常的事中。昨天我去拜访过她，她答应会全力帮你。我可以开车载你去她家。"

她砰的一拳打到桌子上："你都已经告诉别人啦？"

他转转眼珠："艾达……人家这个提议可是很值得认真考虑的。"

"我会考虑的。"

"考虑考虑。快点儿。你时间很少。肯定没时间浪费在搜寻偏方上，或是跟巧舌如簧的男孩子混在一起。我去拜访迈达斯时，他亲口说，他不打算谈情说爱。"

"他说这话了？"

"是啊！说白了吧，艾达，弄清他是这副德行，都用不着心理学家出场。要是你……"他停住口。她用双手蒙住脸，一声尖叫。过了一分钟，她一瘸一拐走出了这屋子，去洗澡了。

卡尔起身，扎紧围巾，迈步返到门外。黑暗中，森林遁于无形，只有雪压下的旷野发出幽幽蓝光。他抬头望着村舍的房顶，雪皑皑的外衣下，瓦片若隐若现，仿佛啃咬的痕迹。浴室的窗户透出灯光，艾达拉上了窗帘，他只看见她身体的轮廓。

口袋里只剩了一支烟，他点着它，缓缓吸了一口。他生出了些许成就感，可除此之外，就只有担忧。查尔斯·麦克莱德对他隐瞒了弗蕾亚患癌的消息。卡尔没法想象，他要是知道了这消息后会怎么做。妈的，他肯定会做点什么的。现在，他要为艾达的事做点什么。


记得她小时候，妈妈曾不顾爸爸反对，给她买了只小狗。那是只好斗的西班牙猎狗，一看见妈妈就会皱起鼻头。妈妈对此不禁大笑，爱上了它，给它取名长①子约翰。

每一段时期，长子约翰都只长一个部位。先是它尾巴长长了，以至要是使劲摇尾，这冲劲简直要把它掀翻。随后，它的腿长长了，跑得很快，竟都把它自己吓着了。他们发现，它要么掉进坑里，要么跑到坡上汪汪乱叫。它耳朵变得很大，竟都成了第二副眼皮，它得竭尽全力，才能把耳朵从脸上甩开。

---

① 此处是长短的长。——译者注

当艾达不在时,遛狗的人是他爸爸。爸爸以前反对养狗是因为费钱,可现在,他会仔细查看狗罐头的标签,专买最有营养的狗食。当长子约翰长成个呼哧呼哧喘粗气的家伙,总找别的狗的屁眼儿去闻时,艾达的妈妈对它没了兴趣。它发烧了,是她爸爸带它去看兽医。爸爸还关切地弄来矫形用的塑料骨头给它咬着,并把一个捕龙虾的笼子改造成狗玩的篮球。

有一天,十三岁的艾达在遛长子约翰。她走在已经走了上百次的沿海小路上,这地方的崖石已经风化了。地上一道道狭长的裂口连接成网,露出坚硬的灰泥岩,一直向下延伸到海边,延伸到海水渗入陆地之处。有时候,她会头靠着岩石躺下来,发丝摇摆着,垂进石上陷阱般的凹坑里,听海浪低声呼唤她的名字。

这天下午,遛长子约翰的时候,她发现,这路上露出一处崭新的崖壁,就像一根绳子上断开个口子。她理应朝陆地深处走一点,跳过护栏,返回路的另一边。她理应往回走,给海岸警卫队打电话,让他们封锁这条路。可她没这么做,而是决定跳过崖壁去。她迈步跑了起来,转个弯,全速跑向崖石,最后,朝着空中纵身一跳。有那么一刹那,她感到,身下坦露的崖壁深处,潜藏着大海的某种恶意。她平安落在崖壁的另一边,笑声隐隐回响在崖壁的裂缝中。

长子约翰想加入这游戏,狂吠着跑向她。可它跳得不够远。它用爪子抓到了她这一边的土,接着往后一滑,掉进了崖壁缝里。她奔到崖壁边上,可太晚了。它不见了,只听见它发出慌乱的躁动声。他的汪汪叫声像是从某个阴暗的地下通道传来的。接着传来的是挣扎声和哀号,大海的呼啸声,一声狗叫(有只蚯蚓扭动着从地里爬出,继它之后,啪嗒一声也掉进了黑暗的崖缝),隐隐的海浪拍击声,又有几声狗叫,咸咸的海风吹来,就像洞穴里的风一样冷。

当她回到家,脸上的少女化妆品已经融化,正顺着脸颊流下。她看见,妈妈正坐在前院的吊床上读书。妈妈纵身站起来,试图拥抱伤心的女儿,可艾达一扭身逃开了,开始艰难地讲述出了什么事。

"别慌,别慌,艾达,"妈妈说,"它的生命已经回归自然,就像我跟你说过的涅槃一样。万事万物都是这样回归的。尘归尘,土归土。某种程度上说,我们该替它高兴呢。"

艾达抽泣着跑进屋,砰地关上身后的门。她爸爸在门厅遇见她,便扶她坐在楼梯最下面的一阶。她从自己手上拂开爸爸的手,支支吾吾地解释出了什么事。

"嘘,"他说道,"静一静。天上的上帝早就给万物配好了时间和空间。理解起来可能有点难……可如果上帝要把某个生灵召回他身边……放心,他肯定在他的王国里留好了位置。"

她油然生出一种遭人出卖的感觉,急促地喘了口气。她慵懒地扭动身子,跺着脚上楼梯。当走到过道当中时,卡尔·茅尔森一边拉上裤子拉链,一边迈步出了浴室,身后传来马桶的冲水声。

他是头天夜里来拜访这家人的,事先没打招呼。由于他开车走了很多路,妈妈坚持让他在客房过夜。爸爸什么也没说,早早上床了。艾达总也睡不着。她蹑手蹑脚下了楼,透过关着的门,倾听卡尔跟妈妈聊天。他们谈到他们去过的地方。在异域国度,夜里就睡在寒冷的沙漠荒地,白天去潜水,在水下穿过沉没的古城的废墟。

这会儿,在楼梯口,她意识到,自己把白天发生的事跟卡尔从头念叨了一遍,还加上个尾声,内容是,她父母怎么试着安慰她。卡尔认真听着,随即身子往墙上一靠,拢住双臂。

"你觉得它会出什么事?"他问道。

"我不晓得。"她又哭起来了。

"听我跟你说。它往下坠得很深,没准儿断了几根骨头。它会疼得不得了。然后,大海会带走它。要是它运气好,大海会很快清理它,把它冲到礁石上。更有可能的是,它在漆黑的崖底溺水,一点点地慢慢死去。这会儿,它的尸体要么还挤在地下,要么早就随洋漂流到海底,被食肉鱼一块块吃掉,或是被鲨鱼撕成碎片。"

她强忍着说:"然后呢?"

他耸耸肩:"然后嘛,他的身体各部位腐烂了,物质分解了,散落到海水里。它的骨头残渣盖在了沙滩上。"

"可它的……它的灵魂呢?"

他又耸耸肩:"抱歉,艾达,我们不了解那个。不管我说什么,都是想象出来的。也许,它的脑壳可以庇护蟹类,不让它们被食肉动物吃掉。"

她猛地冲向前,紧紧抱住他,把脸塞进他衬衫里,贴住他那结实的、宽宽的肚子。


这会儿,长大成人的她走出卡尔的浴盆,注视着幽蓝的清晨慢吞吞地过渡到白天。那时的他无动于衷,如今的他向她主动提供帮助,她对照着今昔。

她打开浴室的窗,把水蒸气放出去。她这动作惊动了一只猫头鹰,它盘旋着飞出树林,随即掉个头,又默不出声地飞了回去。她在马桶座圈上坐下,擦干身体,同时想到迈达斯曾想跟她一块观察猫头鹰来着。对于这种事,她想她是没时间做的,这也符合卡尔对事物的看法。可让她恼火的是,迈达斯竟把她脚的事告诉了卡尔。

迈达斯大概回去摆弄挂在他脖子上的那个讨厌玩意儿了,那玩意儿压弯了他的身子,让他看上去像个老头似的。只不过……迈达斯或许看来跟他拍的风景照一样单调乏味,可她想不起,会有什么人像他这些日子一样,如此频繁地自动浮现在她的脑海。假如接受卡尔的建议意味着,她会失去圣好达兰的一件让她觉得生动可亲的东西①,她就吃不准,自己还愿不愿意接受这提议了。

洗澡用的是个古朴的老式浴盆,盆腿支在地板上,盆脚的形状像是狮子爪。她仔细看着自己的赤脚,发现它们跟盆脚有着可怕的相似之处,都是干净整洁,有种装饰美。只不过,她能想象那些猫科动物②轻轻穿行在遥远的沙漠的场景,能描述它们那沉甸甸的爪子的很多动作,而对她自己脚趾的动作,她却没这么多可描述的。她依次观察每个玻璃脚趾,然后看到它们珐琅般的表面缓缓升起水汽。她试过不这么频繁地观察它们,因为它们的情况看来总是越来越糟。自从上次她查看过之后,它们明显又变糟了。它们的样子就好比浴室地面幻化出的海市蜃楼。晨曦从窗户透射进来,她左脚的小脚趾在晨曦中闪着光。她那前脚掌内的根根跖骨,就像羽管笔的笔尖一样漂亮,可是,它们全都比她上次看到时短半英寸。脚跟周围的皮肤已经变成了橡胶白,正准备变形呢。她用毛巾快速擦掉脚上的水珠,赶忙穿上她的新袜子。脚趾还是湿的,不过没关系,袜子会吸掉湿气的。袜子虽不像骨头那么干燥,可她从来感觉不到。

---

① 应指迈达斯。——译者注
② 指狮子。——译者注

150

# 20

　　雨夹着雪，像白色的箭一样射向艾丁福。大街上，风偷偷袭来，像是要偷走行人手里的伞，还吹得他们的头巾掉向脑后。迈达斯坐在汽车里，等着红灯变绿灯。雨夹雪随意变换着方向，一会儿从左边敲打着车子，一会儿又从右边猛地袭来。他看见，有个年轻女人近乎绝望地摇晃着她的伞，把伞当成盾牌似的，时而朝这边，时而朝那边，好抵挡雨雪。

　　绿灯亮了，他把车开起来。车子开始下坡，驶过老教堂，驶过凯瑟琳的店，驶过冰封的水道边上的公园。过了桥，驶过艾丁福的尽头。一幢未完工的房子矗立在水道的对岸，自打迈达斯记事以来就一直未完工。他看着它从一幢预期中的红砖建筑变成了一堆破砖烂瓦。他不知道工程为什么被放弃，可他知道，他可不想让自己住处边上长成一片杂树林。

　　果姆顿森林的冠层不禁让迈达斯想起了一只甲虫，就是那天早上他看见蜷缩着身子死在他门阶上的那只。树枝交错纵横，活像虫子的好多条腿。树底下，阳光照不到的灌木叶子细细的，叶脉分明，宛如虫子的翅膀。

他加速开车,一边集中精力回想他跟艾达先前一块开车走过的路线。他可不想拐错弯,迷失在这虫子似的树林里。

然后,他到地方了。就是这幢村舍,门是蝶蝶绿的,邮箱上挂着块马蹄铁。树木稀疏,给前后花园让出了场地。花园里,白雪皑皑。

还没等他伸手敲门,她就把门打开了。她站在门框里,身子靠住墙,双臂合拢。

"我们,嗯,能进屋吗?"他问道。

她摇摇头。

"哦。卡尔在家吗?"

"没在家,迈达斯。他开车去格拉姆斯加洛夫上班了。"

"这样……"

"我们不进屋,因为你不是百分百受欢迎。"

他退后一步,挠挠头。

"别掩饰了,迈达斯。你跟卡尔说了我脚的事。"

听得出,她声音透着不满,但还在尽力克制。这话吓到他了。他真想跑回车里,赶快开走。他眨眨眼,让睫毛上的一片雪花掉落。"呃,艾达,我……他去我的住处,就看见那张照片了。不是我跟他说的。"

"你把那张该死的照片挂出来了? 天哪,这可真是一种见鬼的保密方式。我还指望你把它从照相机里删除呢。"

"没人……来看我,一般情况下。嗯……"他绞着双手。

"真可怜。"她低声道,随即砰地关上门。

他站在那儿,风使劲刮着他的头发,把雪花打到他脸上(门里,艾达用后背靠住门)。他想她是对的,他真该删除那张照片,就像删除其他所有照片一样。不过,他觉得自己某种程度上也是受害者,不经意间上了卡尔的当(她觉得所有的怒气都被一阵风吹走了,她还怀疑他故意背叛她的信任呢)。还有,他还没告诉她,他找着不破·亨利了。他又敲敲门,希望她能把门打开,起码让他把沼泽里的那个地址给她(她几乎要应门了,但还怀疑,他究竟明不明白伤她有多深),可她没有开门。他脚步沉重地走回汽车旁(她断定,生气是没有意义的,要知道,他是圣好达兰最算得上是朋友的人了。她打开了门)。雪花片片,飘落在空寂的花园。迈达斯和他的车已经离开了。

# 21

迈达斯闭着眼睛在洗碗。通常,这是他最喜欢的洗碗方式,洗刀叉,洗咖啡杯,一切靠触觉。他觉得奇怪的是,在他对父亲的那么多不愉快印象当中,最生动的竟是父亲洗碗。这就是为什么他闭着眼睛洗碗,因为这样可以感觉到自己的胳膊浸入洗碗水,皮肤上满是泡沫的痕迹,水把他的手指泡得发紫,下意识地,他从水槽里拎起一个盘,举起来,沥掉水,这一切都让他的回忆翻腾。洗碗水好比一个水晶球,映出他的童年。

在回忆中,迈达斯个子小小的,用不着蹲下,就能透过钥匙孔往里偷看。他看见,父亲正洗碗碟,一边喘气,一边背诵着什么,总也背不到下一句。直到母亲悄悄溜进厨房,用指尖轻触父亲的后腰。迈达斯看见,她的双手滑向父亲,就像蜡流进铸模。父亲手里拿的盘子掉回了水槽,后背挺直了,膝头一动不动。她把他身子转过来,泡沫从他手上往下滴水,弄脏了地板。她借自己衬衫擦干他的双手,然后把它们分开,放到她的臀部,把自己身体紧紧压到他身上。他嘴唇在颤抖,目光越过她的肩膀。

"那个,那个,"过了一会儿,他支吾着说,"洗碗水快凉了,亲爱的。"

她把双手从他身上抽回,往后退去。看见她离开厨房,走上楼梯,迈达斯赶紧躲了起来。随后,他走进厨房,站在父亲边上。父亲正重新拨弄着碗碟,冲洗它们,注视着水在碗边冲出个半圆形,然后把碗放到烘干机上,听热气泡在碗的表面啪啪爆裂。

"迈达斯。"父亲一边把下一个盘子浸入水槽,一边说。

"嗯?"

"你觉没觉得……算了,让我举个例子。在学校里,要是你在班上拔尖儿,你会感觉挺得意,不是吗?"

"什么叫得意啊?"

"就是感觉很好,实在是好。你会有什么感觉,迈达斯? 比如,要是你在学校表现好的话。"

"哦……高兴? 骄傲?"

父亲的样子很惆怅。"你觉没觉得过灰心丧气?"

"你说什么?"

"就是得意的反义词。"

"得意又是什么意思呀?"

"就是感觉好。更确切地说,是感觉非常好。你有感觉的,不是吗? 我说的就是这个。你从没想过……感觉都到哪儿去了吗?"


迈达斯洗碗的时候,艾达正团着身子,坐在椅子里。椅子摆在卡尔·茅尔森家的草坪中央,她身后是他家的村屋和森林。在花园的尽头,山坡的顶上,森林陡然显现。卡尔家没有花圃,没有侍弄得整整齐齐的灌木,只胡乱种植着一些植物,到夏天还会有一片需要割草的草坪。这会儿,草是看不见的,隐在两英寸厚的雪下。雪踩上去吱嘎吱嘎响,起先她拖着拐杖连同椅子,艰难地在雪上走。这雪跟圣好达兰的其他地方一样硬邦邦的。树枝笨拙地在风中打着弯儿,脆弱的枯叶像古老的羊皮纸似的,一碰就碎。就连她目光所及的一只猎鹰,飞起来也雄姿全无,只不过机械地拍打着翅膀。仿佛这就是这些岛上的生存方式,让万物停滞,侵蚀掉它们的活力。

这地方正是这么对待她的。

来到室外对她来说是件不错的事。这会让她觉得,身体的冷压过了内心的寒。她把一只热乎乎的杯子举到嘴边,杯里是烫嘴的番茄汤。她喜欢让这酸酸的气味钻进鼻子里。她披了件猩红的羊毛披肩,戴了副手套,好抵御这黑白色调的严冬。可黑白正是这地方和这里人的故事题材,生硬而单调,一如彩色电视机出现之前的电视频道和明星。就拿迈达斯来说吧:是什么让一个人在各方面都如此死板?岁月把她妈妈变得僵化了。宗教把她爸爸变得僵化了。她记得,爸爸只哭过一次,是在他们的关系从父女变成彬彬有礼的同屋的前夜。起因是,爸爸捉到她跟约西亚上床。约西亚是一位来自南非的交流大学生,要在她家住一个月(那次变故后,他没住满日期就离开了)。可爸爸在头天夜里哭了却另有原因:自打约西亚到家里来后,爸爸就焦躁不安起来,试图用南非通用的荷兰语跟约西亚攀谈。爸爸持续学习南非荷兰语有三年了,她没有理由不相信,他已学有所成。当时,大家一起坐在餐桌边吃饭,只见爸爸清清嗓子,跟约西亚打招呼,迎来的却是对方茫然不知所措的目光。爸爸满脸通红却又礼节周全地接受了这个事实,可是,她后来暗中观察他时(那是在他家的花园里,种着灰头土脸的蒲公英。他还以为只有他一个人,没被发觉呢),却看见他哭了。他把一只半开不开的蒲公英举到胸前,缓缓流出眼泪。那般僵化刻板,跟迈达斯如出一辙。

她心头突然生出一股怒气,便把番茄汤猛地泼到园里。她看见,一道红色弧线落到雪地里,样子就像一处还没痊愈的烧伤。爸

156

爸的形象又一次闪现。去领圣餐时,他瘦削的脸庞会变得满是恭敬,颇为孩子气。看他祷告时,下嘴唇还沾着廉价的圣餐葡萄酒的酒渍,不住地画着十字。当他睁开眼,他那泪眼婆娑的目光第一个便锁定了她。

迈达斯说过,他但愿他父亲下地狱。他描述过父亲其人,跟她提起过孩提时代的往事。艾达透过她听到的一切,对老迈达斯·科鲁克有了个清晰的印象,觉得他睚眦必报、反复无常、控制欲强烈。她觉得他就像个恶魔,想象迈达斯童年的家庭好比是饱经风吹雨打的山中洞穴。记得她跟母亲有次去中东旅行,当沙尘暴出现时,就曾在这样一个洞穴里栖过身。不过,他还是有些地方能让人生出共鸣。虽然有些奇怪,不过她觉得自己也许比迈达斯更了解他。还有,她愈发怀疑她是不是了解自己的父亲了,当然,父亲的所作所为远没有科鲁克先生那么严厉苛刻。

没了暖身子的番茄汤,她感到空中的雪在撕咬着她(这不禁让她回想起,炙热的尘暴刮进洞穴,拍打着她那条彩色围巾末梢的场景)。于是,她开始艰难地回撤,把自己禁闭到卡尔的小屋里。

这条街上,尽是刷成天蓝色的连栋建筑。街的一头,矗立着艾丁福公共图书馆。跟那些精致的连栋住宅形成对照的是,这间小小图书馆靠灰泥墙独力支撑,很不起眼。扣起的窗框仿佛漂流木一般。窗格玻璃上满是污黑的烟尘,暗无光泽。这是个阴沉的晚上,家家的窗户把橘色的光影投向湿漉漉的人行道。海鸥们在玩闹,一边沿着排水沟站成一排排,一边冲着艾达啾啾地叫。艾达吃力地走上门口的台阶,紧握住光滑的扶手,把全身的重量都压到她的手杖上。

图书馆里面的气味让她想起了学校的教室:一股粉笔味儿,掺和着消毒剂的味道,还有甜腻腻的泡泡糖味儿。书架是铬合金的,四壁浅褐色,朴实无华,除了一个儿童角堆满了褪色的豆袋椅①。靠那儿的墙上是小孩的涂鸦,画的尽是虚幻人物,衣服色彩鲜亮,手脚相对于身体来说显得又笨又大。

她走近柜台边的图书管理员。他穿件亮色衬衫,打着鲜艳的领带,长着红润的双下巴,一头中分的金发。她问报纸档案在哪儿,他没回答,只抬起胳膊指了指,一脸疲倦而不耐烦的表情。

报纸存档很少,拣选一番应该花不了多久。卡尔向她提供了他精确估算出来的自杀发生之日。不幸的是,一期期的本地报纸并没按顺序摆放,极其散漫,就像接待处那个图书管理员的尊容。艾达别无选择,只得重新理一遍各期报纸。她先把八月到十月的报纸按正确顺序排好。当她正整理九月底的一期时(这个日子太迟了,不可能跟卡尔估计的日期联系到一起),她在头版看见了一张照片,她认出来了。

照片上的人正是卡尔屋里相框上的人,只不过,这张照片可能是从当时的档案胶片上复制的。旁边附带的文章谈的都是迈达斯的父亲。标题是《暴民挖出了自杀的教授》,惊得她赶快放下报纸,捂住嘴。该文讲到,坟墓被破坏,棺木也被损毁了。她心急火燎地翻遍了九月份的其他各期,又把十月份的梳理了一遍。她找着几篇后续报道,只是说调查没什么进展。然后,这个故事就消失不见了。她从十一月份往前查,查遍了乱糟糟的各期报纸,仅仅认识到,事件发生后,报道可能会在这一年的任何时候再度浮出水面。找图书管理员帮忙肯定不管用,于是她决定给卡尔打个电话。因为她意识到,他也许对此知情。

他曾经渴望,把迈达斯一家的败局宣扬得尽人皆知,可对于这

---

① 一种别具个性和设计感另类的家具产品,以小球粒或泡沫塑料为填充物,随坐姿而变形。——译者注

个如此戏剧化的事件,他却选择了不置一词。

她把报纸放回它们所属的书架,悄悄离开了图书馆。关于这个新闻故事,只有一个人可以让她安安稳稳地发问。

多年以前,那个人①的父亲兼同名人,也就是故事里提到的人,正坐在橡木书桌旁,头抵住桌面。桌面上满是斑痕,散发出墨水味儿和削笔刀味儿。

过了好一会儿,他才很是吃力地坐直身子,叹了口气,拿一张空白的格纸,平摊在桌面上。他旋下钢笔帽,把笔垂直对着纸,写了起来。

他时常把书写比成浪花。只要跳入书写当中,被这股急流拖曳着走下去,他自己的意志就会回归到乏力状态。写东西时,他感到文字来自于双手的肌肉,那种手握笔杆,胳膊夹紧的感觉,还有笔尖落到纸上的沙沙声。在这一切的下面,则是一股五脏六腑协调一致的动力。这肯定不是来自于头脑,而且,天哪,丢开那些浮夸的念头,丢开焦虑,投入到喷涌的形象和符号当中,该是何等的快乐和轻松啊。他首先是个写字的人,然后才是血肉之躯。的确(他抚摩着左胸的肋骨,慢慢转着圈儿揉搓,以舒缓那部位的烧灼感),肉体总是会打败他。从体能上说,他总是不及格,无论是中学运动会上在草地跑道比赛跑圈,还是见到新生儿子蠕动的身子晕倒了,丢人现眼。记得他抵抗不住喜悦袭来,眼见天花板在头上模糊起来,直至变成漆黑一片。直到听见新生儿在耳边啼哭,他才醒过来,刹那间终于确信了,这是他自己的儿子。

他揉搓着隐隐作痛的胸部——他身体的终极故障,写下去。

一小时后,他放下笔。他的手指颤动着,打开卷宗的封套,里

---

① 应指迈达斯。——译者注

面放的是 X 光拍的片子。

多年前,医生就下了结论,是关于他的横隔膜和心脏区域生长情况的。医生还一针见血地着重说,确诊他的病情很有难度,因为以前从没遇见过他这种情况。

迈达斯·科鲁克郑重其事地打开封套,拿出第一张 X 光照片。上面显示的是他那球形的心脏,是个半英寸大的晶体状的东西,看上去就像是个印上去的记号。有时候,他会陷入一种狂躁的希望中,企图把它从照片上抓下来,证实整件事情是个愚蠢的玩笑,证实他会很快好起来,会重新体会到那些长期不被看重,如今彻底丧失了的基本情感。到那时,他会把他的小儿子挟在腋下,再举起来转圈儿,直到两人晕头晕脑地瘫倒在地,在明朗的天空下大笑不止。

# 22

迈达斯的父亲手里翻着一本黑色的用皮革包边儿的书,问道:"想看这书吗?"那年他十六岁。

迈达斯跟他说想看,但他其实并不想。

那是个湿漉漉的夜晚,后来成了个可恨的夜晚,反复在他的脑海里上演,直到他看它像看一出戏。这是一出回顾式的反讽剧,令他忍不住冲小时候的自己大喊,要注意去领悟,注意观察父亲在筹划什么。灰暗的云挂在天上,仿佛枯死的花瓣挂在蜘蛛网上。远方,有个灯塔在闪烁。朦胧的月光笼罩着一切。

他父亲用手摸了摸皮革封面,把它递给迈达斯。"这是我的第一部书稿,是手写的。我真是对它很在意,这有点可悲,不过……要照看好它,千万别弄弯书脊,看书一定要用书签。给你,由你保管。现在,帮我把其他这些东西统统搬上船。"

两人一起把纸箱一个个放到船体靠近岸边的那一侧。纸箱里装的大都是书籍、纸张和手册,在迈达斯父亲的书房里,它们多年来填满了书架,铺满了地板。父亲一直在清理它们,如今留下个空房间,还有一张空书桌,由于清洗得很勤快,桌上的铅笔痕和墨水渍已褪色不少。

"这是最后一个。"父亲说。他们把最大的那个纸箱抬上船。这纸箱比迈达斯预想得轻多了,用胶带封着口。他猜想这是一箱石蜡。

"里面装的什么?"

父亲的目光俯瞰着海面,海面犹如天空一般平静。潮水无力地把碎浪花送到离船不远的地方。

"那个大纸箱装的是什么?"

父亲耸耸肩:"垃圾,没用的东西。"

"可是……"

"引火用的东西,儿子。"

迈达斯皱皱眉头。此时正值盛夏。他猜想,这些引火物是父亲留着以后过冬用的。

那一天,他们两人是在一座小岛上度过的。父亲在那座岛上买了一幢木屋。迈达斯来这儿帮忙,把木屋改造成一间书房。他尽力安置一些基本的家具,支起了书架。他父亲把书架摆在冲门口的位置,从这儿,可以注视海峡和裂缝斑驳的峭壁。

"帮我把船推出去,迈达斯。"

迈达斯忍不住又偷偷看了一眼父亲那双又瘦又白的脚。他没怎么看见过父亲的身体,因为父亲总是穿长袖衫,袖口很紧,衣领向上遮住脖子。他也从没看见过父亲的膝盖。父亲的脚趾长长的,像猴子的一样,上面长出细细的黑色汗毛,指甲修剪得很整洁,看到这些,迈达斯心中泛起一种奇怪的亲密的感觉,并且一整天都沉浸在这种感觉之中。船上装载的书籍和报纸太多了,沉得几乎推不动。好在当他们把船拖到水位稍深处时,行船就容易些了。不一会儿,他们就站在齐胸深的水里,船在他们身边摇摆。海水越来越冷,太阳落山了。迈达斯真希望父亲当初选的是个离防波堤不远的小岛。他从没像今天这样,下到这么深的水里。海水的弥漫扩张和重压让他又惊又怕,不过,父亲那不同寻常的淡定神情又抚平了他的恐惧。父亲深吸一口气,抓住船舷,一边用力破浪行进,一边双脚踏上了船舷。眼看就要登上船了,他却一失手没抓紧,一声大叫,向后跌进了水里。白花花的水珠飞溅到空中,他被淹没了。在他身后,迈达斯举步维艰,在水流中摇摇晃晃。

只听哗的一声,父亲冒出了头。眼镜半挂在鼻梁上,胡子湿乎乎地紧贴住嘴唇,显得又光又滑。他再次抓住船舷,头抵住船站了片刻,让海水从身上流下。

"帮我上船,迈达斯。"

"怎么帮?"

"两手伸下水,握住我的一条腿,往上举。"

"我要是滑倒了可怎么好,我会淹死的。"

"你不会淹死。这儿的水还不够深。"

他点点头,为自己壮了壮胆,然后把双手握成杯形。父亲一脸阴沉地望着海水。

"你的腿在哪儿? 天太黑了看不清。"

"就在我身子前头。"

父亲抬起腿,只见他的腿像条白鱼似的穿过海水。他算错了距离,脚趾踹到了迈达斯的胸口。迈达斯心怦怦直跳,这时,父亲的脚趾越过他的胸部,踩上了他的手掌。白皙的脚趾在他的手里用力一踏,不禁让他猛烈地抖动起来,是因为寒冷,也是出于激动,他觉得快顶不住了。不一会儿,水珠倾泻而下,父亲跃出了水面,爬上了船舷。又过了片刻,父亲把一根海藻丢回水里,海藻啪的一声沉没了。迈达斯冲父亲伸出双臂。此时此刻,他只觉得海水刺骨寒冷。

"拉我上船。"

"不,不。光是载我一个人,船就已经沉得不行了。老天,迈达斯,你在发抖。回岸上去吧。我给你带了毛巾和换洗衣服。车钥匙插在仪表盘上。你知道怎么打开空调吧?"

迈达斯点点头:"可我想跟你一块去岛上的小屋!"

父亲摘下眼镜,用拇指抹去上面的水珠。"改日吧,或许可以。今夜我想一个人待着。现在,回岸上去,趁你还没冻僵,还没迈不动腿。"

迈达斯很不情愿地转过身,一路跋涉返回岸上。这段水路长得像要永远走下去。他跌跌撞撞地回到沙滩上,上衣和裤子紧紧贴住冰冷的肌肤。此时,父亲已划着船走出了好远。

"迈达斯!"他的喊声穿过黑暗,"你安全了吗?"

"当然。"他大声回应。他用双臂抱住身子,极力控制咯咯打战的牙齿。刚才在海里,有那么一刻,他真正感到跟这个老头取得了某种沟通。船朝着小岛漂去,岛上,一抹光线照亮了木屋。

"迈达斯! 你安全了吗?"

或许,父亲没听见他刚才的回答。"我很好! 我很安全!"

迈达斯朝汽车走去。走到半路,便看见海面猛然跃起一道火光。他转过身,不禁喘息起来。船着火了。他心头一沉,飞快地穿过沙滩往回跑,惊恐万状。蹚到浅水时,他早已明白了一切。火苗跳动着,浓烟在空中翻滚。

"父亲!"迈达斯一边喊着,一边扑进了海水里。火焰颤动着,划破夜空。他看见,父亲裹着一团火,纵身跳进了大海。在海浪声中,他哗的一声,淹没在水下。

# 23

那天下午,艾达打了辆出租车来到迈达斯家,她按响了门铃。见到她,他吃了一惊。

"嘿。要是你觉得,你欠我一个道歉……那我想,我也欠你一个。"

"嗯,嗯。我是想说……我很抱歉。"

"得了吧。"她友善地冲他微笑,"这么说,你是打算请我进屋呢,还是想跟我耍我对你的那个把戏呢? 外头太冷了。"

他用手拍拍脑袋。"是的,当然,请进,我可真蠢。"

来到厨房,她四下打量,不禁被四面墙上的照片震住了。"看来,"她说,"这就是你的住处了。"

"嗯,没错。你要不要……嗯……来杯咖啡?"

"好吧。"

艾达坐下来,看着满墙拥挤的照片。他挺不错,她想,真的很有才华。她一直觉得他是这样的,尽管此前她并没见过他拍的照片。它们体现出他那独特的眼光,一开始他吸引她的正是这点。可笑的是,在他身边,她感觉好多了。

他把咖啡放到她面前，她笑出了声。

"怎么啦？"

"这咖啡像罪孽一样黑，所以才笑。"

他跳起来，跑到水槽边，把咖啡倒掉一英寸，然后加满热水，举止优雅地再次放到她面前。她又笑了，笑他无意之中冲她鞠了个管家式的躬。

他脸上闪出一丝羞怯的笑，牙齿微露。"我才想起来。"他跑到碗橱那儿，拿回一只盘子，盘里盛着几张肉馅饼，饼皮上装饰着星号。

"是丹芙给我烤的。我们可以吃掉它们。"

美味的肉汁和脆脆的饼皮，不禁让她想起了多年以前的圣诞时节。那时候的她恣意妄为，时常去远足，穿行在白雪皑皑的山谷。一到冬天，她就经常去滑雪。

"你滑过雪吗，迈达斯？"

"我吗？没。我甚至从没游过泳。"

"你开玩笑吧？"

他摇摇头。"不会游泳。小时候，游泳对我来说是绝对禁止的。"

"为什么？"

"我父亲觉得游泳不安全。"

"现在你是大人了，就没想过学吗？"

他摇摇头，"我可不喜欢像水那样的庞然大物。"

她不禁大笑，"天哪！你可是住在一座小到极点的岛上啊！"

他面红耳赤，"是啊……我觉得这很蠢。不过……是因为水太重了。我会控制不住地想，水的身体有多重。要是待在水里，沉到水里，你会觉得透不过气来。"

这话还另有含意，可她体会不到。"划船怎么样？你会划船吗？"

他眉头皱得更紧了。

"我只能受得了大陆的渡船，而且还得坐在稳稳当当的船中央。小船嘛,我不太擅长。"

"找个时间,我带你去划船,让你看看那多有趣。"这事她已想了好一段日子了,但只有当这会儿说出来时,她才意识到,那会有多艰难。一个不会游泳的人,外加一个双脚沉甸甸的女孩,受困在波涛汹涌的大海上。她又想到,她也不太可能有朝一日跟他一起乘缆车到山上滑雪,望着白雪无边的高山巨人肃然起敬。

厨房墙上的照片让她觉得暖暖的,很安心。这是迈达斯的藏身洞穴,朴实而特别。她想象着,每天早上都能在这个无人打扰的密所度过,跟他一起安安静静地喝着黑咖啡。

他用手指扒拉着剩下的肉馅饼,"艾达,我想问你个问题。"

"问吧。"

"是关于你和我的。"

她绷紧了心弦,怀着希望。

"我能否……嗯……你跟我有没有可能……嗯,我是说,要是你不介意……我能不能给你拍张照片?"

"哦,迈达斯,我还以为,你要问我个完全不同的问题呢。我不知道。我对拍照感觉不自在。这些日子我样子挺憔悴。或许,等我好些了再拍吧。"

她但愿他没提这个要求。她对拍照很有保留。她可不想充当照片里的某个空洞角色。

"对不起。对不起,艾达。"

"没关系。这正是我来这儿想谈的事。总之,这是我来这儿的正式原因。"

"哦?"

她叹口气:"如何好起来。卡尔觉得他认识的一个人能帮上忙。那人住在北海岸。我们打算去那儿找找她。我和卡尔两人,要在那边待些日子,看她是不是能为我做点儿什么。我想问你愿

167

不愿意跟我一块去？我是说跟我们。当然，我会跟卡尔说清楚，不过我担保，那人家里有地儿——她名叫艾米丽亚娜·史泰罗斯。"

他脸上的表情很吃惊："是史泰罗斯太太？"史泰罗斯先生拥有本岛北海岸的大部分区域，可对于这位太太，他所知甚少。"她怎么帮你呀？"

"卡尔跟我说……从前出过一件事，有个女孩陷入了类似的处境。艾米丽亚娜帮了她。"

在这儿，在迈达斯的厨房这么个庇护所，传达卡尔跟她讲的那个故事是有难度的。只有她靴子里那冷冷的东西，才让她记起，这一切都是真的。她耸耸肩，留待以后再讲。"我同样希望艾米丽亚娜能帮我，因为寻找亨利一直毫无成果。"

"嗯……是件好事，不是吗？我乐意跟你一块去。我是说，我并不乐于看到我们不得不去，可既然我们非去不可——或至少认为我们应该去，我会乐意去的。不过——"

"可别说你去不了。"突然间，她近乎绝望地渴望他陪她去。事实上，去艾米丽亚娜·史泰罗斯家，感觉就像是赴一场收容院里的约会。

"好，我肯定可以去。我会的。只不过，我还有别的事要说。我找着不破·亨利了。我有他的地址。我……希望你不会对此生气。"

她鼓起掌来："迈达斯！太棒了！我为什么会生气呢？"

"因为我……尽管我没坦白告诉他，可我觉得他猜到了……猜到你的脚出了什么事。"他双手紧抓住照相机，脸上一副唯唯诺诺的表情。

"可是迈达斯，这事好得不能再好了！你不认为吗？要是亨利猜到了，他就一定知道了我出了什么事！"

"他说他无能为力。"

她皱起眉头："一派胡言。他还在隐瞒什么？"

# 24

不破·亨利的小屋里没有开灯。艾达用她拐杖的柄去敲门，没人回应。她愠怒地回到迈达斯车上，心烦意乱地等了一小时，最后忍不住冲空中挥着双手。"受够了！咱们离开这片该死的沼泽地吧。"

他们驱车行驶在沼泽地带，道路一会儿延伸进晦暗的水坑，一会儿又冒了出来。路面被树根撑得裂了缝，致使车子开得跌跌撞撞，坐在车里的他们也东倒西歪。在一处地方，她以为她看见了一个人影，站在沼泽里，穿件长大衣，纽扣一直扣到喉咙处。可这大衣是芦苇色的，两只胳膊也不过是芦苇在摆动。他们开了过去。刚刚过去的这个秋天，雨雪一直下个不停，且下得很大，令这片低洼地带洪水泛滥，在森林的边缘汇成了沼泽。在这里，树木从水里探出头，看上去就像是海怪的卷发，上面覆着鳞状的树叶。树叶在洪水表面漂浮，点缀着一片片冻结的烂泥地，烂泥地上长着芦苇，像是把它们禁锢了一般。树桩上，半裸的树皮上，也都垂直结了冰，光闪闪的。

"停车。"艾达催促道。她看见有个树桩在动。这不是一棵断了的树,而是一个人:身穿防水裤和防风衣,帽兜折了起来,在用渔网滤水呢。"你待在车里。"她小心下了车,站在路上喊道:"嘿! 你好啊,那边那位?"

那个男人惊得跳起来。从闪光的镜片和敞开的帽兜里露出的胡须来看,此人显然是不破·亨利。

"艾达·麦克莱德!"他叫道,算是笨拙地冲她打了个招呼。

"你还记得我!"

他踩着水朝她走过来,一边留神不打翻他的网。她看见,他抓了二十来只螃蟹,蟹钳在网里舞动,噼噼啪啪的。甲壳呈灰白色,像是牡蛎壳一样。

亨利注意到了迈达斯的车,还有坐在车里的迈达斯。"我早就让你那边那位朋友提醒过你了。"

"我们刚去过你的小屋,亨利。我还盼着我们能追上你呢。"

他仍然警惕地注视着车子。"我不能肯定这是个好主意。我的寒舍也不适宜容纳三个人。"

她失望地端详着他。这是出于岛上居民普通怀有的猜忌之心吗? 或者他们两人之间发生了什么过节吗?

"好吧,我猜迈达斯乐意等在外头。"

"艾达,"他平静地说,"他没跟你说吗?"

"跟我说什么?"

亨利神情沮丧地看着汽车。"或许,我可以开车载你返回我的小屋。我的车子就在附近。这样,不管你住哪里,我都可以把你送回去。那么,可怜的老迈达斯就不必久等了。"

亨利抬头望天,目光中带着艳羡:有只天鹅正奏响它的低音号角,扑打着翅膀,一飞冲天,惊得海藻叶摇摇摆摆聚作一团。艾达发出细得几乎就要被风吹走的声音,问道:"迈达斯该跟我说什么?"

"这事……这事说来话长。"

她耸耸肩,冲车子走去。"我跟他在一起挺安全的。"她冲迈达斯耳语,"你可以回去,享受一下下午时光。过几个小时,再出来找我。"

"我想帮忙……"

"你一直在帮呢。只不过,亨利说,他只肯见我一人。"

"我跟他闹翻了。"

"我猜到了。"

"他说他帮不了你。"

她点点头:"你走吧。跟他谈妥了,我会去见你的。"

他看上去挺不放心的,可还是照她的吩咐开车走了。


"我打算把这些东西带回去,煮了吃。"亨利一边说着,一边把他逮的螃蟹倒进他汽车后备箱的一个罐子里。"我做了大量的金枪鱼罐头,所以用不着发愁。还有凤尾鱼,足量的凤尾鱼。且慢……你不会是……"

"素食者吗?不是。螃蟹我爱吃。"

她上了他的车,他们驱车驶过被洪水淹没的沼泽地带,亨利的车前灯一路开着,照亮了一个个水坑,直到抵达他的小屋。

"现在,"在过道里,亨利一边脱鞋(他没要求艾达脱,虽然她的靴子尖泥泞不堪),一边问道,"咱们是直接谈正事,还是先来一次……一次……闲聊?"

"我想来次闲聊。"

"艾达,这场谈话会很艰难。"

"我想向你道歉。在果姆顿的酒馆冒犯了你以后,我极力想追上你的。可我当时找不着你了。不过,现在我意识到……你跟我说的那些事……你并没喝醉,是吧?"

他闭上眼。"对我来说,喝杜松子酒一般是不会上头的。可即便是喝醉了,我也不会扯谎。你看见那只可怜的小牛后,我跟你说过蛾翼小牛的事。我想我跟你说了,它们无论吃喝拉撒,还是生老病死,都跟其他生物一样。你看,仅仅因为某种东西……很稀奇,并不能说明它就能摆脱那些自然规律。"

她发抖了。"有件稀奇的事发生在我身上了。"

"我知道。迈达斯透露给我了。"

她盯着墙上相框里的水母图片,叹了口气。"那些蛾翼小牛怎么样了?"

"这个嘛……"他迟疑着说,"知道吗? 这是我有生以来头一回被人问到这个问题。它们活得好好的。"他撑住下巴,若有所思地挠挠胡子,"你介不介意,嗯,去看看它们?"

长满青苔的门旋开了。他引着她走进一间散发着霉味儿的隔离室,兴奋地吸了口气,打开了通往围栏的内门。

一台暖气正在地板中央安静地工作,嗡嗡响。地板上满是粪便。鸟笼和各种尺寸的去除了灯芯的灯罩,从天花板的橡木上挂下来。成群的蛾翼小牛拍打着围栏,按"8"字形的路线飞着,骤然转换着飞行方向,就像一群秋天的燕子。这么多的翅膀汇成了朦胧的一团,而它们就在翅膀的裹携下散发出微光。飞行的时候,它们一边晃着脑袋,一边踢打着前腿。有些大个小牛长着弯弯的角,飞起来会低着头,像是要攻击的顽皮的斗牛士。线形的尾巴拖在身后,在飞行引发的气流中飘动。艾达觉得仿佛有微风拂过面颊,不由得快乐地大笑起来。

后来,在屋里,亨利手忙脚乱地帮她坐进一把舒适的扶手椅里。"我能给你上点茶吗? 我这儿恐怕只有绿茶。"

"这是个怡人的变化。跟迈达斯在一块,我只能喝到咖啡。"

"这么说,你……跟……儿子科鲁克在一起了,是吗?"

"儿子科鲁克?这说的是谁?可别跟我说,你就乐意这么称呼他。"

亨利苦笑着。"我无意冒犯。我这么叫他,只是为了区别他们。以前发生的事简直是悲剧。"

"是说他父亲的事吗?"

"还有他母亲接受这件事的方式。"

她神情忧伤。"我不明白,为什么这会波及人们对待迈达斯的方式。他对我一直那么好。"

"可是你还年轻,艾达。这一点你必须记住。人们在生活中寻求模式,而他们在这些岛上见到的一种模式就是,一个家庭的好几代人在犯同样的错误。"

她深吸了一口气,抱起双臂。"这种事之所以发生,只是因为这儿的社区太小了。人们没有想象力,看不见迈达斯本人,只会理所当然地把他当成是他死去父亲的翻版。"

"真的,真的,我很同意你所说了。"

"你还是不想让他进你的门。你们俩闹翻了,是他说的。"

"他没跟你说原因吗?"

"没说。"

"他究竟有没有……跟你说点什么?"

"只是说他找着你了。他说你们俩谈到了他母亲。他说你过去认识她。"

"我……就是说,我……"他抓抓胡子,"他跟没跟你说,我为什么带他在沼泽里转了转?"

"没说。你给他看什么了?"

"就是……对了,那天是个晴天,我给他看了沼泽里的光线。"

他们沉默了片刻。她知道他话里有话,于是决定,稍后找迈达斯逼问。"我去弄茶。"他说道，一边挤出一丝微笑，一边把她丢在桌旁，穿过房间，去了隔壁的厨房。

他把开水浇到茶叶上。告诉艾达那黑暗的沼池里藏着什么一点好处都没有，他料想，迈达斯也是这么认为的。这个可怜的女孩来这儿是因为，他是她可以求助的最后一个人。他真不知道，怎么才能让她相信，他帮不上任何忙。很显然他没能让迈达斯相信这一点。他注视着茶叶，看它们在水里曲伸、舒展。

艾达蹒跚地跟在他身后，进了厨房。

"原谅我……"他说道，"我恐怕你是完全误会我了。我并不是因为迈达斯的父亲而对他抱有反感。是因为他的母亲……就是说……那什么……我必须跟你说实话。"

"你先前提起过她。"

"是。你必须明白，我跟你说这个，是出于对你的绝对信任。"

他凝视着水蒸气从锅里升起。她有这能力（夏天初次见面时，他就有这种感觉，如今这感觉又回来了），能撬开你的外壳，径直介入你内心的伤感和纷乱之中。

"你爱上她了。"她说。

他垂下头。"是啊。哦不。不再爱了，我觉得。"他希望，他的坦诚能帮她接受他不得不说的有关玻璃的事。

"你跟她有私情吗？"

"不是每个人说话都……跟你一样直率，艾达。"

"对不起，我以为你想谈论这事。"

"我想解释的是……迈达斯向我提供了去艾弗琳那儿的路线。可他把这当作要我帮你忙的一个交易筹码。你看，我不能接受他这提议，不仅仅因为艾弗琳……如今的艾弗琳跟以前不同了……也是因为，我这头没什么可跟他交易的。"

"我就要变成玻璃了。"她柔声说道。

他拭去眉毛上的汗,"当"的一声放下了茶壶。他感到体内闷热,不禁心驰神往地想喝点什么。"我盼望来一玻璃杯,"他宣称,然后又羞愧地捂住嘴,"当然,我是说,一杯喝的。一……大杯什么喝的。"

"没关系。玻璃无处不在,不是吗?"

他笨拙地低下头,然后又跑到碗橱那儿,拿来一瓶杜松子酒。他给他们两人都倒了一点,只管把茶留在锅里不理了。"我不是真的能喝,只是觉得喝酒的时候,自己能……干点事。或者是在压力之下也行……我是个意志薄弱的人。"

她点点头。

"她丈夫是个阻碍,像她和我这样神经紧张的人,永远克服不了这个阻碍。"

"他死了有十年了。"

"这并没什么不一样。"

"死亡意味着,一切都不一样了。离开这儿吧,你们俩一块。"

"抛下小牛不管吗?"

"那就别管别人的闲言碎语。再说这儿的人根本不认识你。把她带到你这儿来。"

他咬住嘴唇:"多自私啊。原谅我,艾达,原谅我提起这事。"

"别傻了。不然你肯定会孤独下去的,孤独到你自己再也觉察不到的地步。"

他摇摇头:"你太年轻了,你不明白。"

"别小看我。"

"啊……我不是这意思。我只是说……对我和艾弗琳来说,太迟了。"

她看着她的杜松子酒。"做事从来不嫌迟。"

她说话的时候,他密切地注视着她。"你看,"他忧伤地说,"连你都被你自己声音中的疑虑惊着了。"他放下杯子,在裤子上擦了擦手掌,"谢谢你的乐观,可早在迈达斯·科鲁克去世之前很久,事情就已经太迟了。不知哪一天,我所认识的艾弗琳完全……消失不见了。时光回到我俩在一起的时候,要是我多付出一些,或许她会留下来。可是,有谁知道,那个女人如今到哪儿去了?"

沉默,间或传来两人当中这个或那个啧啧品酒的声音。

"亨利,"她平静地说,"要是我给你看我的脚,你会说什么呢?"

他举起双手。"我不想看。谢谢你,艾达。我能很好地描述它们的样子。"

她点点头。

"关于你的脚,不管能谈论得多深多远,我跟你说过,所能做的也只是谈谈而已。"

"你觉得我没希望了,"她长长地呼了一口气,"这么说,那好吧。你可能知道,我的朋友卡尔要带我去恩格姆斯特德,去赫克托·史泰罗斯家。据他说,史泰罗斯的太太能帮到我。"

亨利一副不相信的神情,"我们干吗不一边聊天,一边煮螃蟹呢?"

他开始用一只绿色的大烧锅来烧水。他把那桶螃蟹放到灶台上。桶里,螃蟹爪子啪啪响。

"你瞧,艾达……迈达斯来访之后,我就睡不着觉了。我非常希望,我能帮上你。"

她沮丧地耸耸肩。"这不是你的错。我感觉不到我的脚了,亨利。可有的时候,我还能感觉到,我脚踝的末端正在死去。要是你认为会发生的事发生了,事到临头,我还能感觉到自己有血有肉的部位吗?"

"我不知道。"

"那会很疼吗?"

他摇一摇螃蟹:"我不知道。"

"那我在这过程中该做些什么?我走了这么远的路才找着你。"

"我的话听起来未免粗浅,但我可以帮你出点主意。"

"你说吧。"

"凡事照常过你的日子,不要沉湎于任何毫无意义的活动。"

她看上去很生气,可不到一秒钟又控制住了。"我有过狂野的夜晚。夜夜派对。干过各种各样找刺激的事。但那一切都是胡闹。我还以为那些体验是真实生动的,会改变生活,可它们只是留在我的头脑中而已。我去这儿玩蹦极跳,又到那儿玩跳伞。在每次分泌的肾上腺素之下,存在的都是一成不变的古老的自我意识。"

"我指的不是去玩跳伞。我说的不是那种事。"他叹了口气,"我从没干过那些事,艾达,所以我只能臆测。可我也有过刺激,按照我自己的方式。我甘愿被蛾翼小牛们滋扰。当我头一回看见它们时,它们成群结队地朝我拥来,翅膀嗡嗡响,声音那么吵,刹那间,我还以为自己从地上被抬起来了。对于那群小牛散发出的热辣的麝香味儿,我记得比我母亲的微笑更真切。可是你瞧⋯⋯只有一次,我从内心真正感到,自己还活着⋯⋯也就是说⋯⋯"他拍拍胸膛,恰是横隔膜的位置,"发自内心的⋯⋯就是我跟艾弗琳·科鲁克在一起度过的时光。"

"最近⋯⋯"锅里的螃蟹被煮得吱吱叫,"最近嘛,跟迈达斯在一起⋯⋯"

"最近,跟迈达斯,我觉得⋯⋯我说不出我的感觉,可它是⋯⋯不同的感觉⋯⋯"

"正是。"

她挺直肩膀。"可我得去见艾米丽亚娜。这是我唯一的机会了。"

他从没像这次这么坦诚过,可这是他欠她的。"你只剩下很短的时间了,艾达。或许比很短还要短。这取决于你身体不可抗拒地变成玻璃的那一刻何时到来。它可能立刻发生!你能做的只有屈从。"

她的嘴唇不禁发抖。"很短的时间是多久?"

"不好说。"

"多久,亨利?起码跟我说说。"

他想到了沼泽里的那具玻璃尸体,还有他的假设,假设那尸体的变形会加速,顷刻间便把它变成一座雕像。可他没有明确证据证明这一点,他也不想不必要地吓着她。他妥协了。"几个月吧,"他说,"要是你运气好的话。也许,更有可能是几星期。"

她身后有把铁制的厨房椅。她身子一沉,倒了进去。

"呀,"她说,"真是出乎意料啊。"

"我无意质疑你的朋友和艾米丽亚娜在恩格姆那儿的发现,可他们要对你做的任何事,都将只是一个……虚假的承诺。"

他们坐下来,围着桌子吃饭。他在桌上铺了块棕色蝴蝶图案的桌布。亨利端上螃蟹,艾达觉得螃蟹吃起来有沼泽的味道。


最后,她订到一辆出租车,返回了艾丁福。亨利提出,他该遵守承诺,开车送她回去,她礼貌地指了指他那空空的杜松子酒瓶。

归途中,树木恰似老妇人低垂的白头。雪花迈着慵懒的步伐飘落,给一只公猫的颈背披上一层外衣。艾达看到,这只公猫正拖着一只黑鸟在路上走。她的出租车沿页岩路下行,穿过冰河上的一座桥,便来到了镇上。人们都穿着长靴,步履笨重地走在街上,伞下的头巾和帽兜都罩上了一层白雪。在圣好达兰教堂外,有人给圣人雕像的脖颈围上了一条淡紫色围巾。

出租车把她放到迈达斯家房子的外面,她缓缓挪步,穿过他家的大门和前院。有个路过的孩子见状,一边笑一边叫道:"老奶奶好快活啊!"随后他看见她年轻的面孔,脸上露出困惑不解的神情。

迈达斯想知道,在亨利那儿事情进展得怎么样,可她不愿意谈。"他没说出什么新情况,由它去吧。我想把这事放一放。我们能做点什么吗?你能带我去个地方吗?"

于是,他开车载她去了托勒姆赫德。那是艾丁福海峡通往大海的咽喉要道。站在那儿的峭壁顶上,视野很不错。旁边有座废弃的旧灯塔,外墙漆有一面被风剥落了,只沾满沉积盐的渍迹。他们站在雪里,相距一臂之远。两人都裹着围巾,振作精神,迎风而立。在峭壁的岩石上,在下山去海边的路上,都可见到有角嘴海雀在栖息,它们像柱子一样矗立,偶尔才啾啾叫两声,或是啄一啄雀嘴。

迈达斯原以为,他和艾达在俯瞰海水时,会看到水母变成灵动的光束,可这天下午,水里却是不同往常的漂浮物。是冰山,尺寸有小教堂那么大,笼罩在嗦嗦下落的雪里,正在驶进从峡谷涌来的暖流,融解为成千上万个白色大冰块。

"我跟没跟你说,我发现了有关你爸爸的事?"她问道。

"发现了他的什么事?"

"是有关他坟墓出的事。"

他沉默了。

她看到,有座冰山在进入从峡谷涌出的水流时,径自崩塌了。它裂成了碎块,像洗菜池里的泡沫一样消散而去。

"你不想谈发生的事吗?我想那是个可怕的故事,可我对他的了解多一些了。"

迈达斯张开嘴,发出干哑的声音,内中裹挟着一个词:"了解?"

"他。你的父亲。"

"你为什么想要了解他?"

"我觉得,这有助于我更好地了解你——"她想强迫自己闭嘴,可太迟了。

"你觉得,了解他会让你更了解我?你根本从没见过他,竟然已经认为我像他了!"

"不是那么回事,迈达斯。他频繁出现在你的思绪里。这个我可以……想象得到……"

冰山裂开后的碎片在水下受到水流排挤,竟再度浮出了海面。浪花撞上冰块,被捣得粉碎,四溅开来。事实上,她对迈达斯父亲生出了某种认同和理解。她总是这样。她总有闲暇关注内向羞怯的人,在此过程中,总能替他们找着借口。他的父亲把性情内向作为遗产留给儿子,他这么做肯定是有理由的。

"对不起。"她说。

他摇摇头:"别这么说。自打我们遇见,你已经原谅我够多的了……"

她笑出了声:"这就是我们的相处方式吗?现在,我们还要这样吗?"

"不,不,我不是这个意思……哦上帝。"

"迈达斯,没关系。我们依然如故,这很好。"

"好吧。"

"是啊……"她来了个深呼吸。她看见,有只角嘴海雀纵身跳进水里,潜入水下,用力逆流游去。

"好,现在我要请你帮个忙。跟我说说,亨利在沼泽里给你看了些什么。你们俩对那事都讳莫如深。"

角嘴海雀奋力冲出水面,返回原处,垂下头,抵住岩石。

他扬扬眉毛,鼓鼓腮帮:"我说不准……"

她眼波流转:"就跟我说说吧。"

他冲着空中挥挥手。"是一具玻璃尸体。一个男人整个变成了玻璃。"

"哦。"她说。

他看着她。她的脸色像冰山一样苍白。

"对不起。"他说。

她身子晃了一下。他惊异地看到,她只用了片刻去应对那具尸体引起的恐惧,随即就承担起这恐惧,继续前行了。她冲他走了两步。两人之间的距离看起来大大缩短,每一片飘落在他们之间的雪花,看上去都像羽毛那么硕大。咸湿的空气让他的嘴唇火烧火燎的。她又近前一步,莺唇轻启。

他往后退了一步。

# 25

退潮了,平坦的沙滩上星星点点地布满了卵石和贝壳。

"我们到了。"迈达斯的父亲把他的包丢到洁白的海滩上,说道,"真是个好天气。"

父亲和儿子身上都散发出防晒油的气味,两人都穿得像是东正教派的成员,而迈达斯的母亲穿的是她那件米色的旧夏装。她俯身取出一条褪色的毛巾。迈达斯卷起衣袖,解开了几颗衬衫扣子。他父亲的样子非常休闲,穿一件笔挺的衬衫,下襟塞进裤子里。鞋子折射出耀眼的反光,而在那碧绿的海面上,更有上百万点的明亮反光在熠熠生辉。

在地势较低处,碎裂的崖壁上布满了缝隙,呼应着洞穴的回声。

"你可别进这些洞穴。"

崖壁上的洞穴就好比白垩要塞墙壁上的钻孔。迈达斯爱看阴影逐渐退到洞里的情形。"可是,父亲……"

"太危险了。你看见这些大石头了吗?整个海滩到处都有。它们原本都是崖壁的石块,突然就掉了下来,毫无预兆。只要有一声回响,就足以让它们坠落到你脑袋上。"

迈达斯拢住胳膊,回头看看大海。

"我能四处走走吗?"

父亲摇摇头:"你可别把衬衫和裤子脱掉,那样你会晒伤的。你的皮肤会又烫又红。还有,你也别用海水把衣服弄湿,因为海水里的盐会破坏布料的纤维,你可怜的母亲处理不了这个问题。可怜的母亲。想想她吧。"

迈达斯看看她。她正头朝下,趴在沙滩上,身下垫着一条浴巾,灰白的头发掠过头顶。有只死蟹躺在离她不远的地方,爪子在被阳光晒得发白的胸部做十字交叉状,样子挺滑稽,又像是在虔诚地参拜。

"那块岩石怎么样? 我能爬到那块岩石上面吗?"

迈达斯的父亲顺着他的手指望去。在水流轻缓的浅滩中央,矗立着一块高高的大石,足有路灯柱那么高。父亲捋捋胡子。

"你必须跟我说好了——跟我明言在先,说你不会爬到石头顶上。而且,你会格外小心。"

"我答应。"

父亲用鼻子呼哧呼哧喘着气,打开他那条蓝色的海滩浴巾,拍拍它,然后轻轻铺到沙滩上,跟他妻子拉开些距离。迈达斯打开背包,拽出他的照相机,它的外形是个银色的小盒,那是他圣诞节得到的礼物。他把手柄上的挂带缠到手腕上,开始解鞋带。

"你在干吗?"

"我在脱鞋袜,好走到岩石那儿去。"

父亲大笑:"还不到时候。你得先读会儿书。"

"可是你看。"迈达斯一边说,一边倒霉地指指天。

父亲一副不解的神情:"看什么?"

"太阳。它的位置刚刚好,正在海面上空。"

他想解释说，光线变化很快，不应错过。可他所能做的只是指着圆滚滚的太阳。

父亲从他的包里取出一些书，把它们在沙滩上排成一排。一本接一本。来到果姆顿附近海滨度假的头一天，他们就在书店花了整整一个早上，父亲几乎翻遍了每个书架上的每一本，找到了他认为最值得一读的书。

他把精选的书籍在海滩上一字排开后，问道："你最喜欢哪一本？"

迈达斯绝望地指指他渴望去爬的那块岩石。有只白海鸥正傲气地栖息在岩石顶上，注视着海水。突然，它起飞了，朝大海飞去，两只翅膀不停击打，俯冲而下。过后它又浮出海面，激起一串弧形的水珠。

"《美人鱼、汽笛和摩羯宫》，这名字听起来挺适合的。"父亲把这书转过来，从封底读起。"是本发人深思的散文集，探讨的是水手们的幻想和梦魇。嗯，你觉得怎么样？"

迈达斯伸出的胳膊奄拉下来。他坐下，开始系鞋带。

"这本怎么样？或许更贴近现实些。《在她的腹部以下：狗！》这会激起你兴趣的，迈达斯。这是本极好的书，配了十二幅全彩插图，追踪希腊海岸线，寻找神话中的海妖斯库拉，众所周知，她的腿被女巫瑟茜变成了狗腿。听起来恰好是你喜欢的那类。"

迈达斯坐着，翻阅这本《在她的腹部以下：狗！》。父亲则骄傲地注视着他。他对献词页和目录页一扫而过。

"不，不，不！"父亲边摆手边说，"别直接去看彩图，那会降低你的鉴赏力。等读到那儿再看，等你对上下文有了个了解，再去品味彩图。"

迈达斯翻回第一页，是长篇大论的序言。他盯着那些字，却根本没读，直到父亲不再注视他，就转而拿出本自己的书开读了。那是一本硬皮儿的大部头,跟砖块儿似的。过了一会儿,迈达斯翻了一页,又盯住下一页,不时抬头瞥一眼,直到见父亲沉浸到他自己的阅读当中。这时,他脱掉鞋袜,站起身,蹑手蹑脚地从父亲身边逃开,经过一动不动的母亲身边,从海滩往下朝浅水走去。路上,他看见一根宛如神话传说似的树枝,带个弯儿,比他本人还高。他拿上它,把它当成冒险家的手杖使,拖着它走,在身后的沙滩上留下一条线。他踏着碎浪,朝岩石走去。凉爽、晶莹而清澈的海水来回拍打着他的双腿。他踩到一只锋利的贝壳,疼得直想大叫,可还是止住了。他感觉有什么头发似的东西在抚摸他的脚踝,低头一看,是一圈圈的绿色海草缠住了他的胫骨。他把它们拨开,看它们在水面摇摆,感觉它们又沉又黏。浪花静静地送来咸咸的海的气息。

岩石表面粗糙,便于攀爬。他爬到一处长满藤壶的地方,坐下来,让双脚垂下,正对着他投射在一个水坑里的倒影。他在水坑的温水里动了动脚趾,清除脚上的沙子和残留的海草,随即又把脚缩了回来。因为他看见,一只海葵伸出了许多深红的臂膀,在紫红的海草蔓须之间摇曳。

他回头望望海滩。他父亲没动过,只顾翻他的书。母亲也没动,依然脸朝下趴着,真正一动不动。他把照相机对准她,想知道她开不开心。她看上去至少是满足的,在享受阳光。

他在岩石的顶上守候,跟他父母一样纹丝不动,等待美景来临。这次度假只有一个备用胶卷,他只得伺机而动。大海的光芒不那么强烈了。太阳在天上移动。他继续等,在这高温的三小时里,他只拍了三张照片。然后,当光线不再耀眼时,他在岩石上挪了挪,离大海更近了。他把照相机举到眼前。

他以为那是某种海鸟,可它飞得杂乱无章。它一会儿匆忙从岩石后头飞出,一会儿又匆忙飞回。他怀疑,它的栖息处被遮住了,从这儿看不见,就把照相机放到膝头,等着,准备迎候它飞进他的视野。当它飞进来时,它飞得太快了,他怀疑,他所捕捉到的只是模糊一片。他狂热地向上帝祈祷,提高他的成功率吧。

当它嗖地飞进视野,他意识到,这是一只蜻蜓,有他的拳头大小,像牛奶一样白。

时近傍晚,父亲从海滩上喊他了。只见父亲站在浅水边,用书挡住眼睛,遮蔽阳光。涨潮了,岩石四周的潮水有一米深了。迈达斯开始脱他的衬衫和裤子,想用它们包住照相机,再系成一捆,挂在他手杖的一头。这样,他就可以把这捆东西扛在肩头,用空出来的胳膊划水了。他刚要把衬衫袖子系到木棍上,就看见有什么东西在水面下游移,还随着海浪一起一伏的。它是半透明的,边缘紫罗兰色,有飘荡的触须。他从没见过这样的东西。他又爬了一下,离水更近些。

"你在干吗,迈达斯?"

父亲走来走去。迈达斯把手杖伸进水,钩出这漂流物。这东西一离开水,就颓下去了。是黏糊糊的一块,已经瘪掉了,从里往外淌水。

"你看我抓着了什么!"

父亲愣住了,直喘粗气:"别碰它,迈达斯!"海浪冲他漫延过来,泼到他脚踝上,他单腿往后一跳,大叫一声,跳到海滩上。

那物从迈达斯的手杖上滑落,啪地掉进水里,优雅地绽开了。

"哦上帝……它们会让你麻痹的!"

这会儿,水里又有了其他的同类漂流物,紫罗兰色的光环,在闪闪光线的映照下越发精致。

"它们是什么东西?"

"是美杜莎女妖! 水母!"

这会儿,迈达斯又朝岩石顶部爬了爬,紧紧贴在石上。他不敢朝下看那些东西了。

"要是它们看见我,会出什么事,父亲?我会变成石头吗?"

"哦上帝,迈达斯!仁慈的上帝!"

一时间,只听见海浪的声音,还有一对海鸥从头顶呼啸而过。稍后,只见迈达斯的母亲朝海里走来,衣襟随微风摆动。她用一根烂绳子,拽着一块黑乎乎的浮木板。她一路走着,来到浅水里,细碎的浪花冲刷着她赤裸的小腿。走得足够近了,她从木板的一角掰下一块木头,扔进水里。父母二人眼看这木头顺水漂向迈达斯所在的岩石。她做完这个测试后,便把木板推出来。迈达斯往下爬,爬到石头边,趁木板漂过时,把手杖的弯头猛地戳进绳圈。木板很沉,他只得紧紧贴住岩石表面,用力把木板拉近。

"躺平了!"母亲催促道,"像冲浪运动员那样!"

迈达斯犹豫了。他带不走他的衣服,还有衣服里裹着的照相机,没法把它们带回海滩。怀着颇为纠结的情感,他把它们放到岩石上一处狭长平坦的地方。

他爬上了漂流木板。它倾斜了一下,差点打翻。海水连同泡沫涌上木板表面,有只水母在近旁摆动,情况很是危险。他紧紧抓住木板,听凭海浪把他冲到岸上。可就在他以为有把握了的时候,却听见,大海一边在他身下发出吞咽声,一边企图把他从海滩拖回空旷的海里。他惊叫着,以为木板背叛了他,就使劲合上眼,等候沉没,等候邪恶的死神降临。可他没有下沉。当他斗胆睁开眼时,他正被放到海滩上,母亲正俯身蹲到他身边。她的衣服浸得湿透了,他看得见她瘦削的身体,还有老式的内衣。她咬住嘴唇,用一只手捂住眼,另一只手挠着小腿上一个肿胀的红包。父亲在边上走来走去,像只受了惊的母鸡。

医院的人说,她左腿的麻痹感一星期之内会痊愈,可它从未真正离开过她。从那天起,她走路就跛了一条腿。

# 26

　　一只黑色的海鸟俯冲入海,就好比笔尖蘸进了墨水瓶。有艘船在左右颠簸中行进,发动机嘎嚓嘎嚓响,在海面划开一道水沟,泡沫飞溅。岸边的路上,危崖在路边耸立,俯瞰着路人。迈达斯很怕会偏离道路,视线一刻也不离路面。艾达朝外望着灰蒙蒙的大海,看见有个长着角的东西正从海面探出头。她说服不了迈达斯抬头看它一眼,只见这东西一直擎着它的角,仿佛是一只探测风向的手指。

　　道路往下延伸。两只海鸥一跃而过,在半空中还在用嘴对啄。她看见,它们黄色的眼睛闪了一闪。不一会儿,他们就开车下行到与海平面齐平的路上,海浪近在咫尺,清晰可见。咸津津的水沫模糊了他们的道路。再往前走,海水冲击着曲曲弯弯的花岗石,又穿过水道,流向扁平的黑礁石地带。

　　汽车的后视镜里,群山透出阴沉的轮廓,如巨人的肩胛骨一般屹立。透过挡风玻璃,凡是没被海水沫遮蔽的地方,都可见到平坦的褐色礁石,还有水道。偶有一两棵树孤独地站立,枝条荡拂。结节嶙峋的灌木看上去黑乎乎一片,仿佛是从水面浮油里捞出来的。

恩格姆位于果姆岛北部,是赫克托·史泰罗斯的地盘。自打这个香水商人买下这片地,这里就开始流行各种各样的传言,且传言的产生都是源于愤恨——对这一带风景突然归为私人所有的愤恨。

他曾是行业翘楚,惯以竞争为名剥夺他人的生计。难怪人们说,他总是要什么有什么。如今,他成了个悠闲的退休老人,但据说看待财产仍然十分精明。有一次,他在恩格姆岛的森林里挂满了琥珀制的小玩意儿,理由令人费解。但当地人知道,作为远古昆虫的树液坟墓,这些琥珀制品挂上树,并不是为了让他们高兴。后来出了一件事:有个来自廷特尔的男孩偷了件琥珀制品,是从一棵柳树的枝条上偷走的,只是成百上千件玩意儿中的一件。当天夜里,他醒来时,身上奇痒无比,还觉得像是有什么东西钻进了他的耳膜,因为他卧室的上空一直传来干巴巴的嗡嗡声。他打开灯,哭着喊他母亲过来(他才十七岁),因为墙上、天花板上、他赤裸的胳膊和胸部,都密密麻麻趴满了蚊子。他藏匿那琥珀制品的抽屉打开了,琥珀不见了。故事大致是这么说的。

过了一些时候,反复无常的赫克托·史泰罗斯看厌了这些晨昏时分在森林里散发着暖光的金黄色球体,就把它们统统割下来,装箱运走,卖给了上海的一位买主。为代替它们填补原位,他买来石英(当地人看见,载重卡车装着冰山大小的石英块驶进他家大门,还有直升飞机在空中呼呼地飞)。据说,他砍来石英云杉,是想栽到他恩格姆斯特德的家的花园里。他家的墙壁镶嵌着石英,书架上雕刻着作家的名字。从大陆来的访客在他家都用石英餐桌和石英盘子吃饭。

后来发生的事是,有人看见,石英离开了他的地盘,卖给了俄罗斯某地的一位收藏家。当石英装在一辆辆卡车上,穿过圣好达兰,朝格拉姆斯加洛夫码头驶去时,人们看见,一些小型车辆正朝相反的方向行驶,驶进了恩格姆。很快又有传言说,赫克托购入了上百种的鸟儿,有金丝雀、美冠鹦鹉,还有夜莺,可无论任何一只鸟儿,都不会出声。一座死寂的鸟舍。凡是进过鸟舍的人都说,那里头安静得可怕,上百只的鸟嘴开开合合,却不能冲着空中哪怕是鸣叫一声。

道路穿过一个爬满常春藤的石拱门。没有衬墙,石拱门孤零零立在树丛中。这一带到处都是死亡陷阱:当他们驶过路上唯一的村舍时,艾达看见,有棵树上既挂着圣诞灯饰,又吊着死鼹鼠。从这儿再往后,道路转了个弯,跟大海渐行渐远,随即,蜿蜒曲折地向高地攀爬。来到最高处,只见果姆岛最后的海岬就分布在下方,向着北部伸展,形状就像是占卜者扔到地上的几根骨头。在恩格姆,并没有一条清晰的海岸线把陆地和海洋划分开,取而代之的是沉积岩的路基、海湾、礁石峻嶒的水面、咸水河,构成了从这儿到海岸一带的多姿多彩的风景。潮水不时涌进这风景,当它退去时,会像一支巨大的灰梳子似的,把这儿梳理一番。在这样的景色下,有四幢优雅的建筑已经建成,这就是水上恩格姆,他们的目的地。

迈达斯准备一路陪伴,这让艾达心存感动。不过,他是想跟她在一起,还是只想以摄影记者的身份敷衍一下她,当她的跟屁虫,直到烦了为止呢?她跟亨利的谈话,还有亨利断定她的病挨不过几星期或是几个月,所有这些让她的思绪飞转不停。行车途中,他们默默相伴,惬意自在,艾达头脑中又不禁开始盘算,该怎么处理她跟迈达斯·科鲁克的关系。

迈达斯小心翼翼地开着车,道路又冷又险。要是遇到黑冰,一个打滑就可能把他们丢进晦暗的水坑,或是摔到岩石的尖角上。车前灯扫射到路面上卧着一具灰绿色的尸体,那是一条梭子鱼。车灯又一闪,惊得一只乌鸦一声惨叫,扑棱棱飞向空中。

迈达斯又给她买了一根拐杖。她走路重心不稳,需要根拐杖以免出事。可她开玩笑说,他应该把它当圣诞礼物送她,拖延几星期再送。于是,这天早上,他送她一个长长的包裹,外面包着银色的皱纸,用花店的包装绳扎着,打结处还用白色万年青的星形花瓣球茎做了个装饰。她打开包裹,看见是根钻石柳做的精美手杖,漂亮极了,让她另外那根显得很粗笨。而且这根上面还点缀着棕色的菱形图案,令她先前那根顿显平淡。

透过眼角的余光,她爱怜地注视着迈达斯。他们之间难道有什么在萌生?难道她完全误会了他?

开车时,他牢牢握住方向盘。他的指关节和肘部都弯成很小的锐角。他的衬衫袖子太短了,袖口系着纽扣,紧紧箍住他瘦骨嶙峋的手腕,令腕上戴的塑料男式学生表煞是显眼。这模样她很爱看。他咬住面颊的里侧,喉结在喉咙里往外凸着。他早上洗了头,这是他多日以来头一回洗头,头发根根竖起,像个乌黑的圆环。

她想知道,要是她伸手摸摸他,他会怎么样。他没准儿会撞车。可是,她得赶紧处理手头的事。现在还不是时候,可一旦有机会,她就会这么做。

突然,道路拐了个弯,绕过一段沙土堤岸,驶上一条被雪覆盖的路。在路的尽头,矗立着四幢房子。水上的恩格姆。只有最大的那一幢的窗户里透出灯光:它就是恩格姆斯特德了。在它的后面,大海缓缓涌动,慢慢吞吐。当他们开近了,艾达看见,所有房子都建在牢固的木脚柱上,高涨的潮水可以从下方流过。房子主体也是木制的,板条漆成了粉蓝或粉白色,有的地方油漆已剥落,露出里面发绿的木料。她从当地的传言中得知,只有恩格姆斯特德这幢房子住了人。赫克托买下了整个村子,为的是确保自己不被打扰。

"这儿……还算个很不错的地方。"她说。

在恩格姆斯特德门口的露台上,卡尔正一边吸烟,一边等他们。他们一停下车，卡尔就小跑着下了露台的台阶，朝车子跑过来，搀扶艾达下车。她原本希望，迈达斯能战胜腼腆的本性，承担起这项工作，可他不但没这么做，反而落在他们后头搬行李了。艾达回头望去，广阔的海湾地带尽收眼底。在沿海丘陵的白色边线上，有一片巨大的内凹地带，就好似某天夜里，大海揭竿而起，猛攻这个岛，直攻得海岸往后退缩了几英里。

当他们噔噔地踏上露台的阶梯时，天骤然下雪了。为了让身子保持平稳，艾达的一只胳膊挽着卡尔的胳膊，另一只胳膊使劲按住迈达斯送她的拐杖，几乎按进泛着湿气的木头里。一块块烂泥从房子的檐槽往下掉，艾达围巾的一端松开了，飘摇在风中，她只得把它往回卷，紧紧围在脖子上。有只知更鸟扑啦啦从露台的围栏上飞开了。她心想，知更鸟胸部本该是红的，可这只怎么是棕褐色啊？

稍等了片刻后，门开了。一股热乎乎的空气涌了出来，像是要迎接他们。一位迷人的女士随即出现了。

艾米丽亚娜·史泰罗斯留一头乌黑的头发，皮肤看起来像是自然地被晒成了棕褐色，尽管是在冬天。浓重的睫毛膏，紧裹臀部的裙子，裁剪优雅的宽松上衣，这一切都在营造着恩格姆海湾寒冷苍穹下的异域风情。很难判断她的年龄，看起来她的美貌和魅力减退还没多久。艾达猜测，她快五十岁了。透过头发，能看见她的白色头皮，说明她乌黑的头发已变得稀疏。

她把十指合拢到一起，指甲涂得像矢车菊一样暗。她像少女般地冲他们露齿而笑。

"你肯定是艾达，"她说，"而你肯定是那位摄影师，说对了吗？"她眨眨涂成暗色的眼睑，"我只能从你们身上找寻我的青春时光了。"

卡尔搀着艾达上了台阶，走进一间宽敞的、涂成白色的大厅，顶上是高高的木制天花板，还有不带灯罩的灯泡。从这儿，他们接着走进一间餐厅。一张田园风情的木餐桌摆在中央，墙壁四面都是白色的，地板上铺着灰色的地毯。迈达斯踩到一个木板条，便有吱吱的声音回响在屋里。他惊得跳了起来。

艾米丽亚娜大笑起来："不关你的事，傻瓜。是这房子让风刮得吱吱响。你要习惯它啊。"

艾达闭上眼，听见墙壁里传出另一种悠长的声响，就像大提琴拉出的最低音。这是一种平和的回响，跟这幢靠大海的仁慈建成的房子是和谐的。

"我知道，恩格姆斯特德看上去光秃秃的，简陋得很，"艾米丽亚娜带着歉意道，"可赫克托就喜欢这风格。穿过这扇门，就是我家的客房了。你们住这儿会觉得挺自在的。"

她从上衣口袋拿出一把铁钥匙，打开门上的锁，推开门。门里，是个散发着土耳其式欢快气息的房间，地毯上堆放着大大的天蓝色或金黄色坐垫，繁复的北美式样的黄玉和宝石砌满了四壁。一只壁炉正忙着把木炭烧成片片灰烬。

不太协调，艾达心想。这面墙跟那面墙相距好远，天花板又高又深，这些都压抑了艾米丽亚娜着意营造的悠闲空间。对于这类房间，其实只该用圣歌或祈祷来填充的。

不一会儿，便开饭了。一碗碗的粉蒸肉，加了花和香草做配料；一碟碟的深紫色火腿和紫红的猪肉香肠；一罐罐的橄榄；一盘盘的胡椒烧茄子，浇上的奶酪还在静静冒泡；一块块的面包上洒了橄榄油。得知迈达斯以前从没吃过这些食物中的任何一种，另外三人大吃一惊。

"那你平常吃什么呀？"艾米丽亚娜问道。迈达斯正用餐叉绕着盘子叉一颗橄榄。

"炸鱼条,"他供认不讳,"罐头汤。"

他叉住橄榄,放到舌头上。

"好吃吗?"卡尔老早摆出得意的笑,问道。

迈达斯嘴里觉得满是酸味儿,就好像捎带舔了一条蛇似的。"嗯。"他勉强道。

其他人开始撂空盘子了,迈达斯还在小心翼翼、疑虑重重地参详那道胡椒烧茄子。他径自弄了一口,眼看奶酪一缕缕地从碟子流到他盘子里,闻起来有股山羊味儿。

他们边吃边聊,或者不如说是,另外三人在聊,而迈达斯窘迫地默默坐着,听艾米丽亚娜谈对某个乐团的看法,听卡尔提到一个叫海明威的人。吃完饭,卡尔彬彬有礼地放下刀叉,说道:"我想,大家都会赞成,咱们直接切入这次来访的正事。"

艾达脸红了,她非常小声地说:"你说得没错。我们来这儿是为了我。为表明事情的严重程度,我干脆脱掉靴子好了。"

艾米丽亚娜把身子前倾,挤到坐垫当中,同时把修长的双腿伸到身前。

十指一阵忙碌,艾达褪下她的靴子。她解开搭扣,然后是靴带。靴子轻轻滑下,她又卷下袜子。

她身下的地毯图案像迷宫地图似的。她脚趾在地毯上挪动,就像是有放大功能的玻璃,把这迷宫图案变形成三维的了。自打迈达斯头一次看见她的脚,时间已过了一星期,玻璃的情况变得更糟了。他先前看见过,艾达的跗骨是若隐若现的,现在却完全消失了,融进了那清澈的结晶体。在她的脚踝周围,缕缕血管越变越细,就像磨损了的棉线。她的脚后跟先前还是皮肤质地的,现在却结成了硬块,里头一片模模糊糊的白。除此之外,她的双脚如今完全透明了。凸起的静脉在小腿和腿肚子的底端勃勃跳动,仿佛这儿的血液正准备在大难临头之前撤离似的。小腿的汗毛不住颤动,就像是后颈的细发一般。

他意识到,她那毫无生气的双脚不再是她身体的一部分了。晚餐品尝的所有异域风味都返回来了,塞满了他的咽喉。那些大块大块的玻璃虽造型优美,却无异于断肢。

在他头顶的某处,另一层地板在下沉,在吱吱嘎嘎响。

其他所有人都一动不动,一声不吭,只有艾米丽亚娜的嘴唇偶尔张开,说着什么。她的神情就仿佛听到了亲人去世的可怕消息。震惊滞住了她的身体,令她眼神变得茫然。见此情景,迈达斯也感到吃惊,因为卡尔说过,艾米丽亚娜以前见识过类似的病症。她说不出话来了。还是艾达拉拉自己的袜子,打破了这魔症。

"艾达,"终于,她合拢十指说,"我会……尽我所能帮你的。"

卡尔点点头,像个睿智的法官似的说道:"去把萨弗伦·朱克的录像带拿来。"

艾米丽亚娜神情挺不自在:"你确定你不愿意等到明天早上吗,卡尔?要不要一点点儿地来?"

"要是你担心的是我,"艾达道,"那没必要。我可以应付。"

"只不过……"

卡尔愠怒地看着她,她于是举起双手:"我去拿带子。"

艾米丽亚娜离开了房间。艾达叹口气,用一只手挠挠头发。卡尔把一只手重重放到她肩膀上,拍了一下。迈达斯表情阴郁地注视着他们,他以为,他们即将看到的东西会让他们认识到,病情有多么糟糕,艾达会整个变成玻璃。

艾米丽亚娜回来了,拿来两盘厚厚的老式录像带。她谁也不看,就把第一盘塞进了一套放映设备里。

开始倒带了,大家都不说话,尴尬地等着。可以听见录像机的机轮在呼呼飞转,还拖着吱吱的长音。整幢房子仿佛都在大声共鸣,在呻吟。

"注意看。"艾米丽亚娜说。咔的一声,倒带结束了。黑色屏幕跳出了白色的横条,随即切换成不住抖动的图像。

一个女孩站在棕褐色的旷野,一边用手挡住夏日的阳光,一边眯起眼睛。当那台老态龙钟的手提摄像机拍摄时,天空或许是深蓝的,可这带子的年头和质量,却把图像浸染成泛绿的色彩。整个片段播放当中,一直有尘粒在画面上闪烁。

"好,萨弗伦,"录像带里,只听艾米丽亚娜的声音从摄像机后传来,"撩起你的上衣来。"

萨弗伦身穿白短裤,紧裹住丰满的大腿。她年龄正值青春期末段,可她的发型表明,这段录像是六七年前拍的。她放下手,掀起她上衣的衣襟,卷到她那小小乳房的下部。艾达留神瞥了一眼卡尔,可就在这时候,卡尔跳上去,按了暂停键,一边还指着屏幕。"看哪!"他热心地叫道,"看她的小腹。"

在萨弗伦的腹部,看起来好像横着一道很大的伤疤,可细节却迷失在画面上,因为画面凝固了,却又颤个不停。况且,还有水平的干扰条纹向屏幕袭来。

"它往上走了。"卡尔一边说,一边按下了播放键。

"现在,保持这个姿势。"艾米丽亚娜的声音从镜头外传来。摄像机镜头摇摇摆摆地拉近到萨弗伦的腹部。

从这么近的距离来看,她的整个腹部好像褪了色。她的腹腔泛着红色,看上去后退了一英寸,就像她在用力吸气似的。当然,从录像上很难判断后退的深度。迈达斯突然意识到,她腹部的表面已经变成了玻璃。她的肚子成了个光滑的视屏,可以透视腹部的肌肉和器官,尽管细节部分在录像上难以分辨。艾达用手捂住嘴。迈达斯突然希望,要是卡尔让艾米丽亚娜说了算,等到早上再放这录像就好了。因为在早上,日光可以穿透窗户射进来,给人带来安慰。

艾达坐在椅子里，身体前倾，十指撑起个尖塔形，嘴唇缩拢着，专注地看着画面。萨弗伦的影子投射到一角，膨胀成发黄的一团。从录像中听到的只有死一般的静寂。

卡尔又把录像停下，从机器里弹出录像带。"第二盘带子在哪儿呢，米尔？①"

就在艾米丽亚娜的膝头。可她没递给卡尔，反而打了个呵欠。"我没力气了，"她说，"或许，我们早上再看好吗？"

迈达斯内心很感激她说出这么体贴的话。

"不，"卡尔道，"艾达可想看完它，做完这事。"

艾达带着琢磨不透的神情，凝视着空白的电视屏幕。

卡尔从艾米丽亚娜膝头拿过录像带，塞进录像机。大家又等着倒带，卡尔用手指敲打着录像机的镀铬表面。只听沉闷的一声响，录像带开始播放了。当静止的银幕开启后，出现了一个室内场景的画面，有扇窗户敞开着，窗外是秋天的果园，树叶依然浓密。光线很弱，萨弗伦·朱克坐在窗边一把摇椅上，用一张花格毛毯盖住膝头，背靠着墙，身影模模糊糊。她扎着圆发髻，分不清她头发和摇椅影子之间的界限在哪儿。

"萨弗伦，"只听镜头外的艾米丽亚娜说，"萨弗伦，你感觉怎么样？"

良久，萨弗伦才把目光从繁茂的果园移开，盯住摄像机。画面颗粒太多，看不清她的瞳孔，可迈达斯知道，她的瞳孔锁定了镜头。除了转过头之外，她对这问题没做任何回应。迈达斯咬住指甲，其他人则专注地看录像。有一点他始终相信，即一张照片可以成为一块墓碑。死人的照片具有一种与其人格格不入的特质，而这是

---

① 艾米丽亚娜的昵称。——译者注

活人的照片不具备的。他本能地感到，这段录像拍的是个已经死去的女人。

"嗯，"他怯懦地发问，"萨弗伦还在世上，对吗？"

"那当然了，"卡尔厉声说道，"嘘！"

摄像机后的艾米丽亚娜重复了刚才的问题："你感觉怎么样？"

萨弗伦开口了："我感觉挺糟糕。"

"你能不能撩起上衣呢？"

萨弗伦的手指慢慢从盖住膝头的毛毯里探出，去解上衣下部的纽扣。她缓缓撩起衣服，摄像机镜头放大，上摇到她的腹部，就像上次一样。

迈达斯顿时注意到两件事。其一，跟上次夏天拍的录像相比，玻璃看来没有进一步扩展，也没有更加深入她的腹部。其二，玻璃边缘的每一寸皮肤都清晰可见，颜色鲜红，就连昏暗的日光和录像的劣质也不能抹杀。她的肉体起了水泡，露出鞭痕，有些部位皮肤脱落，显得凹凸不平，仿佛她遭过鞭打似的。

"情况更糟了吗？"录像上的艾米丽亚娜问道。

"不是玻璃的问题。"萨弗伦一边说，一边掉头看着果园。

"又该敷药膏了，你准备好了吗？"

萨弗伦来了个深呼吸。就在这当口，一阵风从敞开的窗户吹进来，把卷曲的枯树叶吹落到地毯上，以至让人难以分清，听到的是气体吸进萨弗伦肺部的声音，抑或只是天气里的沙沙声。不管怎样，大家都可以透过萨弗伦肚子上的玻璃板看见，她的肺部被气体填满了。

录像机被关掉了。

即使在卡尔取出录像带后，艾达的眼睛还是看着屏幕。迈达斯认识这疏离的神情，曾在他母亲脸上看见过好多次。艾达的思绪该在别的某个年代，毫无疑问，是在这一切开始之前。

其他人都在候着她。过了一会儿，她问道："药膏呢？"

艾米丽亚娜清清喉咙，可还没等她说话，卡尔竟自顾自地开腔了："装死该是个更受欢迎的话头。米尔，你怎么不跟她说，你都为萨弗伦做了什么？"

艾米丽亚娜露出副惨象，看看卡尔，又看看艾达："我们可以明天再涉及细节。"

卡尔转转眼珠。"明天，我们就该把细节付诸应用了。"

"好吧，"她看着空空如也的碟子和油腻腻的吃饭盘子说，"从头来说，这事起源于萨弗伦父亲的一个提议。他是一位朋友的朋友，可他来找我是因为，我当时开了个小诊所，从事不同于现代西方医学的另类医疗。我对这行一直有兴趣，赫克托让我得以建起自己的外科诊所。我的特色是治疗花粉热，正是这一点，招来了萨弗伦和她的家人。要知道，他们早就有想法了，只不过想找人去执行而已。"

卡尔跺跺脚："你得说说罐子里的那只鸟。"

她点点头，再次清了清喉咙："朱克先生随身用罐子装来一只鸟。那鸟死了好久，样子十分可怕，保存得十分糟糕。可它长了个玻璃尾巴。除有一扇羽毛风化得极好之外，其他所有部位都变质了，腐烂了。鸟是他花大价钱，从格拉姆斯加洛夫的一位老寡妇那儿买的，因为它能印证他的想法。寡妇跟他说，鸟死了，是因为它生了病，不能适当进食。打动朱克先生的正是，玻璃的蔓延随着死亡的到来而终止了。"

迈达斯闭上眼，想起了亨利带他在沼泽里看见的那具纯粹的玻璃尸体。

"说起来……我的花粉热疗法挺简单的，是以蜂蜜为基础。本地蜜蜂能帮忙治好由本地花粉引起的高热。所以你瞧……萨弗伦和她全家提出了一个本地疗法。不过，自打萨弗伦走进我的门，我就知道,折磨她的病症远比花粉热严重得多。"

"答案是装死,"卡尔插嘴道,"提出的疗法很简单,但或许是朱克其人一生有过的最闪光的思想了。具体来说就是麻痹玻璃周围的肉体,把它变成一种半死不活的状态。朱克一家早就想到了这办法。"

"该怎么操作呢?"

"动用圣好达兰的水母。"

"水母?"艾达小声说。

迈达斯想起了他母亲的跛足。

卡尔热切地双手相握。"艾米丽亚娜用水母身体配成了药膏,加热,敷到萨弗伦肚子上。他们用这法子给她治疗,治了整整一夏天,正如你们所看到的,"他动作夸张地指着屏幕说,"结果是成功的。治疗止住了玻璃蔓延,以其人之道还治其人之身。多亏了艾米丽亚娜。"

艾米丽亚娜若有所思地笑着。

艾达闭上眼。

大家等待着。

"看上去挺疼的。"

"今天夜里考虑考虑吧。"艾米丽亚娜建议。

艾达摇摇头:"疼也没关系,这办法值得一试。"

"好姑娘,"卡尔道,"这会儿你该上床睡觉了。我们明早开始行动。"


那夜,迈达斯花了好几个小时才睡着。部分原因是客房里陌生的双人床,它比他家里那张结实的单人床垫大多了,也软多了;部分原因是这房子在风中发出的低沉呻吟,还有海水掀起海湾卵石时的嘎嘎声。除了这些以外,还因为他想到,艾达的睡房就隔着几个房间,还有这种神秘疗法可能带给她怎样的痛苦。这让他的膝盖瘫软无力,令他觉得,双脚离腿那么远,远到不可思议。

他翻了个身,变成侧卧,凝视着从厚重的窗帘下斜射过来的月光。被一阵敲门声唤醒后,他才意识到自己终于睡着了。他僵直地坐起来,门开了,艾达一瘸一拐地走进来,拐杖咚咚地磕到地板上,每磕一下,她身子就随着后缩一下。谢天谢地,艾米丽亚娜和卡尔都睡在楼上的朝向房子另一侧的卧室里。

“我睡不着。”她低声说。

“我也是,”他揉揉眼,“我是说,我刚睡着,可在此之前,根本不行……”

她走到窗边。“你看见外面的情形了吗?”

他摇摇头。

“起来。”

客房里很热,所以他只穿了内裤上床睡觉。这会儿,他意识到了这个,就坐起来,把白色羽绒被拉到瘦削的胸部。她没穿夜里睡觉的衣服,而是穿着外套,里面是件带图案的羊毛衫。

“我不看你,”她大笑着说,“这样,你就能保持你的正派啦。”

他爬到床脚,去取他扔在那儿的一堆衣服。趁她拉开窗帘的时候,他穿上衣服,然后走到窗口她的身边。海湾里,月光下的大海在闪烁,在它那诡异的波涛下,有朦胧的亮光在摇荡。他把脸贴到窗户上。那光在闪动,就像是烛光。

“迈达斯,”她说道,“还记得你跟我一起在卡尔小屋的时候吗?夜里,我们听见,有只猫头鹰在叫。”

“我记得,是的。”

“你问我想不想出去,到森林里散步,去找猫头鹰。我说我太怕绊倒了。其实……我那么说是因为,我当时还不够了解你。我不知道,跟你一起到森林里会不会安全。现在我知道了,你会照顾我的。咱们出去吧,去看光。"

"什么? 就现在?"

"对。穿上你的外套。"

他穿上外套,跟着她出了房门。他们慢慢挪,部分是为了尽量少发出声响,部分是因为艾达别无选择。下楼梯时,她不得不坐下来,小心翼翼地挪动身子。一旁的迈达斯替她抱着拐杖。他们一路走出来,来到木制的露台上,靠着栏杆,俯视着高涨的潮水。只见潮水涌进水上恩格姆这几幢建筑的支柱之间,把它们变成了方舟。雕梁画栋的木材在水面投下微弱的倒影,在它们下方,有昏暗的、繁杂的光在闪耀。成群结队的水母漂浮在潮头。有一两只大得像帆船,身体就在水下几英寸处兴风作浪,触角就像飘扬的信号旗。最小的那些只有顶针那么大,紫罗兰色的吸盘高高突起。有只巨大的圆形水母发出的光再亮不过了,它的身上笼罩着一团金光闪闪的星云,就像把天使吞下了肚似的。

在稍近一点的地方,漂来一群灯笼大小的水母,足有上百只。艾达呼吸急促起来,她看见,一道黄色的电火花顷刻间在一只水母的身体里喷射了一下。这道闪光就好比是一只坏了的电灯泡发出的。第二道火花在另一只水母体内抖动一下,这次是一道粉红色的脉冲。又有一道火花在更深处闪现,红得像一块血。潮水大口吞咽着,冲刷着恩格姆斯特德的根根支柱。

又有只水母闪光了,这一次竟点着了。一团黄色火焰在水里跃动,它发射的气息点燃了相邻水母的光。它们的身体个个闪着火花,这火花化成了稳定的光芒:黄色的、粉红的、深红的、青色的。这效果慢慢燎遍了整个海湾,直到这片海水散发出绚丽多彩的光辉。这光彩折射到这组建筑的墙面上,把它们映得亮如白昼。

在露台上,迈达斯和艾达静静地凭栏而立。他注意到,两人的手在栏杆上挨得多近啊。他没有把手挪开。

"想象一下,住在这样的地方,"她说道,"你每天夜里都能看到这个。"

他照她所说的,浮想联翩。住在这世外桃源,就他们两人,这念头让他感到踏实,单靠这想法本身,就仿佛能打消头脑中所有的忧愁似的。跟她一块靠着这栏杆,摄取这炫目的大海景致,他感到宁静而祥和。他们就这样待着,肩并肩,脸庞被海水的光芒照亮。过了十分钟以上,水母才迅速地一个个黯淡下去,仿佛有什么东西穿过海水游来,把它们扼杀了似的。

迈达斯在充当搬运工,把行李搬上露台的时候,一度嫉妒卡尔的胳膊挽着艾达。于是,当他们看到最后一只水母熄了火,返回房里,只留下月亮装点夜色时,他低语道:"我……我……我帮你上楼吧。"

这话一出口,他不禁一阵慌乱,只顾陶醉于她那感谢的笑容,竟忽略了他这个主动提议有多么意义重大。他把重心从一只脚挪到另一只。

如果不跟她有身体接触,怎能帮她上楼呢?

她跟在他身后,来到楼梯脚下,然后把拐杖递给他。

"好吧。"他说道,但他内心多希望,这儿有升降机、自动扶梯或滑轮车什么的。

她挽住他的胳膊,把另一只手放到扶手上。他的关节顿时僵硬起来。他闻到了她身体的气息,感觉仿佛登上了阿尔卑斯山(像是要晕了)。他觉得,他的袖子僵硬僵硬的,有点失真。

上楼梯这一路,他的胳膊肘一直抵住她的体侧,抵住她的肌肤。她温热的身体令他冒出汗珠,顺着胳膊往下滚。她一点儿没察觉,正全然沉浸在她的心事里。

上到楼梯顶,他冒失地试图松开她,可她拖住他不放。

"现在我们上来了。"他低语道。

"扶我进我的房间。"

他强作镇定。两人一路走到她的卧室。在卧室里,她可算放开了他的胳膊,这时候,只见他往后一退,靠住了墙。

"对了……嗯……"迈达斯用手帕擦着额头,说,"我想,我们马上还会看见更多的水母,比这多得多。"

她叹口气:"我想,今夜我们该忘了跟治疗相关的一切。"

这让他不解了:他原想,这美妙的景象会激励她,让她看到治愈的前景。可她对此轻描淡写,随即把手轻轻放到他胸口。他的心开始猛跳,像是要使劲赶走她。她歪一歪头,把头靠到他身上。她的双唇距他的不过一英寸。

他跳到一边,急火火地说着些很是牵强的借口,说他最好离开她,好让她有足够的时间睡觉。她坐到床上,把目光投向别处。他希望两人能兀自说些什么,可谁也没再出声。于是,他溜出房间,关上了身后的门。

下到楼梯中间,他不由得停住了。他原想吻她来着,可时机出现时,他的头脑却被拽住了,仿佛神经是根缰绳似的。一想到父亲曾经挣脱母亲的拥抱,他顿时对父亲那个男人生出一股厌恶。他不解的是,人怎么能改变自己的本能反应。身体本该凌驾于控制力之上的啊,它常常把你的手从某个着了火的烫手的表面拉开,或是把你的身体甩出去,好躲开突如其来的冲撞。他用双手拍拍脑袋,眯起了眼睛。

有那么一会儿,艾达想回床上去。可她知道,自己只会整个清醒地躺在那儿。她决定不上床,去洗个澡。以前在大陆的时候,她习惯深更半夜享受一个烫烫的热水澡。

有只蜘蛛挂在浴室天花板的一角,双腿拢在虚空中,仿佛紧抓住一条无形的项链,把它按到胸上。一想到它会跑到她赤裸的身体上,艾达就不由得要把它撵到墙上。此时的她已脱了衣服,等着涌出的水流灌满浴缸。她从没怕过蜘蛛,现在她也不打算怕它。让她不自在的只是,那小动物如此敏捷,而她的双脚却像锚一样动弹不得。身手敏捷的小艾达,记得潜水的时候,卡尔常常这么叫她。

也许,她只是嫉妒它那八条腿吧。

她试了试水温,然后爬了进去。水蒸气把她团团围住,她搓着腹部,搓出了香皂泡。水里也罩着层泡沫,她的玻璃脚在泡沫下模糊不清。水拍打着她的脚趾,看起来比实际还要热些,像火山温泉一样咝咝冒着热气。她不由得想到了间歇喷泉,记得她在冰岛徒步旅行时,就在其中沐浴过。她把脚趾伸出水,小水滴从脚趾表面坠落下来。她的脚趾堪称一片风景的组成部分。这是一片由新生的岩石和烦人的矿物质构成的风景,不只在脚趾上,也在她双腿的末梢。

她进一步把腿伸出浴缸。腿上的皮肤苍白得吓人,再往下,小腿的皮肤早已变成了纯白。记得卡尔扶她走进恩格姆斯特德时,她的腿撞上了门边。她没疼得大喊大叫,只是短短哼了一声,卡尔都没听见。她还指望迈达斯能帮她振作呢(他一直盯着他的鞋带)。那只不过是无比轻微的一撞,可这会儿,她膝盖外侧被撞的部位已出现指纹大小的淤伤。这伤并不是青紫色,只是略显暗灰而已。她摸摸它,感觉像贝壳一样硬。

那只蜘蛛竟同时伸出了三条腿,很是惬意。

愚蠢,愚蠢的迈达斯。

浴缸里太热了。她拧开冷水龙头。洗澡水变凉了。现在又太冷了。她骂了句脏话,慢慢晃悠着身子爬出来,坐在浴缸沿儿上。她突然打定主意,要让自己脏脏的,越脏越好。正是汗水和死皮把她支撑起来的,这一切让她确信,她还有个躯体可供栖息。她喜欢自己凉凉的肉体绷紧的感觉,还有胳膊上汗毛立起的样子。小水滴顺着她的大腿滑下,探向膝盖。这已是她腿上对水滴有感觉的最下方了。她小腿的皮肤早已变成了玻璃白,这是变形的第一阶段。好笑的是,她变得对小疙瘩、瘙痒、灼痛和抓伤都那么心存感激。这些她都想要。她想要哪怕有毛病的后背,想要关节炎,想变聋变疯,只要这意味着她能活好些年,哪怕这些年里百病丛生都行。

她迅速擦干身子,抹去玻璃脚上的水。尽管迈达斯就住在近旁,可她还是想他,为那个没得逞的吻而懊恼。他真是个白痴,竟这么跟他自己的生活对着干。她抓起两根拐杖,挂上它们,吃力地晃悠进了卧室,穿上了睡袍。

拐杖在暗淡的灯光下闪烁。

她关掉灯,上了床。黑暗是个好东西:在黑暗里,她没法分辨,她的脚是什么做的。

她全部的感觉是,她的脚不在了。

她想着,迈达斯的唇挨近了,可又闪开了。突然,她想到,她在他身上寄予了什么。要是她很快动不了了,半是个姑娘,半是件玻璃装饰品,那不久就可能没性爱了,或许也没激情了。她心慌意乱地意识到,她无意之中选了他充当她生命中最后一段罗曼史,而他太迟钝了,竟还不能信任她。她很想对他再多点了解,再多点理解。独自睡在这张陌生的床上,她渴望有个温暖的身体在她边上,好让她认识到,自己还活着。他能给她这个吗?

随着思绪变成半梦半醒的状态,她把这房子夜间发出的声响,还有暖气的噪声,竟都当成了蛾翼小牛们的喘息声。

# 27

原野和山坡发出一片白光。炫目的阳光照到艾米丽亚娜家的窗户上,染红了迈达斯的脸庞,像个情人似的把他柔声唤醒。

厚厚的羽绒被已从他胸口滑落。他坐起身,揉揉太阳穴。他身上还穿着昨夜的衣服,这使他觉得疲沓,不舒服。他对昨夜的最后记忆是,摇摇摆摆上楼梯,紧紧抓住扶手,陶醉于局促不安中,仿佛那是一瓶美酒。他不禁害羞地叹了一声,揉揉短粗的下巴,起床了。从他的房间里他能望得见小河,河水黑乎乎的,几乎被退潮抽空了。风琴般的冰柱丛挂在窗檐下。

他蹑手蹑脚地走出房间,顺着走廊走到一扇冲房子正面开的窗户边,这儿面朝着内陆。昨晚开车来这儿时,他一直专心认路,顾不上关注风景的变化。东西两边都是积雪的原野,正前方是一带林地,与这房子遥遥相望。这有点奇怪,因为他不记得,在行车的最后一段看见过哪怕是一棵树,好像这林地是在夜幕笼罩下从恩格姆斯特德长出来的。

喝了一杯水,又过了一会儿,他已经走在雪地里了,边走边调他的照相机。微云悄悄积聚,逼得他要趁它们劫走光线之前,最大限度地利用光线。他小心翼翼地走进林地。这里,树干和树枝盘根错节,周边是向上直刺的植物茎条。有只乌鸦发出难听的叫声,悄悄飞上栖息的枝头。

他走出屋子时,没遇见任何人,可他听见艾米丽亚娜正在厨房打电话,就踮脚从关着的门走了出去。他可不想错过光线,他也不想让别人理解,让他们以为他在扯谎才好呢。

摸索着走出恩格姆斯特德时,他拐错了弯儿,不经意间闯进了一间空屋子,里面只有一个满是灰尘的壁炉、一把扶手椅和一张咖啡桌,桌上扔了张皱巴巴的财经报纸。随后,一转身,他又跟赫克托·史泰罗斯打了个照面儿。那是一张挂在墙上的画,足有十二英尺大。画上的赫克托·史泰罗斯身穿西装,眉头微蹙,留着乌黑的胡子,两颊下陷。这张画的画法简练,标注的日期是近乎十年前的。不过,不难想象,岁月会给这画的主人公留下什么痕迹。赫克托的眉间沟该蹙得更深了,头发该闪着威严的银光。跟这画形成反差的是,挂画的这面墙上,一层薄薄的涂料开裂了,分了枝杈的裂口横贯整面墙,让这画看上去像是挂在一棵树上。

这会儿,他嘎吱嘎吱地穿过雪地,走进森林,尽力忘掉他的窘态。"艾达企图吻我来着。"他竟大声说出了口,并试图弄明白怎么回事儿。他没能回吻她。置身林间,他希望,他能暂时把她和他的窘状抛到脑后,用即将拍摄的照片分散注意力。

有片白叶子夹杂在常绿的针叶当中。那是件精致的作品,于是,他走近它拍照。可这叶子竟飞到另一根树枝上,他不由得跳起来,这时才意识到,它只不过是只鸟儿,有鸫鹟那么大小,一身白羽毛。他备好照相机,走过去。可有根枯枝掉到他脚下。那鸟儿飞起来,穿过空中,落到另一枝头。他等它神经平静下来,便慢慢爬上一棵树,想有个更好的角度。他顾不得细枝的瘙痒,攀上一个大树杈,挤进树枝的间隙。树皮上覆着雪,又冷又湿。

那鸟儿紧张地左顾右盼。迈达斯四下观望，看看有什么可怕的，却只看见根根灰皮树干，数也数不清。他舔舔嘴唇，用照相机抵住树，等候拍照。又有一个细枝坠地。雪啪嗒啪嗒地从树枝上抖落。

这会是张好照片。在粗犷的树皮映衬下，鸟儿主体的羽毛愈显完美无瑕。他判断了一下构图，又快步走近一点儿，便拍下了这照片。就在这一刹那，在照相机十字准线的分割之下，他看见，鸟儿有一双白色的眼睛。

有什么东西打在他鞋子上。

他大叫一声，跌下了树。他惊恐万状，不由得手在雪地里乱扒，一边很有保护意识地把照相机抓到胸口。

一个男人正俯下身，看着他。这人大高个，头发乱蓬蓬的，胡须粗粗修剪，撑着根独角鲸长牙制成的精致手杖。他身穿一套皱巴巴的黑西装，膝盖以下涂着一幅烂泥图，烂泥已经变干。他身上随处粘着皱褶的树叶，仿佛他在土堆里打洞睡觉来着。他的头发一撮撮竖起，像是还没发育好的鹿角。脸上表情坚毅，又像他的衣服一般沟壑纵横。

他抬一抬他那角鲸手杖，像是打招呼，接着，语音严肃地说："你在恩格姆是做什么的？"

迈达斯站起身，回头看一眼那只白鸟。它消失不见了。"我是……我是……迈达斯·科鲁克。"

"我是问你做什么，我的孩子，不是问你是谁。"

迈达斯把身子缩成一团，觉得又冻又湿，摔倒时还擦伤了。"嗯……"他说，"我干摄影。"

那男人冲迈达斯抬起手杖，用戳地的那一端敲敲照相机。"你这件东西看上去挺不错。"

迈达斯小心把持住照相机。

高个男人伸出一只手。"我是赫克托·史泰罗斯。"

迈达斯觉得,这男人误会自己了,虽然他说话措辞很考究。迈达斯不禁想起恩格姆斯特德的那张油画,不太容易把画上展示的商人跟这个满面皱纹的陌生人联系在一起。"对不起,你说你叫什么名字来着?"

赫克托没理会这个问题。"我本人也曾是个热情的摄影师。可我放弃了。我以为,我会在恩格姆拍这拍那的,好打发我的退休生活,可我对照相机这东西产生了怀疑,特别是对数码照相机。数码照相机简直是最机械和最没意义的东西。一只机械眼,留下些机械的记忆。它会让我觉得,我看待这世界的方法出了错。"

迈达斯感到不解,不由得吞咽了一下他的喉结,在他们头顶,有只乌鸦嘎嘎叫着,在枝头窜蹦跳跃,一边摇头摆尾的。

"对不起,"赫克托说,"我的思绪总是瞬息游转,连我自己都跟不上我的想法。我对这没法解释。医生说,我有什么地方不对劲儿了,可我觉得,我的头脑比经商那些年还要精准呢。"

他庄重地摇摇头,沉了沉肩膀。"请原谅,科鲁克先生。我的思绪漫天飞,我对此也说不出个道理来。"

迈达斯回头望去。那只乌鸦张开嘴,露出嘴里一个粉红色的三角区,样子像是饿坏了。"我觉得你看上去十分镇定自若,史泰罗斯先生。"

"你太客气了。"

"对了……今天,嗯,外面天气真不错。"

赫克托凑近迈达斯,"这儿有个生灵,我追了很久,决意要抓住它。"

"有个生灵?"

"人都说,它只要看见什么,什么就会变成纯白的。"

迈达斯欲言又止。他想起了他照相机拍下的那只小白鸟。

赫克托往空中挥挥手杖,"你是摄影师,你能想象它会留下个怎样的世界吗?一切都是单色调的。只有光的力量才能把不同的物体分开。"

他带着敬畏想象了一下,"我见过一只鸟!它眼睛是白的。"为了证实它的存在,他举起照相机,调出那张照片。

赫克托瞪大了双眼,"这么说,它就在附近!"他迈步走近照相机,他一挪动,西装皱褶里的树叶就挤得碎裂了。"它住在一个洞里,"他低语道,"就在恩格姆。"

迈达斯一下子见识到赫克托的身高。他看上去高高耸立,就像一棵树。"嗯,你找着它后,会怎么处置它?"

"把它眼睛弄瞎。"

迈达斯呼吸转急,难以自控。

"你会觉得这很野蛮,当然你会这么觉得。可你还年轻,只是个摄影师。我头一次听见这种生物的故事时,也还是个摆弄照相机的人。我想逮住它,让它给我造一座黑白的花园。我想象着,自己漫步在白色的林子里,脚下踩着白色的小草。那就像是在黑白照片里生活和呼吸,是摄影师非常喜欢的。可那些幻想已经过去了很久,那时我还年轻,刚刚踏上漫长的职业生涯。按任何人的标准来说,我的职业生活都算取得了巨大成功。我当时以为,人的成功是靠财富不断增加来实现的,你得辟出一条自己的道路。有好多年,我一直坚持这一信念。可是后来有一天,我却认识到,单纯地望一眼竟能改变一切。从那以后,我无数次遇见过这种事。我极力想弄清,这是怎么了,可做不到。比如,另一个男人只看了我妻子一眼,就让她不再爱我了。让我不解的是,仅仅一次眼光的交集,竟有这么大的杀伤力。我艰难地领悟到这一点,当我领悟到它时,我对这个生灵,对这个看一眼就能把一切变成白色的恶魔的臆想,竟成了真的,成了一件真实存在的可怕的事情。"

迈达斯心想,把一切都归罪于一个生灵,这未免不公平。"你见过我妻子了,毫无疑问。"赫克托一边用手杖头划过树干,一边接着说："除非她邀请，是不会有人来恩格姆拜访的。"

"她是邀请了我们。她人非常，嗯……"

"什么？你觉得她人怎样？"

赫克托的话音显得咄咄逼人，可迈达斯想不出自己应该给出哪一种回答。他形成的印象是，赫克托对艾米丽亚娜爱恨交加，爱和恨一样多。"她人非常的……"他支吾道，"哦，迷人。"

"没错。她是很迷人。我想念她的迷人。可别以为，我对她有反感是因为她魅力消退了。通过研究这个生灵，我学到了这一点。这世上有一种行之有效的眼睛占星术。看人的眼光会不时调整，就像星球一样。从这个例子来说，眼光调整导致的亏本结果就是，你自己真正的眼光却被遮住了。都怪这点……"

迈达斯吃惊地看着，赫克托拿他的手杖往周围指指戳戳，像是在控诉似的。好在，过了一会儿，他安静下来了。

"你知道失去一个人是什么感觉吗，迈达斯？"

"知道。"

"失去一个你所爱的人？"

"不知道。"

"你没恋爱过吗？"

"哦嗯……"

赫克托眯起眼睛，恶狠狠地咧嘴笑了。"你正在恋爱！都写在你的脸上。"

迈达斯低头看看自己，像是但愿真有这么回事儿。

"要是你在恋爱，"赫克托说道，他的声音听起来更加低沉和生硬，"你就该带她离开恩格姆，离开圣好达兰。这地方的土里有东西。"

像是要证明他的话似的，他把手杖戳进土里，挑起了一块土。土下是更多的湿土，有只蠕虫扭动着身子，躲避突然射来的光线。

"我想……"迈达斯慢慢说道，"我大概是的。"

"大概是什么?"

迈达斯清清喉咙:"恋爱了。"

赫克托张开双臂:"那就要始终保证自己像个恋爱的样子。"

说完话,他挥挥手致意一下,转过身,走掉了。留下迈达斯独自寻找回去的路,途中还迷失了,不知何去何从。这片森林看来延伸得够远,可从艾米丽亚娜家的房子出来时,却看不见几棵树。挺奇怪的。他但愿手头有个线团,就像父亲跟他讲过的那个故事,他还朦胧记得。

地面坑洼不平,植物长得高高低低,一条不太成形的路蜿蜒开来。他走在这路上,看见沉甸甸的树枝朝下坠着,像桅杆一样吱嘎响。树根伸出地面,像是乞丐伸出的臂膀。

树丛中露出一处空当,那房子就耸立在这空处。见此,他心头一喜。快到门口了,他听见有人叫他的名字。

卡尔·茅尔森正在通往露台的台阶边上抽烟。他冲迈达斯招招手:"你出去到林子里干吗了?"

"散散步。"

卡尔点点头,"我们吃不准你会遇见些什么。"

"阳光太好了,可不能待在床上。"

卡尔眯起眼,抖一抖他的烟,"可你不该就这么出去。你离开了好几小时。你不在的时候,我们已经开始治疗了,虽然艾达说,她想等你回来。"

迈达斯踢了下卵石。他没意识到,自己去了这么久。要是现在去找艾达,他就得解释自己为什么不见了,还得解释那个没接成的吻。

"对不起。"他说道。

"别冲我道歉。"他在房子的一根支柱上捻灭了烟。

突然,有什么东西从房后箭一般冲出。迈达斯一惊,抬头望去,见是只野兔迂回穿过草地,朝森林里跑走了。

"你真是一惊一乍的，迈达斯。"

"它吓了我一跳，仅此而已。"迈达斯把手放进口袋，"外头太冷了。我要进屋暖和暖和。"

卡尔把烟盒伸向迈达斯："来一根儿？"

迈达斯摇摇头。

"别跟个女人似的。咱们还没聊完天呢。"

他再次递过烟来，迈达斯拿了一根，他手指冻得发青。他笨拙地夹住烟，尽力回想上次抽烟是什么时候。或许是小时候在游戏场上，要是不抽的话，那些欺凌弱小的坏蛋就会叫他胆小鬼。他把烟放到唇间。卡尔从火柴盒里抽出根火柴，划着它，伸出来给迈达斯点上烟。看见火苗和这个大男人的手离自己这么近，迈达斯不禁往后一缩。

卡尔熟练地给自己倒出一根烟，趁火柴还没熄，点着了它。"我想问你点事，是关于你父亲的。"

仿佛烟雾在迈达斯喉咙里结了冻，"关于他的什么事？"

"看看我能不能唤起你的记忆。关于他的工作。你对他的工作怎么看？"

"你是问我现在怎么看，还是过去怎么看？在我很小的时候，我当然觉得他是个天才。我父亲是世上最聪明的学者。但是现在……"

"我知道我问得唐突，可你父亲的思想一直牢牢支撑着我。"他轻轻弹掉烟灰，"我信赖他的思想，真的，从我本人的学术生涯一开始就信赖。不过，你父亲可能……挺难相处。"

迈达斯使劲咽着口水。"对于终日只能靠笔头工作的人来说，他们的确容易表现得咄咄逼人。"

"我这不是批评他，"他吐出一口烟，"我提出这一点是因为，艾达现在最不需要的东西就是那种难与人共处的特质。"

"我不明白。"

"在我认识的人当中,他有最为精密的学术头脑。他能像医生解剖人体那样剖析某种思想。因此,我并不是说,他作为一个人是有缺陷的。可我竟从没见过,他身上哪怕有一丝浪漫的闪光。说实在的,即便他的研究,他为之投入这么多的研究,看来也从没打动过他,或是强烈激励过他。我不知道是什么推动他前进,真的。"

"他并没一直前进,不是吗?"

卡尔举起双手,"好吧,随你怎么说。我非常明白,这话题对你来说未免太伤神。"

"是啊,"迈达斯说道,"是这样。"

卡尔挪了个位置。"他曾经说过,人一生当中的种种个性,就好比一天之中穿着的衣服,一层又一层,既为保持尊严,也为经受天气变化。他说过,也可以从这个角度来看待一个人。要是你愿意,不妨想象一下,当人穿上厚外套、戴上手套、暖帽和围巾来迎击暴风雪时,就如同他从思想上和肉体上调整好了,准备迎接前头的任务了——换句话说,就是走出去,走进暴风雪。这时候,要是他没听见身后传来求他不要走的低语声,或是没感到有人轻轻拖住了他身上厚厚衣服中的某一层,就很难指责他什么。他根本是以一种调适为代价,完成了另外一种调适。"

"你瞧,我对我父亲的这些事一点儿不了解。"迈达斯说道。他的牙齿开始咯咯打战。

卡尔凑过来,玩笑般地用手扣住他的肩膀。"听着,咱们说说艾达……当下,她需要一门心思养好身体,我只想说这个。别的没什么,好吧?别为了丢下她不管而内疚,比如像你今天早上所做的。只要确保,她用不着在她自己的问题之外,再去应付你的问题就行了。"

迈达斯顿觉像是吞下了一罐冰水。拳头在口袋里攥得紧紧的。他使出全身的力气,硬邦邦地告诉卡尔,他进屋了。

# 28

要想放大那只白鸟的眼睛,彻底看清它的细节,迈达斯需要把照片上传到电脑里才行。可在史泰罗斯家,他只能在床角坐着。他早已明白,他没错。那眼睛和眼皮跟外面的雪一样白。这让他想到跟史泰罗斯之间的口角。那次口角感觉很是奇特,就像做梦一般。但最奇特的地方还是,赫克托竟诱使他说了那样的话。我可能正恋爱。

他站起身,往窗外望去。他又想逃离这房子了。早前,他跟卡尔和艾米丽亚娜共进午餐,吃着从海湾打来的新鲜白鱼。艾达竟连一眼都没看他,他也没能跟大家说一句话。她看上去被药膏弄得筋疲力尽,卡尔和艾米丽亚娜花了一个早晨给她敷药膏。往餐桌走的时候,她步子竟比平常更迟缓了,仿佛他买给她的拐杖连同她自己那根旧拐杖,加一块儿都不能支撑她身体似的。吃完饭,艾米丽亚娜离开了,卡尔把艾达拉到一边,口气严肃地跟她说了什么。迈达斯去洗碗,边洗边想到,父亲小臂上沾满了洗碗水的泡沫。

这会儿,置身于他的这间客房里,墙刷得白白的,被褥也是纯白。他努力记起,是艾达邀请他来这儿的,作为对她道义上的支持。可还有别的原因吗?她的唇靠近过他的,他开心得竟没能凑上去。她一定认为他躲开了她,可现在,他想有第二次机会,去接受她的唇,揽住她的腰。尽管他这么想象,可并不能担保,一旦有了机会,自己会不会抓住。

他听见,卧室门上响起清脆的敲门声。他转过身,弄直头发,顿时心惊肉跳起来,怕是艾达走进门,来到他面前。要是她来跟他说,他把事情弄砸了,该打道回府了,那么……他突然意识到,他只愿把那个时刻往后拖,拖得越迟越好。他安静地待着,再不敢动一下,希望她以为他没在屋里。

敲门声再次响起。随后门开了。来的是艾米丽亚娜。

"哦,"她说道,"对不起。你没应门,我还以为你不在呢。我能进来吗?"

"嗯,当然,请进。"他低头说。照此看来,艾达竟然不亲自来对他进行宣判了。这儿是艾米丽亚娜家,所以,让她来告诉他,让他走人,这倒也合情合理。只见她走进来,把门从身后推上。

"我给你带了这个。"她捧出个皮包,面儿上有划痕,盖儿上有多个小袋,还有些叮叮当当的小零碎儿。他接过来,从重量就能猜出里面装的是什么了。

"嗯……"他说。

"是给你的。"

"谢……谢谢你。"

艾米丽亚娜慢慢坐到床上,抚平罩住大腿的裙子。"现在,打开它。"

他拉开包里中间那层的拉链,拿出照相机。这是那种老式的单眼照相机,当初买下来要好几千镑。包里还有放镜头和配件的地方。照相机的挂带是用旧蛇皮做的。

"这是赫克托的。从前,摄影曾是他的一项爱好。他没碰这照相机有好些年了。他也不想碰。总让它无所事事,可真是个大大的浪费。也许,你可以更好地把它派上用场。"

他脸上绽露出孩子气的笑。他摆弄着光圈刻度盘,对准艾米丽亚娜那清晰的面部轮廓和那一头黑发,把她作为拍摄主题。

"别拍我了。"她略带责备地说。

"我只不过……在试试手。"

"我知道。只不过……这些日子,我不想让人拍照片。"

他把相机挂到脖子上,于是,它跟他那部数码的并排挂在那儿了,两只镜头盖相互摩擦。

"现在,"艾米丽亚娜说道,"你有时间聊一会儿吗?"

他咽了下口水,猛然觉得,两部相机压住他脖子,挺重的。天哪,该说正事了。

"迈达斯,何不坐到我边上来?"

他依言行事。他坐下来,坐到她身边,床垫很软。他闻见她的香水味儿,不怎么好闻,还有一股酒味儿幽幽穿过他的肺,钻进他的脏腑。他好奇地想,她给他的这部单眼照相机在他刚才试拍时,会拍出什么样子来。它会真实地记录她眼角借助化妆遮着的皱纹。

"说说艾达的事。"她说道。

"你们已经开始给她治了。"

"没错。但这事可没那么容易。"

他晃晃头。没被勒令走人,这让他感到谨慎的乐观,但又忧虑起来,也许,他就要被告知什么更糟糕的事呢。

"治疗可能会很难。"

"怎么会?你已经治好了萨弗伦·朱克。"

"情况有所不同,"她叹道,"年轻的时候,我身材自然比现在要好。有好几次，曾有星探找上我，认为我身上有模特的潜质呢。我跟你说这个，只是为了……我希望，当你听完整件事，这能帮你增进了解。"

"这时候，我第一次遇见卡尔。我已经结婚两年，早就意识到，赫克托作为丈夫，跟我预想中的丈夫是非常不一样的类型。我爱他，你必须明白这一点。我现在还爱他。可这种爱是出自高度的舒适，而不是出自……"她叹息着，把头往后一摆，甩了甩她那一头黑发。他感到，身下的床垫在晃动。两部照相机在他胸口叮当作响。

"说白了吧，没有性爱。因为赫克托虽是个有激情的人，却无比特殊。树林里的琥珀，石英房间，养着哑鸟的鸟舍。我说过，我爱他，迈达斯，就像爱自己的兄弟。可我那时是个妙龄女人，总是因为美貌被称羡，渴望最大程度地利用这美貌……"她死死盯住迈达斯的眼，"总之，我想要的比那还要多。就是这样。这就是我遇见卡尔时的境况。那些日子里，要保持一段开放的婚外恋情，这想法仍然很新鲜。那时的我对这想得非常天真，没预见到那些不可避免的情感纠结。"

迈达斯点点头，以示理解。然而，艾米丽亚娜如此直白地谈到她的性生活，毕竟让他手掌发痒，后背冒汗了。他想要逃出这扇门。已有不下十次了，他想象着，自己撞破了窗户，掉到楼下积雪的花园里。然而，他仍然留在原地，脚下像是生了根。当她讲述的时候，他开始审视她脸上的山川地貌，皱纹横穿她的颈部，把这部位划出三等份儿。一条轮廓线从她锁骨伸出，越过胸部，抵达乳房的顶端，那儿的皮肤曾经紧绷，如今却变得松弛。她的体味儿重重压进他肚子里，像是一块铁。

"我试图跟你说的是，迈达斯，当一个人感到被环境禁锢了，其实是他自己出了错。"

"你……在卡尔那儿犯了错吗?"

"不是。错不是跟卡尔犯下的。为了让他保持对我的兴趣,我努力得很辛苦。错误在于,我让自己看起来……比真正的我更有情趣了。你明白我说什么吗?"

沉默中,他们并肩坐着,膝盖排成一排。他弄不懂这跟艾达、药膏还有凡此种种的有什么相干。"我只是,"他胡乱摆弄着单眼照相机说,"我完全不明白。不明白。嗯……对不起。"

艾米丽亚娜不禁脸红了。她深呼吸一口。"我对待我的生活一直非常愚蠢,从没独立走出去过。我每天都想这么做。我一直非常天真。因为我总是过得很舒服,无论物质上还是境遇上。你明白吗?"

出于礼貌,他忍住了没摇头。

"有时候,我怀疑自己是不是透明的。我觉得……自己无足轻重,实质上根本不存在。"

她停顿一下,端详着他的表情。而他尽力在脸上挂出点儿同情和智慧。

她叹口气,把头发甩到肩后。"让我换个方式来说。我觉得,自己就像一张曝光不足的照片。我能看出照片上是什么,可它没什么深度。"

这个他懂了。

"我觉得自己没什么实质。我曾为实质抗争过。曾经,很久以前,卡尔出现了,他只看我一眼,带给我的感觉就像是照片曝光所需的最后一束光线。现在再说这个,听起来挺可怜的,可它充满了细节,给我创造了新的深度,而我以前从不知道它的存在。为了这个,我觉得我什么都欠他的,辜负了他就等于危及到我的一切。我至今还是觉得,我很难辜负卡尔。对了……你一定好奇,这跟可怜的艾达有什么相干,跟药膏、跟诸如此类的情况有什么相干?"

他正要说是,门开了,卡尔走进来。"早上好。"卡尔道。他看上去有所期待,好像他们该为待在一块做个解释似的。

"我们刚才聊天儿来着,"艾米丽亚娜勉强说道,"迈达斯拿他的新相机给我拍了照片。"

# 29

在艾米丽亚娜家的起居室,艾达独自坐在原木壁炉边,身子深陷进扶手椅,膝头放了一本书。在她身后,火苗噼噼啪啪,发出爆裂声。从膝盖往下看,她腿上的一些部位仍是皮肤和骨骼做的——小腿、胫骨、脚踝的突出部位还不是玻璃的,但现在已经麻木了,跟玻璃本身没啥两样。从膝盖往上,肉体还没麻痹,但毒素已经长驱直入,她感到一股被热灼伤般的痛。她鼓起勇气,又看了一眼发了炎的皮肤。她大腿靠下的部位发红,样子像是屠夫店里出售的肉块。膝盖肿胀起来,显得粗笨。她以为经过早上的治疗后,情况得到缓解了,于是掀起裙子,看见艾米丽亚娜用线紧紧包扎着水母物质弄烂后做成的药膏。痛感强烈,且无时不在,就像针扎进皮肤的每个细胞。她眼里很快泪水盈盈,仅仅一分钟时间,泪水就干涸了,眨眨眼都像要挖掉眼珠那么疼。她挤起眼来,希望迈达斯能在身边,这样,当疼痛爆发时,她就能攥住他的手了。她昨夜本来是这么打算的。那个吻原本可以扫除他俩之间的障碍,却没尝试成功。

在火光的跃动之下,墙上的挂图看似摇曳不定。门吱的一声,

222

开了。

看见迈达斯走进来,她又拿起书。他悄悄走过来,坐在对面的坐垫上。

"这会儿,方便谈谈吗?"

她没有说话。透过眼角的余光,她看见,他舔了舔嘴唇。他很想冲口说出各种借口,来解释当她试图吻他时,他怎么会没头没脑地吃了一惊。虽都是些愚蠢的说辞,但能让她知道,那是一种家传的对肌肤接触的恐惧心理在作怪。

"对了,嗯……"他吃力地说,"你在读什么书?"

她把书翻开着放到膝头,敷衍了事地笑了两声。"我也不知道。我趁你进来时拿书来看,只是为了冷落你。"

"啊。嗯。"

"说说看,咱们是什么关系,迈达斯? 很近的朋友? 彼此渴念的情人? 那种谈话会让人变神经质的,不是吗?"她猛地合上书,"不过你瞧,迈达斯,我不是要让你痛苦,你比我有更多时间去留意你的不安全感。而我,需要知道咱们是什么关系。"

火烧得噼啪响。她担心自己说得太多了,竟滔滔不绝地击退了他那零星撒落的几句话。可她接着说道:"你能不能……给我写张短笺或是什么的? 或者干脆……发自内心说点儿什么吧。"

他下巴一抖一抖的,像是要尽力一吐为快。

"别那么费劲考虑要说什么了。痛快吐出来就行了。"

"我……我很抱歉。"

她用力一捶椅子的扶手。"我完全原谅你,迈达斯。那事没什么。说说咱们俩吧。"

"我不是要……我想要……"他身子弯得快要折叠起来了。她发现,他脖子上还挂着第一部照相机,仿佛是它把他的体态压成了一张弓。

"你那部相机从哪儿得来的?"

"从艾米丽亚娜那儿。我给她拍……拍了照片。"

顿时,她觉得喉头又湿又冷,像是错吞了一只牡蛎。这东西落到她肚里,又进入她肠内,直到在她膝下化作一片麻木的虚无。他只是站在那儿,露出关切的神情。记得以前他说过,想给她本人拍张照片,而她避免谈这话题,因为她不想让他拍。她知道,目前照片对她意味着什么,一想到自己会被记录到照片里,她就感到厌恶。尽管如此,要是他想给她拍照,她还是会有受宠的愉悦感。她把这看作他对她感兴趣的表现。白痴,她真是个白痴。她把目光从他身上挪开。当然,他从没许诺过,在她乐意拍照之前,绝不给其他任何人拍照。没错,她是不讲理,可她筋疲力尽了,再加上她腿那么疼。

"艾……艾达?"

"他妈的,迈达斯。要是咱们什么都成不了,你还待在这儿干吗?"

他低下头,逆来顺受地一弯腰,便转身走出了房间。

"迈达斯!回来!"可他没有。她撑起身子,急忙要去追他。可厚厚的地毯箍住了她的一根拐杖,她冲前跌倒了。她的两只手甩到了身前(做噩梦的时候,她曾上千次演习过这种跌倒)。她疼得脸部挤成一团,竟有空想起了跳伞和蹦极跳(除了双脚,什么部位先着地都行)。脸被无声地撞了一下,因为声响被地毯消音了。可她还是感到了地毯下面那硬邦邦的地面实实在在的撞击。她的肩胛骨和椎骨在颤抖。她慢慢把腿放低,吃力地把脸塞进地毯,企图在地毯的气味里,在柔软的流苏里藏起疼痛。还好,她的身体没受伤。

她一动不动地躺在地毯上,盼望迈达斯能回来,还一边好奇地想,要是躺在他身上会是什么感觉。她想知道,他的头发像不像地毯那么柔软。她想知道,当他做爱时,他的心跳像不像鼩鼱①的心跳那么狂乱,他的皮肤像不像鱼皮那么光滑。这都是些不切实际的想法,不切实际到足以让她分神,而不是去凭直觉判断——他不会回来扶她站起身。

男孩和他们的活力……对她来说毫无意义。迈达斯在艰难应对他情感上的交锋。亨利离得很远,不愿意帮忙。卡尔就在这房里的另外一处,承诺要医治她、保护她。壁炉里的火舌喷出烟雾。要是她愿意,她可以把脚放进火里,却不会受伤。但她无能为力,连原地跳这么小的事都做不到……这天早上,她醒来做的第一件事就是,查看腿上的淤伤。伤痕从灰白变成透明的了,仿佛一池清水,蓄在她那白白的小腿地貌上。

她凋谢了,麻痹了,身体的经络被隔断了。谢天谢地,她心想,她在该做的时候,去做了她做过的事。她在恒河跋涉过,在阿尔卑斯山感受过毛茸茸的雪落进她嘴里,从高高的山顶深深呼吸过最后一丝氧气。还有游泳。她游过泳。

她多想耐心地去探索迈达斯谨小慎微的内心,一寸寸赢得他的情感,可她缺的是时间。为了等他回来,她或许要永远等下去。为了等到他那犹疑的爱情,她或许要等到永远。

她的脚啊……这一碰就碎的镣铐,终日拖在她身下。她能感到,它们空若无物。要是她盛怒之下,企图蜷起脚趾……什么都不会发生。她胫骨某个部位的神经系统失灵了。她回头望去,地毯上,靴子从她身后伸出。那是爸爸的旧警靴。她不禁想起了自己的鞋子,她那漂亮的跳舞鞋,还有那双沾满泥泞的徒步旅行靴。她把它们统统留在大陆了,整整齐齐用棉纸包好,放进了鞋盒。

---

① 又称尖鼠,是一种鼩鼱超科的食虫小哺乳动物,类似老鼠但有长而尖的口鼻、小眼睛和小耳朵。——译者注

现在,她打算跟她的脚妥协了。过去的事就让它过去吧。如今的生活即将成为一次思想的冒险,或许也是她身上迄今尚未受损的其他某些部位的冒险,内心的某种冒险。

门吱的一声,慢慢开了。

她不由自主朝门的方向伸出手。"迈达斯,谢天谢地,你回来了……哦。"

"真该死,艾达,出什么事了?"

卡尔跨过地毯,冲过来。她不禁往后一缩,可他那厚实的臂膀仍然滑到她腋下,慢慢撑她坐起来。他蹲到她身边,让她的头靠住他的胸。她听见,在他的衬衫下,他的心跳在加快。

"我没事。"她一边生硬地说,一边企图推开他。

他没松手,也没说话。不知不觉中,他把她抱得更紧了。他手掌的热度透进了她的上衣。

她又使大点儿劲推他。他松手了,跳起来,从她身边走开,同时做了个深呼吸。

"我没事。"她沉稳地说,同时用力让自己后仰,坐进扶手椅。

他不看她,只是点头。

"说真的,我想一个人待着。对不起,卡尔。"

他点点头,径直出了房间。在走廊里,他停住脚。"迈达斯去哪儿了?"

"你说什么?"

"我刚才看见他打包呢。他开着车走了。"

她把头埋进双手里。她使出全部力气,才低低地说:"我说过了,我想一个人待着。"

他又点了一下头,轻轻关上了身后的门。

# 30

空中雪花漫舞,缓缓降落,就像沉积物坠入海底。雪笼住了圣好达兰的道路,堆上了灌木丛。海岸上,一只宽翅鸟顺风滑翔,就像是黄貂鱼游在海里。迈达斯慢悠悠地往家走(他有种预感,家会让他想起艾达),因此他沿着一条比较远但风景优美的路线开回去。

他在一个小型停车场停了车。从这地方,可以眺望浅浅的山谷,见它被干燥的石壁分割成一块块的。一条小溪从眼前流过。过了一会儿,迈达斯脱下鞋袜,把脚趾浸入凛冽的溪流中。有什么东西刺了他一下,他不禁跳出了水。原来,有只小水蛭趴在他大脚趾上,正吸他的血。他车里有个打火机,于是,他坐到汽车喇叭上,用打火机烧这水蛭。它身子渐渐蜷缩,发出股恶臭。他手里捧着它烧焦的尸体,打算拍张照片。可一碰照相机,他顿时觉得一阵厌恶。一种突如其来的嫌弃之心向他袭来,他便从肩膀上扯下背包,把包连同里面的照相机锁进了后备箱。然后,他站到一丛灌木上方,手扶住膝盖,觉得想要呕吐,可吐不出来。听着交通播报和富有乡野气息的七十年代爱情歌曲,他一路开车回家。空调呜呜响,雪又越下越大。雪花片片沾到他的挡风玻璃上枯萎了,就像濒死的海星。

薄暮时分,他回到家,坐在桌边,一手端咖啡,一手捧杯红酒。在这恣意的闲散中,他稀里糊涂花了半小时,才弄清家里所有瓶子之间有什么区别。咖啡跟酒掺着喝,这滋味儿糟透了,是自打他有记忆以来最糟的。可他不管不顾地喝了。收音机里,一位著名演员正朗诵《绿野仙踪》的改编本。高潮已经过去,演员快读到大团圆结局了。狮子获得了勇气,锡人拥有了心脏,稻草人则得到了大脑。

迈达斯骂骂咧咧,猛敲收音机,把它敲下了桌子。它躺到地板上,接收失灵了。那演员的声音变得含糊不清,像是含着漱口水。

他早就知道,他没本事跟别人混在一起。当他头一回遇见艾达,他就告诉自己这一点,还在夜里不住地重复,就像在重复一句咒语。他当时睡不着,醒着躺在床上,一直想着她。他对社交互动完全无能为力。那他拥有的是什么呢?他的目光不禁落到照相机上。不用想,一定是他把它从包里扯出来的,只见它放在桌上,一副自鸣得意的样子,镜头盖摇摇摆摆地挂着。他想象自己死了,被开膛破肚,骨头和肉散落得到处都是,裸露的动脉和毛细血管条条通向胸口的一个洞。在那洞里,安放的不是心脏,而是他的照相机。

他一把抓住照相机的挂带,猛地把它扔到收音机后头。它击中了冰箱,又撞到厨房的瓷砖上。他喝干了酒,又把杯子斟满,头一低,趴到桌上。这酒挺够劲儿,让他的头脑一片茫然。在这样的时刻,从他的视线望过去,桌上的咖啡泛起圈圈波纹,不停地盘旋。他努力让眼睛聚焦,可当他抬头再望,感觉像是行驶在迂回曲折的路上,墙壁像旋涡似的,天旋地转。旋转的还有他钉在墙上的所有那些照片,那是过去日子的肮脏印痕,是黑白的记忆。他呻吟着,闭上眼睛。可回忆还在继续。父亲用拳头捻碎了蜻蜓的壳,母亲膝头放了一束烂了的玫瑰花,她在哭,一群水母在海里、在他周围浮动,艾达走进花店,头发湿湿地粘在头上。

有人在敲前门,门铃响了一遍又一遍。迈达斯吃力地眨眨眼,站起身。他来到厨房与门厅之间的过道口。门铃声和敲门声在继续。他回头望去,空空的红酒瓶歪倒在厨房桌上。敲敲敲。他抱住头,踉跄着走到门口。耀眼的亮光照进过道。他花了好一会儿才适应。

"啊呀,迈达斯。夜里喝多啦?"

"嘿。"

"你跟你女朋友又在一块了吗?"

他摇摇头。丹芙站在她父亲旁边,仔细打量着迈达斯。她把围巾一直裹到鼻子上,把衣袖朝下拉,罩住了手指,手里拿了根带刺的冬青树枝。一支小小的北极罂粟点缀在她头发上。

"啊,"古斯塔夫探视着屋里,说道,"哦,我明白了。出什么事了?你出什么事了?"他迈步进屋,"你身上气味儿不太对劲。你确定你没事吗?"

"我……把事情弄砸了。遇上了意外。进来再说吧。今天太冷了。"

不一会儿,迈达斯头上放了个冰袋,开始冰敷了。古斯塔夫在他的碗橱中间走来走去,丹芙坐在他对面,乐滋滋地看着这一切。

古斯塔夫关上冰箱门,把他的手放到臀部擦了擦。"你整个家里都没绿菜吃,也没水果。你靠什么过活的?"

迈达斯指指空空的咖啡杯。

"好吧。我去给你弄点午饭来。打起精神。我过十分钟回来。"

丹芙在椅子里扭扭身子,"你去哪儿?"

"去买点儿菜。很快回来。"他嘴里嘀咕着什么,喘着气离开了。丹芙叹口气,从桌子的另一头伸出胳膊,握住了迈达斯的一根手指。她的肌肤还很凉,还没从屋外的寒气中暖和过来。他使劲想把手指拉出来,可她抓得很紧。有时候,被丹芙触摸感觉挺好的。她有过那么多时间跟他共度,有时竟都让他忘了她是个独立的个体。他不无凄凉地想到,不知他跟艾达有一天能否进展到这样的状态。

丹芙把他攥得更紧了。

"哎哟,哎哟,丹,哎哟。"

"你跟她恋爱了?"

他摇摇头。

"我不信你。"

他又试图拽出他的手指。可她使劲握着,还直往回拧。

"哎哟。"

"她对你凶吗?要是她对你凶,我会恨她的。"

他咽了一口唾沫。"其实,我觉得我对她挺凶。"

"你说过,她脚上出了什么恶心的事儿?"

"别这么说,"他强忍着说道,"丹芙,你怎么能——"

"我知道,我记得。那个恶心男人看见的照片,我也看见过。"

"那是……只不过是张经过处理的照片。"

"我没跟任何人说过。"

"谢谢你。"

她攥住他手指的手松了松。他没把手指抽走。

"你的照相机掉到地板上了。"

"是我扔到那儿的。"

"为什么?"

"我生它气了。"

她松开手。片刻间,他竟想再让她那冰凉的小手握住他的手指。她双手拾起照相机,放到桌上。

"你有好几年没给我看新照片了。这会儿给我看几张吧。"

他摇摇头。于是,她开始摆弄数码相机的按钮,一张张翻看相机里的数码照片存储库。两人就这么坐着,一声不吭。

"艾达的照片连一张都没有。"她说道。

迈达斯擦擦额头。"照片都拍得太糟了。我没法把它们弄好。"

"因为它们看起来不够好,所以你就想丢掉它们?"

"正是。"

"我觉得你是爱上她了。"

"爱情……不是你认为的那样。等你长成大人再说,丹。它只不过,就像是……对或许发生过的事的一种回忆。从故事里……还有……我不知道,你会不会真的坠入爱河。"

"可你会,"她说道,"你还有其他一些人会。你跟我很像。你已经有它了。"

"有什么了?"

她耸耸肩。"一种控制力。就在你脑后的某些部位。还有这儿……"她摸摸肚子,"这儿的某个地方。"

他把双臂合拢,紧紧抱住胸口。他很难想象,自己竟会有什么控制力。

古斯塔夫进门了,把大包小包扔到厨房的灶台上。"莴苣,番茄,马铃薯,蜂蜜烤火腿。我给你弄个沙拉,再烤个带皮的马铃薯,因为你……得了……真见鬼,迈达斯,瞧你那样子。"

他没把一切都告诉古斯塔夫,那未免太多了。他只跟他说了那些足以让他明白自己跟艾达关系现状的事:那个失败的吻,那个没说出口的解释。接着是他的逃离,驱车长途回到家。整个叙述过程中,丹芙都在画画儿,仿佛她的思绪在别处。迈达斯等着,他的朋友会说坏话给他做结论。

古斯塔夫身子往后坐了坐,神情若有所动。"我真不能相信,你竟去了赫克托·史泰罗斯家。他家里的汽车是不是跟人们传说的一样多?"

"古斯塔夫,这对我来说真是一场噩梦。"当然,古斯塔夫不会了解那件十万火急的事,因为他没跟他提到艾达的脚。

"抱歉,抱歉,伙计。可你明白我的意思吗?嗯……听我说。你还是个雏儿。你知道自己是,我也知道你是。你讨厌冲突,你宁愿酗酒,也不愿争取。你这会儿甚至不敢看着我。"

迈达斯目光闪烁,随即避开了。

"你有一颗有血有肉的心,金子般的心。我想,艾达看到了你的这一点。你得回那儿去,彻底挺直腰板儿,为你认为你做错的任何事,诚恳道歉。我猜想,你犯的错儿要比你自己以为的少多啦。我想,她会明白你是真心的。我认为她不会判你死刑,不过你真得做好准备,要有话直说。"

"我明早给她打电话。"

"不行。现在就打给她。要是你觉得,值得修补跟她的关系,那就趁她还没改变主意,赶紧修补。时不我待啊,你完全了解我在说什么。"

他的意思是,想想凯瑟琳吧。想想那结冰的湖面,还有那些赶来救人的。想想,她脚下原本有一层冰的地方,事后竟没了冰。想想,当你跟一个小女孩说,如今有独角鲸和水中天使看护着她妈妈,你得尽力让这话听起来跟真的似的。想想,她的小腿变硬了,变得跟珐琅似的,而在一星期前,它还那么光滑,那么粉嫩。

"你说得没错,"他叹道,"可我没勇气去做。"

"你必须去做,做总比不做好。"

"听我说,古斯塔夫,我是个处处自我压抑的人。第一,我简直不会表达要说的话。第二,不管做什么,我都会看见父亲的影子,我为此恨透了自己。第三,每当我跟什么人有肌肤接触,我都会觉得,我的身子像块铁似的。"

"好吧,我也跟你一样列个一二三。第一,你刚才非常清楚地给你的缺点列了份小清单。第二,你父亲如今已经不在了。你就是你。别摇头……咱们就事论事。第三,好了,站起来。"

"你说什么?"

古斯塔夫把椅子往后一推,站起身来,示意迈达斯也这么做。"丹,我要你出去,到门厅去,或到别的房间去,关上门。对不起。"

她挺不乐意地照吩咐做了。只见古斯塔夫卷起袖子。"来吧,迈达斯。这些年我早该这么干了。让我来毫不客气地修理一下你。起来。"

迈达斯把椅子往后一拖,站起来。

"把你那照相机放回桌上。"

"为什么?"

"照我说的做。"

迈达斯吐一口气,放下照相机。"接下来干吗?"

古斯塔夫一把将他扭倒在硬邦邦的厨房地面上,他不由得大叫一声。他的骨头在颤动,脑袋撞到地砖上。他的叫声还没停,古斯塔夫就一跃爬到他身上,用拳头猛揍他的肚子。迈达斯大口喘气,可古斯塔夫还不停手。他骑跨在迈达斯身上,抓住他肩膀,把他从地面拖起来,再全力撞下去。"打我啊,娘们!"他喘息着,猛掴迈达斯的耳光。

迈达斯惨兮兮地去推古斯塔夫,可他身体太重了。又一记耳光打到迈达斯面颊上,连带他鼻子也遭了殃。他闻见了血腥味儿。古斯塔夫的臂膀又朝他抽来,他一把抓住古斯塔夫的手腕。可迈达斯力气太小了,推不开,就用指甲掐进古斯塔夫皮肤。古斯塔夫疼得叫起来,终于从他身上跳开。

"你这个娘们!"古斯塔夫怒吼着,用脚踢他的胁骨。迈达斯打了个滚儿,避开他的第二脚,随即,双手抓住古斯塔夫的一只脚,用力一扭。只见古斯塔夫摔倒在地,头砰的一声,重重撞在地砖上,血珠顿时从额头冒出来。

迈达斯从他身边坐起来。"你……你没事吧,古斯?"

"啊唷……"

"哦,天哪,对不起。"

古斯塔夫疯了似的,摇摇晃晃冲他扑来,死命揪住他胸口。迈达斯挥动胳膊,跟他扭打起来,一边用两膝挡住他的脚,不让他从地板上再踢过来。随即,两人野性十足地摔起跤来,翻过来滚过去,撞倒了一把椅子。迈达斯用一只手锁住古斯塔夫,另一只遮住古斯塔夫的脸,对方尽力想掰开它。迈达斯感到,古斯塔夫鼻孔里的肌肤挺有弹性,嘴唇大张着,毛发直扎他的手掌。最后迈达斯倾尽全力,一扭身挣开了,把全部体重压到猝不及防的古斯塔夫身上。这股冲力是任凭哪个关节都承受不住的,只见古斯塔夫身子后仰,迈达斯骑到了他身上,用自己瘦削的膝盖顶住他那胖胖的肚皮,拼命把他的两只胳膊按在地上。

古斯塔夫不禁大笑,差点笑差了气儿,一边舔舔裂开的上嘴唇。"得了,得了,"他吃力地喘息着,"迈达斯赢了,赢得正大光明。"

迈达斯哼哼着,从古斯塔夫身上爬下。古斯塔夫仍是仰面朝天,一边喘气一边大笑。迈达斯查看了一下自己刚刚打完架的身体:皮肤是少有的红润,衣服歪歪扭扭,皱皱巴巴。

古斯塔夫呻吟着坐起来,"耶稣啊。这场架是为你打的。"

"谢谢你。这真是……听起来挺傻的,不是吗?但确实很有帮助。"

"不过,你要是去碰艾达,最好温柔一点儿。你欠我的,记住。你得还我,就从让我用用你的淋浴开始,然后,要是你这儿没葡萄酒的话,再给我来瓶冰啤酒,或是来杯茶。"

古斯塔夫打开厨房门。丹芙刚才一直蹲在门外,趴在钥匙孔上看,她用嘴咬住手指,才没让自己笑出声。一见她,迈达斯脸红了,顿觉自己脑袋就像个充血的塑料袋。

丹芙扶起他们刚才撞倒的那把厨房椅,然后爬到了椅子上。古斯塔夫噔噔上了楼梯,拧开了淋浴。

她打开素描本,又开始画一张新的独角鲸画。

"知道吧?"迈达斯说道,他鼻子里喷出一道道鼻血,"你父亲是个疯子。"

她开始画画儿。"他挺为你担心的。你是他的全部话题。"

"从什么时候起?"

"从你遇见艾达起。他说过……"她咬住铅笔头,尽力回想,然后说出了她父亲的一个真真切切的感想,"你就要错过你一生最幸运的事了。"

"他是那么说的?"

他看着她画画儿。她给独角鲸添了笼头,还有缰绳,后面拉着辆贝壳形状的敞篷车。在车里,她开始画海女王。

"丹……你父亲去看外婆回来后,情况怎么样?"

她停了一下,咬住铅笔。他听见,她把木头咬得咯吱咯吱响。"他回来时,带来一大堆妈妈的东西。我们一块整理了其中的一些。"她把铅笔杆从嘴里拽出一点儿。

"我了解那情形。我父亲留下的除了盒子,还是盒子。"

她把还没画完的女王搁在那儿,开始漫不经心地往海床上点上水泡和沙粒。"我并不伤心,我挺开心的。这好笑吧?盒子里装的都是妈妈还是小女孩的时候用过的东西。有漂亮的洋娃娃,还有各种用品。现在,它们摆上了我的床,跟我的东西放在一块儿。我睡觉时,身边总有一样她送我的东西,还有一样她小时候的东西。这挺怪的,是吗?她的洋娃娃跟我的相比,一点儿都不旧。"

她竟把铅笔咬掉一公分(她被禁止用带橡皮头的铅笔)。"迈达斯?"

"哎。"

"我妈妈这会儿正看着我呢。你爸爸也在看着你吗?"

想到这点他颤抖了。"我曾经觉得他在看我。一直在看着。"


父女两人一离开,迈达斯就收拾他的包。过了大约半小时,丹芙又回来了一下,带来一个花瓶,瓶里插满红玫瑰,是古斯塔夫亲自精挑细选的,让带给艾达。

她走了以后,他坐下来,一边品味着花香,一边把昨夜剩下的酒给自己斟上。下酒菜是一盘莴苣,还有奶酪,都是古斯塔夫给他弄来的。虽然他仍因为昨夜喝过酒而感觉伤了身体,不舒服,但他毕竟需要什么东西来点燃他的勇气。

酒让他的心悸动起来。勇敢是他成不了的,他也从没勇敢过(他的 DNA 决定了这个)。他极力想判定,他父亲做过什么最勇敢的事?杀死他自己吗(浪花静静溅开,火焰在燃烧)?还是生养一个儿子?这是他挂念的事。他母亲不顾一切地渴求爱情,而他父亲竟连最简短的接触都畏惧(他记得,他曾撑起父亲的一条腿,帮他上船),这么两个人在床上结合,把所有的特质都传给了他。

他怪罪地盯住红酒,猛然推倒它,走到电话机旁。他一直在回想在恩格姆度过的时光,这会儿,在他脑子里挥不去的是与艾米丽亚娜相关的事:她前来送他单眼照相机时,在客房里是怎样的行为举止,好像她试图向他坦白关于治疗的什么事,而他当时太愚蠢了,竟没能察觉。

他拨打艾达的号码。过了几秒钟,她接了。

"艾达! 是我。"

电话线那端短暂的沉默后,传来一个男人的声音:"对不起。听电话的不是艾达。"

"哦。是卡尔吗?"

"是我。我想,艾达不愿意跟你说话。"

"卡尔,我……不知道这治疗有没有好处。"

"你早已表明你的态度了。"

"你能让我跟艾达通话吗?"

"我想不能。"

"求你了。"

"不行。我想不可以。"

卡尔挂断了。迈达斯试着再打,却没人接听,电话切换到了语音信箱服务。

他回到厨房,心头升起一股被人拒绝的愠怒。看来,就是这么回事。她不想跟他说话。

桌上,放着丹芙画的鲸鱼拉车素描,几乎画完了,除了车上的乘客只画了一半儿。他硬起心肠,想到了凯瑟琳冻僵的遗体,当时,他们把她从置人死地的水里拉了出来。

他不能放弃。

他坏坏地想,要是还剩下点儿酒就好了。

他必须再见到艾达,直截了当地跟她说。

他拿起电话,拨通了艾米丽亚娜的号码,暗暗祈求卡尔可别接听。电话响了好一会儿,艾米丽亚娜才拿起听筒。

"哪位?"她问道。

他不敢说出自己的名字,怕她一下子挂断。"我现在明白了,"他说道,"你在给我单眼照相机的时候,试图跟我说什么来着?"

"哦。"她说道。

"治疗不管用,是吗?关于萨弗伦·朱克的故事,你还没跟我们讲完。"

"是不管用,"她承认了,"只能拖延时间。"

"能拖延多久?"

"我不知道。"

"对萨弗伦来说,拖延了多久?"

"迈达斯……你必须明白,萨弗伦离开我的时候,我们大家都以为治疗奏效了呢。"

他用电话线紧紧缠住手指,几乎都要切断血液供应了。"多久?"

"没多久。"

"我去接她。"

他放下电话,抓起他的包和汽车钥匙,上路了。在去恩格姆的途中,他才猛然想起,他把玫瑰花落在厨房桌上的花瓶里了。

# 31

恩格姆斯特德的木制露台上,卡尔正在抽烟。艾米丽亚娜蹑手蹑脚地走出门,来到他身边。薄雾笼罩着陆上的群山。今天早些时候,天上原本有一道低矮的云堤,可它毫不留恋地降落到山顶。后来,它滚落到水上恩格姆的上空,在北部,在静寂的海面弥漫开来。

艾米丽亚娜凑近些,把肘部倚在他身边的栏杆上,看着烟雾从他的烟上冒出,像根线一样悬在寒冷的空气中,仿佛他一松手,那根烟也能悬在那儿似的。

"卡尔。"

他把烟灰轻弹到露台下的卵石上。"什么事,米尔?"

她深吸一口气,"你知道……你们大家来了以后,这儿一直挺忙,我觉得,咱们几乎抓不住什么机会。"

"昨夜,咱们不是熬夜聊天儿了嘛。"

"是聊了。不过……"

他用鼻腔长长呼吸了一口,把烟戳到栏杆上弄熄。他用眼睛的余光看着她,仿佛转一下头都太累人。她仍然觉得,他能看透她,他始终有这能力。从一开始,就是这东西把她引向他。回想那时候,他们头一回遇见,她还很年轻,新婚燕尔,却在为结了婚而懊恼,他这么一眼,就把她点燃了,穿透脸和脑壳的阻碍,一直灼烧到她脊柱的顶端。那时候,他正爱着弗蕾亚,在两人那短暂的欢愉中,他早就对此供认不讳了。那时候,艾米丽亚娜还以为,她能跟弗蕾亚一争高下。

"我有一两件事瞒着你。"

他扬扬眉毛。她受不了他那斜视过来的目光,就注视着他的手指在木栏杆上聚拢到一起。她清清喉咙说道:"是关于萨弗伦·朱克的。"

他没反应。她看到,一团薄雾缓慢游离近处的山坡,又将远方的低地遮住了。她眨眨眼,不禁流下泪水。她以为,他再也不会来看她了,这真不公平。当他因为迷恋一个死去的女人,而尽力帮一个遭了厄运的女孩时,她在这儿却不被理睬。要知道,她结婚十二年来,一直准备要跟他私奔的。

"萨弗伦死了。"她说。

她大着胆子看了他一眼。他的下巴往外突着,就像被人用拳打伤了一样。她始终沉默着。在水上恩格姆和山脉之间崎岖的原野上,薄雾在沟渠中显现,看起来,下沉的雾气主体仿佛在一路冲往地下。

"怎么死的?"他终于问道。

"是自杀。"

"不是死于玻璃?"

"算是,因为她正变成玻璃。"

他闭上眼,一动不动,明白了。在他再次开口之前的冗长时段,薄雾一路摸索着靠近了,它探出沟渠,像个上了年纪的瞎眼活物似的,出来找食吃,啃咬卵石,穿过草地,盘踞在失去生气的溪流上。

"真是个新闻。"卡尔道。

"我不想事情弄成这个结果。毕竟我觉得,萨弗伦虽然没好,可艾达或许没事的。这并不意味着,治疗一点好处也没有。它能在几个月内阻止玻璃蔓延。"

他的指甲抠进栏杆的木头里,指关节惨白惨白的。除此之外,他不动声色。"这病毁了她的身体。在你的录像带上,我们看见过鞭痕和烧伤。治疗的原理应该是,舍弃那些麻木死去的肌肉,而不是那些无力的肌肉。"

她猛地点点头。山坡开始完全迷失在渐浓的雾气中了。

"还有别的事吗?"

"我想情况会有改观。关于艾达出的事,我绝不会指望任何人。而你应该知道,卡尔,你可以——"

"关于萨弗伦·朱克,还有什么别的情况吗?"

她吞吞吐吐地说道:"我听说,到最后,自杀很快结束了她的生命。除此之外,我也不知道很多。记得她脱离我的护理时,治疗感觉像是奏效了。卡尔。只不过,在那以后,我才意识到有什么地方不对劲。"

这会儿,雾气翻滚起来,又几乎是冷不防地开始弥漫,仿佛大地在这冷天长出了一口气。

"别让我看见你。"他说道。

她疾步走下露台,穿过那个装着小圆石和卵石的带裂罅的陶器,走开了。她仓促逃离他,脚步近乎慌乱,鞋子打湿了,陷进软塌塌的潮湿地面里。她继续走,不回头看一眼,直到她发现,自己正走下山坡,雾气笼罩四周。然后,她一下子完全停住了。他怎敢把她从她自己的房子里赶走?除非……其实这是赫克托的房子,这片风景既不属于她,也不属于卡尔。她转过身,面朝着恩格姆斯特德。雾气中,已弄不清她是否面朝着正确的方向。又迈了一步,她的脚踩破了一个表面结冰的水坑。她又停下来。她不想回家了。她把挡住脸的黑发往后拂去,缓缓呼吸几口,好让自己镇定下来。她要去别处。

# 32

大雾弥漫在整个恩格姆斯特德。水汽在膨胀,直逼露台,卡尔简直连栏杆扶手的近旁都看不清。

不过没关系,他的思绪总归在别处。

当弗蕾亚去旅行后,他才明白了什么是爱情。在大学里,每当她回宿舍了,或是回家了,他夜里都会过得很糟,想方设法借助玄学、机场刺激电影、旁门左道的观点或柔性的色情文学,把她赶出自己的头脑。这些都是能分神的东西。后来,毁灭性的毕业典礼奏响了。接着,弗蕾亚离开了,去远东旅行,卡尔强迫自己开始了学术生涯。有时候,他会一连几星期不睡觉,不是因为睡不着,而是因为他不容许自己睡。在有些不恰当的时候,疲劳会向他袭来。他做过白日梦,梦见弗蕾亚正清洗膝盖上的伤口。他记得,有次梦见自己在大街上走,看见行人个个膝盖都在流血。这时候,警察捅醒了他,他正睡在超市外的长椅上。

他习惯在夜里,跟自己讨论弗蕾亚,跟另一个自己共饮威士忌。人们为意念而生,为意念而死,却为特权而战。可是,当他说话的时候,他却不能直视另一个自己的眼睛,因为他内心觉得,只是爱上一个人的意念,爱上一个从热乎乎肉体变成的幽灵般模糊的轮廓,这未免太堕落了。

他向前坐进椅子里,凝视着混沌一片的令人无奈的浓雾。他不知道,该怎样把萨弗伦的消息透露给艾达。他还没想出个主意来,艾达已来到露台上,来到他身边。

几天前,她向大家展示了她的双腿。随即,艾米丽亚娜和迈达斯竟都消失不见了,消失得像雾天的恩格姆一样快。连同家具、墙壁、冬天还有时间,统统都隐形了似的。她两腿的形状复苏了卡尔内心的久远情感。他想起了她母亲的腿。

昨夜,他说服她,再次给他看了那玻璃。她的脚踝几乎变成了完全透明的,小腿表面显得虚幻起来,皮肤正变成白色透亮的,在皮下结晶的静脉里还有血液的痕迹,仿佛变成了化石的蠕虫。看见艾达的腿,他仿佛又被抛回到年青时代那个夏天,那个庭院,那股衰草儿,还有弗蕾亚的自行车摔到石板路上发出的声响。他仿佛一只眼看见弗蕾亚的膝盖在渗血,另一只眼看见,艾达小腿的皮下正封锁着血液。这两种情景纠结在他的头脑里,令他痛苦不堪。

“卡尔。”艾达叫道。

他跳下椅子,把椅子让她坐。她像个老妇人似的,缓缓坐进去。他闻到了她的气息,是一股体香,比艾米丽亚娜的香味儿自然多了,后者很显然是实验室调配出来的。他记不起弗蕾亚的气息了,但他聊以自慰的是,她的气味儿肯定跟艾达的相仿。

“卡尔——”

“艾达,我从艾米丽亚娜那儿听来个……坏消息。”

她满脸关切。他低下头。

“出什么事了,卡尔?”

“你知道,我一直很牵挂你。这绝对是我的职责。你母亲……她生病的时候……我就想为她做没人会为她做的事。”

艾达疲惫不堪地吸了一口气:"没人能治好她,卡尔。"

"可我但愿我能在她身边陪她,你怎么看? 我没能陪在她身边,你会不会为这个反感我?"

她没回答。

"你父亲没通知我。见鬼,艾达,你也没通知我。"

"你跟我们很久没联系了。爸爸说,凡是对活着的妈妈没兴趣的人,对她的死也不会感兴趣。"

卡尔嘲讽地哼了哼鼻子。大雾轻轻漫过露台,弄得艾达不知看哪儿才好。

他坐回他的椅子里,揉揉下巴。"她让我觉得,她宁愿让我跟她失去联系。可我提出这件事,"他说,"是因为我想让你知道,一想到你会像她那样,迎来一个受到无尽折磨的结局,我就受不了。然而……一切都是骗局。"

艾达镇定得像个瓷娃娃。"怎么啦?"她缓声问道。

卡尔用双手抱住头。他的全部生命都是由她母亲塑造的。他什么都做过了。什么都发生了。他成了这个样子。就在这儿,有弗蕾亚的全部遗留,可他却无能为力,除了欺骗她。"我本想……"他开口了,随即又重新开头,因为他的声音听起来太小了,"我本想帮你的,记住。同样,我也想帮你母亲来着。"

露台上静极了。"天啊,"她有气无力地说。就连她微微一动,伸手去够近在咫尺的拐杖,都会发出一阵显著的响声。"这不关我妈妈的事。"

"我尽力了,艾达。"

"也不关你的事,卡尔。"

他想着她脚上的玻璃,想象着,他可以怀着同情来抚摸她的痛楚,抚摸她小腿上那冰冷的灼伤。

"我需要你帮我。"她声音颤抖地说。

"好……好啊。"他结结巴巴地说,"当然,我会帮你。我该检查一下你的腿,让我再看看你的腿吧。"

她用手指拢住木头拐杖的把手。

他用双手挠挠头。他只有两个想法:第一,必须再找个能救她的办法。第二,他必须得看看弗蕾亚·麦克莱德那血淋淋的膝盖。

"卡尔,开车送我去艾丁福。我只想让你做这个。"

他面露不悦。"去那儿有什么好?"他拍拍手,"来吧,给我看看你的腿。脱掉你的靴子和袜子。我会帮你的,艾达,现在就只有咱们两人了,我会更好地帮你。"

"请开车送我去艾丁福。"

他攥起拳头。"要控制住你自己,姑娘! 我们得弄清该怎么办。就你和我! 没时间留给那个可恶的小男孩。"

她止住了他。

他顿时觉得热血涌上了头,便冲她的裙子猛扑过来。她大叫一声,朝他打过去。可她力气太小了,打起来像毛毛雨一样。他只用一只胳膊,就把她按到椅子里。

"放开我!"他听见她在叫,像是从远方传来的。同样,她一口痰吐到他下巴上,也让他觉得遥不可及,像是回忆里的事。他用力喘息着,死死盯住她的裙子和裙下的身体,一边用那只空手伸到裙下,把布料往上掀到她臀部。她在他的控制下扭动身体,可他力气太大了,加上她沉重的两腿动弹不得,于是,她只得被牢牢困在椅子里。

她的腿啊,大腿上的皮肤好比一个战场,肿胀的红色水疱和硬硬的苍白皮肤在这儿交锋,可他只能看见小腿后部残存的影影绰绰的血液。

他仿佛听见弗蕾亚在叫。只见她的头扭过来转过去,又像是远方的情景。

她拿拐杖砸向他头的一侧。

他松开了艾达的两手,于是,她攥起两只拳头打他,猛击他的下巴。他只是浑然不觉,后退一步,砰的一声,颓然坐到了木板上。他举起双手,示意投降了。世界恢复了原状。

她抓起拐杖,脸色惨白,一边歇斯底里地哭着,一边跌跌撞撞下了台阶,在卵石路上艰难往前挪步。卡尔看见她摔倒在路上,随即又挣扎着爬起来。大雾笼住了她。他低下头,意识到,他的生活又在自我重复,又开始了一个悲伤的轮回。


自从艾达头一次来到圣好达兰,他就记起了关于弗蕾亚的那么多事。这会儿,他没想起来的那些事也想起来了。那都是些难堪而不安的时刻。在舞池里,他看见她的唇深深吻了另一个男人。她睁开眼,看见他那不悦的神情,她竟也用怒容回应,那感觉啊。那次,他夜里步行送她回家,两人都喝酒喝迷糊了,他企图用胳膊揽住她的腰,她却轻轻打开他的手,他又试,这次她把他挡到一边,冲进了家。那夜她跟他说过的那些话,他已经从记忆中抹去。他不知道,他生活中有多少事就这样被暗地里抹掉了。在他的世界里,他能确信无疑的真实性还剩下多少。

他合上眼,倾听自己的心跳,内心更加衰老了。他听见恩格姆斯特德在呐喊,感觉到他脉搏的跃动,还有这些日子一直掺杂在他呼吸里的喘息声。

过了好长时间,浓雾开始消散,他听见脚步声传来。他一抬头,只见迈达斯·科鲁克上气不接下气地来到眼前。

"你想怎样?"卡尔没好气地问。

迈达斯一把抓住他的衣领,使劲拉他,差点儿把他拉下露台。他吃了一惊,呼吸急促起来。

"她在哪儿,卡尔?"

卡尔反手猛击迈达斯一拳，把他打个仰面朝天。"你在说什么？"

迈达斯吃力地爬起来。"我是说艾达！你对她都做了什么？"

"走开。"他说道。

迈达斯朝前扑来，又抓住卡尔的衣领。"看着我，"他龇牙咧嘴道，"告诉我，你对她做过什么。"

卡尔意识到，他还从没跟这个有点特别的迈达斯对视过。他一直把这归因于，这男孩羞怯得令人厌恶。可这会儿，他对此拿不准了。因为迈达斯眼中，那紧张的灰色虹膜和小小的瞳孔里，透射出的是生猛、捉摸不定、不顾一切的目光。他从没见过这样的目光，无论是在父亲科鲁克还是在儿子科鲁克的眼中。

"我刚才有点失常了。"他小心措辞，"所以……我试图……她出走了。"

迈达斯厌恶地吐了下口水，疾步跑出房子，冲进了白茫茫的大雾中。

　

艾达肯定走不远，可他害怕，万一她要走远了怎么好。刺骨的寒气给一个个水坑上方罩上一团青蓝的烟霭，他一路飞奔，两脚竟踩进水坑，激起无数道带着冰的喷泉。开始有雪粒闯进雾气中了。雪很快会越下越大的，该是今冬最大的一场雪。雪云会纷纷降落，消散到地面上。他不住地东张西望，想象着，艾达掉到了冰层下，雪和雾让她穿上一身白，没有了生命迹象。要是他失去了她，他只有靠一张她两只脚的照片来证明她曾经活过。他不由得下巴一沉。对于照片，他指望不了什么。

白雪在半透明的雾的帷帘里若隐若现，突然间，他看见，有什么东西正在雾霭中慢慢跑，就像一个由雪与雾的相互作用所产生的生灵。它像只羚羊似的一蹦一跳，白白的腿像树苗一样，又瘦弱又灵活。它停住脚,他磕磕绊绊地追着它,差点逮住它。它皮毛下的肌肉挤挤挨挨,当它又蹦跳着跑起来时,腰腿的肌肉仿佛漾起波纹。他猜想,自己算是遇上一头漂亮的动物了。他看到在它的脑袋和脖子的交接处,有一道铁青的光不住闪动。

他全速追着它跑,目光一闪,看见雾气中突兀地竖起一道灌木丛屏障。他的脚印吱吱嘎嘎地按在那兽留下的蹄印上。

突然,他被一棵倒地的树挡住了去路。树身长满了真菌,就像盛开的玫瑰花,只不过是木头花。只见那兽猛冲过去,只身一跃,就跨过了这枯树干,消失在路边的雾气中。迈达斯放慢跑的速度,直至在那兽的蹄印里停住脚,四下观望。不知怎的,他被引进了茂密的森林。林中的雾气非常稀薄,或许是被树木吸收了。只见树长得郁郁葱葱,枝条交织,树皮绽裂,树洞凹陷。

这时,他看见了好些动物。

一只知更鸟在枝头鸣叫,毛色渐渐变淡,从栗棕色褪成纯白色。它的腿变成了白线状,眼睛如同冰雹。胸口仍残留着一块红晕,但片刻后也就褪掉了,由粉红变成洁白。

它振翅飞上另一棵树,用嘴捉住了一只白蜘蛛。不久以前,这蜘蛛还一直是棕色的,趴在树皮上看不出来。一只白松鼠本来一直在树下窜蹦,这会儿也冲上树,坐到一根大树枝上,紧抱住爪子,像是在做祈祷。

继续往前走,只见有个人躺在地下,身上披了一层雪。他朝她冲过去。

"艾达?"他轻声说道,"艾达,能听见我说话吗?"

她睁开眼,牙齿咯咯打战。"迈达斯,对不起。"

"别说傻话了。天哪。你伤着了吗?"

冬天的寒气透进他的外套,钻进他衬衫下,灌到他肺里,可即使在这严寒而又焦虑不安的时刻,他找到了她,这个事实竟也让他心里热乎乎的。"披上我的滑雪衫吧。可别躺下,不然衣服会弄湿,你就更觉得冷了。"

"别离开我。"

他扶她站起来,让她倚着他。她身子像冰一样,又冷又沉,她拖曳的双腿在雪上留下一串凹痕。过了一些时候,他们才跨过不怀好意的树根,踩着海绵般又软又湿的泥土,打算一路返回停车的地方。他们顺着他来时留在雪地或泥地的脚印走,直到恩格姆斯特德在雾气中亮相,仿佛海市蜃楼一般。不过,他挂心的只是他那辆沾满泥泞的小车,它就停在附近。不见了卡尔的踪迹。他扶她上车,她的脚当的一声,碰到了车门。好在,等他撑着她坐上后座,她面颊上已经恢复了一丝血色。他不禁抬头看一眼晦暗的天空,感谢它没让雪下得更大。他上了车,坐到她身边,关上车门。

"真讨厌,天太冷了。"她说道。

"我知道。对不起。"

她慵懒地点点头。"还你的外套。谢谢。"

"车里过会儿就会暖和起来。"

"抱抱我。"

"什……什么?"

她把眼睛睁开一条缝,目光涣散。她的虹膜成了灰色,而眼皮却红红的。"用你的胳膊揽住我。"

他小心翼翼地朝她伸出双臂,环住她后背,再把十指扣到一起。

"你得紧一紧胳膊,"她低语道,"要不,就不是拥抱了。"

他把她揽得更紧些。就这样,他们倚在车座上,过了好一会儿。彼此的体温支撑着他们,直到汽车的空调接管了这功能。"我们最好走吧。"迈达斯一边说,一边发动了汽车。

她低声说了什么,他没太听清楚。他低头凑到她唇边听。"你得大胆一点儿，"她喃喃道，"拜托。"然后，她把脸压到他脸上。当她用唇挤住他的，用舌头触动他的牙齿，他的五官似乎都在痉挛，在颤抖。虽然她肌肤冰冰的，可她咸咸的呼吸和唾液都在传送热气。他自己的唇一动不能动，因为她在吻他。他只能把嘴张开又合上，就像个木头人。不过，让他惊奇的是，这感觉还不错。

# 33

迈达斯扶艾达进他家时,竭尽全力表现得自然些、自信些。她的整个身子都压在他身上,他胸口能感到她肋骨和乳房的形状。她抱住他,任由他搀她走进起居室,把她安置进扶手椅,

那天晚上,她换衣服时,他突然意识到,她的健康状况有多么不好。她高高的颧骨在脸部投下阴影,竟遮住了眼睛周围的黑眼圈儿。她的嘴唇破了口子,头发扎了个简单的结。她穿一件针织运动衫和一条灰色长裙,这裙子让她的腿看上去像是一条打火石。

迈达斯掀起沙发的坐垫,他打算今夜睡沙发了。"气象预报说明天是个晴天。我们可以再开始想办法治你的病了。"

"你真好,迈达斯。不过说真的……"

"我们好好想想。新线索肯定会冒出来。"

"我肯定我们会的。可我现在不想去关心明天会怎样。"

"好吧。你睡我的床,我在这儿睡。"

"你能扶我上楼吗?"

他拉住她双手,把她从扶手椅里撑起来,感到她的手指又软又嫩。她的腰又细又硬。挨她这么近,仍让他感到紧张,但这种紧张

因为一种神经质的兴奋而有所缓解。他拖着她一级级地上楼梯，她的脚蹭到了木制的楼梯板。送她上楼后，他又猛冲下楼，抓起她的东西，飞跑上楼交给她，却发现她正倚在卧室的墙边。

"我太冷了，换不了衣服。"她说道。

他扶她上床，拿羽绒被盖到她身上。

她抓住他的衣领，把他拉到自己身上。她的唇不顾一切地压住了他的，温润而有弹性。他试图说什么，可她吻得更用力了。她用一只手探进他头发里，指甲搔着他的头皮。另一只手顺着他脊柱往下滑。他趴在她身上，一动不能动，不是因为惊呆了，而是陶醉了。过了一会儿，她的吻慢下来，两人才把唇分开。

他舌头挣扎着，想率先说点什么。他努力出声道："呜——"

"脱掉你的鞋，迈达斯。"

他依言行事。她又开始吻他，捏住他的大腿，用指尖深深抚触。他两只手松松地摊在身侧，力气全无。哦老天，他心想，真快活。她把一只手伸进他的马甲里，然后划过他扎得紧紧的腰带……他嘴里含含糊糊地哼了一声。"放松，"她一边哄他，一边解开他的衬衫，"怎么啦?"

他摇摇头："没事。真的。"

她脱去他的衬衫，他头一回感到，什么是传说中的酥软：肌肉软得像棉花。他躺在那儿，不像个倒地的雕像，倒像个笨手笨脚的布娃娃。他肺里充满了艾达的气息。她引着他的手，抚过她丝绸般润滑的腰肢。他用手指在她的胴体上缓缓移动，滑过肋骨间的条沟。她又夺过他的手，拉到她胸罩下。然而，他的手卡住不动了，竟像戴了金属手套似的。她揉捏他的手指，它们于是又变灵活了。他能感到拇指下丝丝温柔的气息。

她动了动上身，解开胸罩。刹那间，他看见她乳房下方投射的阴影宛如一道沟，不觉心醉神迷。可就在这时，他发觉她眼里有泪,泪珠从脸上滑落。她用力眨去泪水,他却转而注意到她腹部的印迹。

只见她的肚脐周围,肌肤纹路斑斑,打着旋儿,就像鳕鱼肉一样白。这纹理从心口伸展开,穿过肚皮,在肚脐周围转成旋涡。这一切突显的是那种遍布纹孔的皮肤质感,看上去很像橘皮。每个毛孔都珍藏着一颗光点,在月光下闪闪发亮。这好比一幅玻璃的设计图,炫耀着即将到来的变形。他又害怕,又想知道,在内衣、外衣和裙子的遮盖下,玻璃都造就了哪些变化。

他只顾盯着看,而她的手已按到他的腹股沟上。她看着他,等他同意。他点点头。于是,她脱掉自己的衬衫。他屏住呼吸。

"怎么了?"

"没事。"

臀部的肌肤跟腹部一样,整个变作全白,还斑斑点点的。她的两腿上下全无血色。药膏引起的炎症差不多消失了,然而,消了炎的皮肤却呈现一片橡胶白。挨近膝盖的部位,皮肤看上去半透明,一层玻璃薄膜下,隐约可见粉红的筋腱。在透明的小腿下部,片片肌肉就好比五彩的纸屑烂在了水沟里。在她右膝的内部,只见在恩格姆斯特德擦伤的那个部位已率先变了形,有一片玻璃嵌进皮肤里,像是开了一扇小窗。透过这扇窗,结了晶的骨骼清晰可见,好比瓶子里的标本。

她把他拉回到她身上。那疾风骤雨般降临的体验啊,一时怎来得及感知!火热的唇,轻如鸿毛的发丝,闪烁的眼眸,还有眼里那纹理纤细的血丝,起起伏伏的胸口。她尽情地汲取。她颈部的肌肤美好而娇嫩。硬硬的肚皮硌着了他,胸部却带给他安逸和柔软。她的膝头冷冷的,关节不再灵活。死沉死沉的,是她的两条腿。

起初他以为,她缩紧的面部表情是快活的体现,可当她的喘息声攀升到受刑般的强度时,他动作慢了下来。她用双手捂住他的脸。

"很疼，"她喃喃道，"就像用刀在刮我的骨盆。"

他抽身了，轻轻趴到她身上。

"我想，我里头长了玻璃了，迈达斯。"

她抱住肚子，喘息着。

"艾达！"

"我没事，我没事。"

他看见，她臀部有一块地方是半透明的，像牛奶一样，其中有个紫褐色的东西在跃动……那是个器官吗？是她的结肠、膀胱，还是子宫？她的躯体、两臂和脸上冷汗津津，密密地闪着光。大腿的内部，紫水晶般的静脉绷得紧紧的。她仿佛现出了老态，一点力气都不剩了。他一个下意识的动作，伸出手去，抓住她的一缕头发。

正是这一个触摸，才让他意识到，他爱她。她的头皮传递出温热，青丝浸润着油脂。他让她的发绺在他手上缠绕，却见发绺一回缩，便像沙子一样，从他指间滑落。两人一块躺了良久。屋外，不知什么地方传来狗叫。他简直不能相信，自己活了这么大，竟从没渴望过肌肤之亲。摄影竟让他遗忘了必不可少的触觉。

她伸过手来，轻抚他的脸颊。他缩了一下，随即释然了。"迈达斯，我想要样东西。"她深呼吸一口，盯住天花板。"我再受不了颠沛流离了。"

他静候着。他意识到，其实用不着总是说话。

她闭上眼。"不管日子还剩多久，我都想跟你在一起。"

屋外，狗叫声归于沉寂。迈达斯觉得，他听到了雪花打落窗台的声音。房里不知什么地方，像是有个水泡被水管吞没了。他们就这么静静躺着，直到他听见，她的呼吸渐渐沉缓。他转身侧卧，看见在她合着的眼皮下，眼珠在飞快地转动。他一直醒着，不禁想到，这一刻多像是被照片截留的时间啊！在这静止中，刹那即将归于永恒！就这么品味了好一会儿，他才有了倦意，睡着了。

# 34

　　沼泽里,雪正融化。冬日里一直昏昏欲睡的小跳虫,打开了它们的冰房子,在清晨的阳光下现身,伸出前腿不住试探。一只孤独的水獭正在水塘洗冷水澡,仅仅一星期前,这水塘还结着冰。蔚蓝的天空仿佛浸入了病态黄的芦苇和百合花丛中,令它们微微泛绿了。有三条鱼此前一直被关在冰河里,这时也在试探着鱼鳍,又开始游水了。

　　亨利清理掉书桌上的书和昆虫图,把怀孕的小牛轻轻放进一顶旧绒球帽里,让这帽子充当暖巢,让小牛偎依在这织物里,好让它肿胀的肚子得到休息。亨利忙着他的事。他先是装上一台电加热器,加热丝在书桌上散发着红光。接着,他从抽屉里拿出一个皮夹,打开它,露出那套玩偶大小的手术钳,这是他特地用钳子和大头针做成的。小牛呻吟着,把脸埋进绒球帽的羊毛线里,尾巴在身侧嗖嗖地甩动。

　　他轻轻把帽子拉近些,把拇指滑进它的喉咙处,滑进它两条前腿中间,好把它撑起来。它吃力地站起来,可两翅不住地抽搐,得要翅膀给亨利的助产手术让路才行。他为这一刻准备了一套专用挽具,这时,他轻巧地用挽具系住它的两肩,挽具上沾着张卡片,这卡片可以充当隔断,让它的两翅既能展开,又有把握离它的臀部远远儿的。

他闭上眼,让心跳平静下来。过去就曾出过事故,尤其是在早期,不过,近年来的分娩大都是成功的。可是……跟艾弗琳和艾达有关的各种念头纠结起来,让他分了神。他可不想由此造成失误,这可是一次需要精密技巧的手术啊。他呷了口杜松子酒,借酒味让自己放松下来。他挑了一对手术钳,夹在拇指和食指中间,把注意力集中到这金属工具上,直到手攥得稳稳的。然后,他以最大限度的精准,把纤细的钳子撑开,滑进小牛的后部。无法判断,钳子怎么夹住小牛体内的幼虫,你得听从一种本能的感觉,来决定施加多大压力。他屏住呼吸,把幼虫拉出来,放到阳光下。在它身后,胎盘还流着汁液。幼虫浑身裹着一层与生俱来的黄色液囊,当它一探出四肢,这液囊就伸长了。它母亲如释重负,喘着气,在旁边蹒跚踱步,又开始舔它的液囊,从脑袋舔起,一舔,就露出它那毛发卷卷的黑脑袋,露出那长了块白斑的鼻子。纵贯它的背部,很难透过液囊看清的,是那淡紫的薄膜,它的双翅。亨利喜气洋洋地往后一坐,用双手抱住膝,凝神观看。

母亲舐犊情深地舔掉幼虫的胞衣,这情景总是让他动容,让他认识到,激情并非人类独有,它总是彰显着肉体的重要。他举起杜松子酒,为这新妈妈干杯。柔情中掺杂着激动,让他五内沸腾,热血奔涌。

他但愿自己也能有此体验。

然而奇怪的是一次小小的互动能带来多大的效果。他给蛾翼小牛留出一点食物,就进了浴室。他在水池边使劲擦洗一番,就走下楼,吃了点不太新鲜的苏打面包,希望这能安抚他的肚皮。他要开车去"殉道者的陷阱"了。以前,他曾去过那儿两三次,可他只是远远地暗中观察艾弗琳。每次,他都跟自己保证说,他认识的那个女人早就不在他偷偷观察到的柔弱躯体里了。这几次探访当中,他一次也没让自己现身，可今天他打算这么做了。他试着熨平衬衫，可记不得怎么熨了。他焦躁不安起来，竟把旧布料上熨出道道明显的皱褶。亨利凑合着穿上它，又给自己倒了杯杜松子酒，匆忙喝下肚，便上路了。

一路驱车前往"殉道者的陷阱"，他感到自己的神经像战鼓敲得咚咚响。随着伦登多尔石山那浑圆的山顶越来越近，这感觉愈发强烈。山顶隐约压了一层雪。他驶过曲曲弯弯的桥梁，进入伦登多尔岛，又觉得山的倒影仿佛发出一股难闻的味儿。大山脚下的低坡杂树丛生，树皮上点缀着枯萎的菌类。透过树缝，可以看见一些房屋的正面，是住宅和退休之家。他注意到，自从他上次来过后，有许多房子用木板封住了，"待售"的牌子掉到地上，沾满了泥泞，还有轮胎印。他原以为"殉道者的陷阱"会人丁兴旺些呢，但是随着捕鲸生意的式微，圣好达兰的年轻人纷纷离开，留下的人也都陷入失望中，变得死气沉沉。他不禁微笑了，因为这不禁让他幻想着，要是这片群岛只住着蛾翼小牛，该会是什么样。

艾弗琳的护理克丽斯蒂安娜应了门，她当然不认识他。他竟忘了，得通过她，才能跟艾弗琳说上话。他站了一会儿，毫不理会她礼貌又关切的提问（我该怎么帮你？你迷路了吗？）。接着，他一跃就进了屋，跳过她身边，顺过道冲下去，猛地推开起居室的门，当场一阵手舞足蹈，就像在扑打叮人的虫子。艾弗琳站在那儿，用一根手指堵住嘴唇，示意正在抗议的克丽斯蒂安娜别出声。

"嗯，"他舔了一下嘴唇，像是品味残存的杜松子酒，"嗯……"

"不……不破·亨利。"她说道。

此前，他一直无暇旁顾。这会儿，他意识到，自己只重拾了来这儿的勇气，却没想过，来了以后该说什么。

房间呈现出久远年代的特色。他跟艾弗琳相距一臂之遥，可他还是觉得，仿佛有堵玻璃屏障竖在他们当中。他没法让自己靠得更近,他甚至无法去碰碰她的茶托,或是蹲下去摸摸地毯。

这会儿,他意识到,她开始哭了。她那不知所谓的表情早已近乎流泪,只需一个最轻微的肌肉动作,泪阀就会自动打开。她扣起双手和倾斜肩膀的姿势一点儿没变。真正不同以往的,只有她的面颊。她脸上泛着光,就像沼泽里的一块石头,当有一条小溪诞生时,它便闪闪发光。

自从他们上次见过面后,发生了那么多事,可是只有时间能衡量它们。从他第一眼看见她的那一刻起,生活始终千篇一律。一天又一天,日子过得舒适,但毫无特色。所有这些年累加起来的重要性,跟他们在河岸一起看蜻蜓的唯一日子相比,根本一钱不值。然而,正是那些浓缩的日子通过某种方式,造就了这堵无形的屏障,把艾弗琳的起居室一分为二,那边留给她,这边分给他。它才是这屋里最真实的东西。他伸出手去,都能在空中摸到它。两人的脸相距不过两英尺,他伸出手就有这么远。她抬起一只手,于是,两人竖起的手掌悬在空中,相距只有一英寸了。他们的额头仿佛由一扇看不见的玻璃窗隔开,这窗户只有指甲那么厚。可他无能为力,只闻到她的香水味儿从空气中传来,却感觉不到她的气息。

他们一直保持这个姿势,直到亨利胳膊肘疼起来,才放下手,艾弗琳也照着做了,像条件反射一般。她坐回椅子里,目光盯住雪后花园的景致,双手端着冷却的茶杯。她把杯拿到唇边,啜了一口。他安静地退出来,关上每一扇门——她房间的、过道的、房子的,细致入微,小心翼翼。这都是他多年照看蛾翼小牛学会的。

屋外,伦登多尔石山的阴影笼罩了一切。路上没有车水马龙,一只猫带着无比的小心,放轻步子窜进雪绒绒的树篱,注意不弄皱一片树叶。当他驶离"殉道者的陷阱"时,万籁俱寂,只有他的车呼呼喷着气。他要回到蛾翼小牛身边,去听它们的嗡嗡声,去听咔嗒咔嗒的沼泽之声。他不会再回到这儿了。

# 35

艾丁福住民的屋顶上,雪在融化,几星期来原本盖着层毛茸茸的白毯,这时却露出了洁净的石板瓦,亮闪闪的。在圣好达兰教堂,从圣徒雕像的鼻子垂下的一根冰柱化成了水,一点点滴到青铜的长袍皱褶里。艾丁福海峡涨水了,汩汩流过公园,汇入广阔的水域。道路潮湿,车开得很慢。在车前灯的照射下,路面的卵石仿佛颗颗闪光的灯泡。迈达斯家的院子里,有只黑鸟在屋檐下跳来跳去,接着便被一团雪击中了。它尖叫一声,恼火地抖抖羽毛。水珠从屋檐坠落,打在垃圾箱盖上砰砰响,随即化成水流,缓缓地流过马口铁做成的垃圾箱。成块的雪泥从他家栅栏顶的树上掉落,碎了,散进灌木丛。

迈达斯一边冲自己哼着歌,一边把锅放到灶火的铁架上煮牛奶,一会儿要用它制作热巧克力。这天早上,他整个身子都觉得更清爽了,仿佛毒质从体内被滤了出去。做到这一点的不是性,而是他身体以外的什么东西,也是艾达身体以外的什么东西。那是某种碰撞。

这天早上,他花了足足五分钟才从床上爬起来,因为他动作很小心，生怕打扰熟睡的艾达。他这张床以前只是一件实用品，困了就上去，休息好了就下来。可现在，枕上艾达的头和袒露的肩，这一切都改变了。她的手蜷在下巴边，她浅淡的发绺盘旋在颈旁，看上去很美，而这美感，是盖在被子下的，她身上变成玻璃的那部分，永远也不会有的。

他把钟表的电池取了出来，以免嘀嗒声吵着她。他又祈祷，屋外的融雪可别出声。有辆车响了声喇叭，她眼皮不禁跳了一下，他意识到，她肯定会在某一刻睡醒。他决定让她在平静中醒来。因此，他这会儿才悄无声息地给她准备早餐。

门铃响了。这干扰让他心头一恼。他把热牛奶从锅里倒出来。也许不过是古斯塔夫和丹芙来了吧，他们本该明白，今早是他的私密时间，他可不想被人打扰的。

他看见克丽斯蒂安娜站在台阶前，用手不住地摆弄外套的袖口。她身后的路上已被撒上了融雪的盐，雪成了烂糊状，看上去像是灰渣。

"你好。"他说道。

"科鲁克先生，我给你带来几样你的东西。是从你母亲那儿拿来的。"

"我母亲那儿并没有什么我的东西啊。"

克丽斯蒂安娜不高兴了，转身朝她的车子走去。迈达斯看了一会儿，就迈步出来，把身后的门关上，以免冷风侵到楼上弄醒艾达。他两手抱住胳膊。

她车子的后备箱装满了硬纸箱。

"这不是我的。"他叫道。他完全知道是谁的。

"可是，它们该交给你来保管。否则，它们只会落灰。"

"得了。它们就算烂了，也不关我的事。"

"随你的便。"

"这么做到底是为什么呀?"

"你母亲正……一天天变老,科鲁克先生。"

"请别这么叫我。"

"这是你的名字,不是吗?"她开始把纸箱卸到人行道上。

"我会毁掉它们的。"

"随你。"

他无奈地把两只手往空中一甩。可不一会儿,她就把纸箱全卸下来,坐回她的车里。她开车走了,车轮翻搅着雪泥,留下两道车辙。过了一两分钟,他步子沉重地走出门,来到人行道上,开始往屋里搬纸箱。

父亲临死前,曾把他所有的东西一分为二,这一半整整齐齐地打包,另一半搬到船上。迈达斯希望这些纸箱装的也是书籍、杂志、日记和纸张什么的,就跟点燃了船上大火的那些纸箱一样。只不过,纸箱都太轻了,每个都标明了打包日期,工工整整,是他父亲的字迹。等他把纸盒都搬进屋,寒气早已弄凉了热牛奶,这牛奶本是他为艾达的煮热巧克力用的。

艾达醒了,伸了个懒腰。起床对她来说越来越困难了。她本想喊迈达斯帮忙,可想象了一下,又觉得那情形未免太惨了。于是,她拖着身子走过地毯,来到镜子前。

她撩起她的 T 恤衫,就像萨弗伦·朱克在艾米丽亚娜的录像里所做的那样。她肚子上,皮肤变硬的痕迹今早看来更严重了。就在她睡着的时候,这痕迹把她的肌肉弄皱了,留下道道红线,径直伸到她的胸部。

她转过一条腿,看膝盖表面的玻璃片。透过这玻璃片,可见一股股血流在膝盖骨的截面上涌动,骨髓冒着灰紫色的泡儿,像是小鸡的骨头。

她用手捂住嘴,打了个喷嚏,却只得用 T 恤衫来擦,因为她够不着纸巾。她不由地觉得一阵恶心。她脱掉 T 恤衫,把它扔进迈达斯一堆要洗的衣服里。这动作顿时让她感到,一股刺痛从两肋一直升到腋窝。

玻璃在加速。它上星期扩散得很快,她觉得,要是就这么在镜子前坐一小时,一直看着自己,她会看见,皮肤渐渐失去光泽,明显变成半透明的。很快,肚皮上就会满是旋涡形的光痕,让整个肚子都光闪闪的,肌肤变得跟橡胶似的。随后,又会开始变成透明的。过不了多久,肾和肠这些东西就会变成玻璃。她不愿意想,到那时她又会出什么事。

她不禁沉浸到小女孩时候的一个回忆中:把一管胶水涂抹到肚皮上,再把整整一罐乳白的玻璃片倒在胶水上。

她伸手去拿拐杖,又拖着身子绕过床,走到窗边,猛地拉开网格图案的窗帘。今天是艾丁福的集市日,采购的人踏着消融的雪,在货摊上来来往往。两个小男生身穿破破烂烂的运动夹克,在偷偷合抽一根烟。两个上了年纪的女人在邮政信箱的遮挡下望着他们,隐约在互相嘀咕什么。艾达突然生出一种感觉:自己实在是过时了,老了。她松开网格窗帘,两手捂住脸,在手的遮盖下,悄无声息地做了个苦相。

最终,让她有力气扎起头发,穿上新换的 T 恤和裙子,强挣着下了楼的,是楼下的那个男人,还有他那离群索居的生活方式。卡尔走了,不破·亨利从始至终都在说不可能治愈,这会儿,在这幢小小的、孤独的复式房子里,她竟感到又苦又甜,像是解脱了。这房子没什么人来访,没电视机,视野也不怎么样。只有她和迈达斯两个隐居在这儿,与世隔绝。在这儿,她可以静悄悄地变成玻璃,只有爱,才能让她有片刻分神。

她看见,在厨房的桌边,迈达斯身子缩成一团,用手掌捂住一张照片。

"迈达斯……早上好……请别跟我假装一切都好。"

他把手从照片上抬起来,又举起照片给她看。那是他父亲的单人照,从墙上摘下来的。父亲的脸被铅笔扎出了洞。

"你说过,你只有这一张。"

"没错。知道我为什么这么做吗?"

她等他说。

"想看看自己有没有内疚感。我当然没有。"

"过道上堆着些纸箱。"

"当然是他的。是我母亲的护理早上送来的。"

"是你父亲的?"

"对。"

"能跟我说里头装的是什么吗?"

"我还没看。"

"可是……迈达斯……我还以为……"

他把两手插进头发里。"以为我傻到打开看了是吗?艾达!每个纸箱都是一只该死的潘多拉盒子!"

"你父亲可能想通过一些东西来表白什么。"

她希望,这个比方能把他摇醒。可它却让他脸色更阴沉了。要是她行动自如,她一定会跳过去,使足了劲儿吻他。可等她蹒跚着来到桌边,时机已经不对了。"你瞧,"她没吻他,而是拉住他的手(肌肤凉凉的,手指很软和),"记得我妈妈去世时,我家的一些朋友帮我们整理了她的物品,我们只需面对那些重要的东西。干脆我帮你把这些纸箱扔掉吧?"

他嘟囔着什么,在椅子里挪挪身子,眼睛盯住厨房地板。

"行还是不行?"

"你可以扔掉它们,只要你答应,你除此之外什么也不干。只不过……你的好奇心会战胜你。你会打开它们,还会忍不住跟我说里头是什么。"

"我会忍住的。"可他说得没错,她也怀疑自己忍不住。

"不,艾达……就让它们原封不动吧。也许我会把它们锁在什么地方。无论如何,我是不会在起居室打开它们的。"

"这么做挺可笑的。"

"你这么看?"

"你这是在呵斥我吗,迈达斯?"

"就是。因为是你造成了这一切。"

她握紧拳头。"要么你道歉,要么我走人。"

"对不起。我不是这意思,我只是——"

"你难道由着自己被这……被这该死的感觉打倒吗?以为事情永远不会有改观,却只会越变越糟吗?要是你气我让你的生活失去了安全感,你也可以留起胡子,戴副该死的眼镜,变成你凭着想象力虚构出来的那个人,你以为自己瞧不起的那个人。"

"倘若那仅是幻想而已,我会——"

"不!你的全部就只是坐在这把椅子里的这副身板儿!你爸爸并没附上你的身,迈达斯,哪怕在精神上也没有。你之所以一直怪罪他,是因为那样的话,你就不必为自己身上那些让你鄙视的部分负责。我必须对你直言不讳,因为没时间了!"

他强忍住感情。"得了,艾达。我们会有时间的。"

她眼波流转。

"艾达,等等,你要去哪儿?"他紧跟在她身后。

她已走到纸箱跟前,恶狠狠地撕开封住头一个纸箱的胶带。迈达斯不禁把手放进嘴里,看着她把开了口的纸箱倒过来,把里头的东西倾倒到地毯上。"你不能……"

她又撕开一个纸箱,把它倒过来。尘土和乱糟糟的东西纷纷落下。

　　她把这些纸箱一个个撕开。到捡起最后一个时，她迟疑一下道："这是你最后的机会了。"

　　他走到近前，从她手里拿过纸箱，试探地晃了晃。可它一点响声都没出。可见，里头的一切摆放得很紧凑。他把胶带往后一扯。他剥去封条，顿时闻到一股陈腐的气味儿。随后，他聚精会神地把纸箱头朝下放倒，里头的东西刹那间疾速坠落。有什么东西掉到他脚趾上，又弹起来。他低头一看，是他父亲的备用眼镜，已经从镜盒里跌出来了。

　　看见地板上这乱糟糟的杂物，他一时不知自己期待的是什么。一套晨衣，原本在纸箱里折得好好的，这会儿灰头土脸地摊在地毯上。一枝黄玫瑰，干枯得一碰就会碎，可还钉在晨衣的翻领上。一只数字表，指针停在下午两点三十二分。旁边躺着辆玩具汽车，迈达斯小心翼翼地捡起它。金属车皮冷冰冰的，车轮卡住了转不动。车身底下写着迈达斯·科鲁克，是手写体，小男孩的字迹（却不是他本人的）。他用手捧起它，它轻得近乎无物。这些东西都不过是他父亲的遗物而已。他觉得（他停了片刻，看看有没有错过什么）不再害怕了。没书、没纸张、没有逝去鬼魂发来的通告，都只是……垃圾。他看着艾达，见她正得意地笑着。他意识到，自己以为会看到某种类似法老诅咒的东西，可他没有被打倒。他对艾达报以微笑。勇敢起来，其实也没那么难。

　　他再也站不住了，长舒一口气，坐到地上，往后一靠，置身于他父亲的旧物和灰尘当中。

　　"你打算怎么处理它们?"过了一会儿，她问道。

　　"把它们扔下峭壁。"他喃喃道。

　　她咯咯笑了。

　　"对不起。"他说道。

"干吗道歉呀?"

"我无意把今早变成这样,"他站起身,"还有点儿别的东西。"

他朝楼梯下的橱柜走去,搬出个小小保险箱。他试了几组密码,又转动保险箱的锁。遇到对的密码,只听它咔嗒一声。他迟疑了一下,随即下定决心,猛地拉开门。他从里头拽出一本书,像是从废烟道里拽出一件堵塞物。

"是什么?"

这书裹在一层黑色皮革里,扎着根灰色带子。这带子伸进书脊里,像是书签一样。

"这是他的破书,第一稿,手写的,传给我了。"他咧嘴一笑,"从没动过。更别说打开看了。"

"好。"她说,"很好。"


他父亲夜里醒来,心在胸口怦怦跳。他跌跌撞撞进了浴室,对着水池咳个不停。在这色彩尽失的暗夜,他只看见灰白的汁液慢吞吞地滑进漏水孔。可他闻得出,这汁液里有血腥和胆汁味儿。一拉灯绳,他看见,水池里有斑斑血渍,掺杂着晶莹的玻璃片,只有针头大小。

睡不着了,他来到阁楼,把他的纸箱捆扎完毕,又堆放好。然后,他躺下来,用手遮住眼,身边全是团缩的纸球,纸上是他尝试做出的书面解释,已多次修改。他所有的著述都捆进了楼下另一套纸箱里,跟他的书籍和论文一起打包,打算烧掉的。片刻间,一丝微笑浮现在他嘴角。他开心地想到,生命减半了。他的书本生涯已经被这待在阁楼上的人生及残留的经验和情感的集合给切断了。

他让冰凉的双手在身体表面游走,触到瘦骨嶙峋的臂膀、秃秃的头皮、阴茎和睾丸(同时不禁想到,在缔造儿子的过程中,后两者曾付出片刻的努力)。

他试着为迈达斯操起心来,担心儿子会怎么看他。他并不费神担忧艾弗琳(她又找着个男人了,无疑就是给她邮寄死蜻蜓的那个),可他愿意替儿子操心。然而……每当他开始操心时,他都感觉到,那锋利的玻璃体在摩擦他的横隔膜,血液正在他血管里强力推进。这时候,他会觉得害怕,明白他身体会出什么事。他为此做过研究了。他可不想留下个石头雕像,让别人呆呆地盯着瞻仰。

终于,他写道,亲爱的迈达斯。一写下这句,就感到他想说的千言万语顺着胳膊流下,一直流到握笔的手里,仿佛这头一句话是堵住其他话语的塞子。

他拿不准,他与之对话的迈达斯,究竟是他的儿子,还是他自己,抑或是几代人的合成体。有时候,他也弄不清,他是在写给艾弗琳,还是在写给他自己那温和的父亲,跟父亲对话时,他到最后总会恶语相向。或者,他也许在写给他严厉的母亲,或是某个未知的人:儿子的子女,他永远不会认识他们,或是一位儿媳,他也永远不会认识她。唯一能肯定的是,他从没带着这样的感觉来写作:忏悔般的,私密的。而在以前,写作向来等同于一系列的理论,一系列的批判。纸上,一行行黑字像是一队队蚂蚁在行进。尽管心在燃烧,像熔化的岩浆一样升腾,他还是尽力写出行云流水般的文字。结尾处虽很突兀,但全篇甚是严谨。他知道,用不着修改这几页纸了。他试图搁下笔,可因为一直保持写作的姿势,他手上的肌肉抽筋了。

他写的几乎全是关于他胸口那盛开的玻璃之花。关于他那空洞的心跳声,像是餐叉敲响了酒杯。关于他所体验的疼痛,无论是吃力地上楼梯,还是轻快地走到街上买报纸,只要他的脉搏开始加速,这疼痛就无时不在刺向他。妻子的一个抚摸让他疼痛,会让他胸口像是钉满了钉子。儿子把一张图书馆的照片当礼物丢在他书桌上,也会让他疼痛,仿佛在绞着他的食道,钻搔着他的肺。

他在椅子里往后靠去,不知该拿这些新写的文字怎么办。直接交出去,未免太迟了,也太冒险,因为那会催生一个动情的时刻,而动情这东西会阻止他实施他的行动方案。不,一个更好的想法早就在他头脑中出现了。他用食指轻敲书架上的一个个书脊,直到看见《论美学》的第一稿。这稿子他用皮革包着皮儿,那皮革像黑糖蜜那么黑。上床不管用,因为无论是胸口的疼痛,还是兴奋的心情,都让他不得安神。他穿上那件斜纹软呢外套,一手拿着《论美学》,一手捏着刚刚草就的信,朝汽车走去。书籍,阅读,笔和纸的魔术,这一切还有待他儿子去发掘,不过,也许读这封信会成为转折点。他在信里写到了所有让他害怕的东西,还有更多。他写到那 X 射线,写到他第一次面对自己那模糊而透明的身体结构图的那刻。他相信,这信会成为连通父与子的纽带。自打男孩被孕育的那一天起,他就时刻梦想着,这纽带终会熠熠生辉。

他驱车来到星空下,顺着死寂的夜路,一路驶向格拉姆斯加洛夫。来到那间小小的学院装订厂外,他停下车,把信和包书稿的皮革在膝头摆好,静等黎明到来。一到营业时间,他就有机会把这事儿搞定了。

迈达斯和艾达驱车向南,朝果姆顿方向驶去,走的是海拔极高的崖顶一线。雾气在海面积聚,看不清他们究竟在多高的位置。他们在一处人迹罕至的观景点停下车,迈达斯把一个个纸箱拖到陆地的最前端,看上去,他仿佛站在一片云海的岸边。云卷云舒,如松软的枕垫,一直伸向天尽头。景色这般壮美,令他喜欢至极。

他从纸箱里拽出的头一件东西,是他父亲的那套晨衣。他把它举到空中,还没松手,风就把它攫住了,先是让裤子脱离了他的掌控,接着又偷走了上衣。只见衣袂飘飘,消散在雾中。接着是他父亲的眼镜,像陀螺般在空中旋转,渐行渐远。一套鲸须做的牌骰子,咔嗒咔嗒响着隐进了云间。他从没见父亲戴过的一条旧围巾,如同掠过水面的蜻蜓一般,淹没在雾气中。一件又一件,他让父亲的遗物像幽灵般幻灭。等到把所有的东西由峭壁丢进云雾中,他接着又使劲扔出那一个个纸箱。

终于,轮到那本书了。艾达郑重其事地把书递给他。有那么一刻,他又生出个念头,想知道,自己能否强忍着去破解这学术草体,没准儿能通过某种方式得知,作者因何放弃了生命。然而,当他把它拿在手里,用一根手指轻拂封面,并头一回翻开它,看见那静默的、脆弱易碎的纸页时,他的记忆不禁鲜活起来,仿佛看见他父亲正做着跟他完全相同的程式化动作。躁怒之下,他从装订线上撕掉纸页,猛地抛向半空。只见这些纸像受惊的小动物一般,在风中搏击,互相拍打,啪啪啪。

然后,一件意想不到的事发生了:他不知不觉大叫起来。"不!"这是他叫出的那个字。他伸手去抓疯狂飞舞的纸页,那是他父亲留下的诡异手稿,正在空中摇摆。然而,它们已经随风吹远,抓不着了,渐渐飘到云端。他身子前倾,去够它们,却绊倒了。艾达只得抓住他,不让他从悬崖边跌落。她用力一扯,把他从悬崖拉回。他一失足,歪倒在草地上。与此同时,他也抓着她的胳膊,竟意外地把她也拽倒了。她大叫着跌倒在地,还好,她倒地时,有他的身体做铺垫。不过,她还是吓了一大跳,张着嘴,吃力地喘息了好一会儿。她用脸颊抵住他的脸,趴在他身上,动也不动。两人把脸紧紧贴到一块,一同眺望着大海,眺望着无边的烟云地带。

# 36

迈达斯出门了,去凯瑟琳花店上班。艾达可不觉得他家有多舒服。她意识到,自己在一门心思等他回来,就决定到屋外去走走。她迎着纷纷飘落的雪花,吃力地往山坡走,不觉来到一处地方,这是她觉得自己可以不受干扰坐一坐的最近的地方。圣好达兰教堂的墓园里,树木舒展着臂膀,舞动着脚爪,像是在冲山上森林里的同类打招呼。

她来到教堂,作为里面的唯一灵魂,坐到一张带垫长椅上,呼吸着旧蜡烛散发出的蜡香。彩绘玻璃蒙了尘,描绘的是天主由一群麻雀托举着,凌驾于艾丁福海峡的上空,不动声色地俯视着海峡一带的圣好达兰。玻璃的色彩暗淡了,如今成了单色的,闪着光,在她看来,这是不可避免的。花瓶里开着白花,她推测,这些花来自凯瑟琳花店。

一位教区牧师轻手轻脚地走出小礼拜室,来到教堂大厅,拿起桌上的赞美诗乐谱,就又消失不见了。她前面的那排长椅背后装了块搁板,上面放着本《圣经》。她把它轻轻推到一边,把头靠到木板上。

小时候,她亲眼见过一次山崩,一面峭壁坠进了水里。这事发生时,她正跟母亲和父亲在一起,在海湾的对面野餐。只见灿烂的阳光给峭壁涂上一层温暖的金黄。这是平静的一天,大海波澜不兴,一片蔚蓝。然后,突然间,山岩仿佛是被一根乳酪切割钢线切开似的,从海湾上空滑落,朝大海那边坠去。方方的石块缓缓从海岸脱落,在半空与一股喷涌的飞沫碰撞,拖出一道只有砂岩才有的黄光。在三十秒的时间内,峭壁的样子就化作了残破不堪的碎石以及草地。在这陆地退却了的地方,海水涌来,冲刷着琥珀石。

　　有时候,她很想知道,峭壁内部无形中发生了什么事,那些细如发丝的裂缝和隐蔽的裂口,又为最后的听天由命悄悄做了什么准备。过去这些日子,她身上一些此前从没疼过的部位也疼起来了。肋骨里头有一处很疼。整个脊骨都在疼。大腿里头,有一处感觉像个洞那么大的地方也在疼。

　　她抬起头,看看教堂里其他蒙尘的玻璃窗。形形色色的圣人们全都褪了色,就像圣好达兰一样。得是《圣经》学问达到她父亲水平的人,才知道这些人物谁是谁。所以,在艾达看来,他们都是些毫无感情的家伙,美好的幽灵。靠她最近的是一个处女模样的女人,手里抱着个瓮。透过这女人的脸庞和长袍,艾达竟能辨出一棵树的姿态来,那是外头墓园里树的影子,在风中摇摆着枝条。

　　随即,她晃晃自己的身子,挣扎着站起来,挂着拐杖离开了教堂。双拐敲打着地面,回声却响彻上空。


　　迈达斯这天上早班,工作任务是开车送花,到艾丁福各处及周围的村子去送。名单上就剩最后一趟了,他驱车上山,驶过廷特尔,攀上靠花岗岩柱支撑的山脊公路。这山脊是一道由一系列小山顶组成的隆起地带,从群岛一路通往伦登多尔石山本身。自打父亲的葬礼后,他就再没上过这儿,所以一拿到订单,不由得吃了一惊。从他小时候起,这地址就牢牢印在他脑子里:那是一片荒无人烟的峭壁,当中是"沃登峡谷之力",一条湍急的瀑布,有五幢房子那么大,它飞溅的水沫仿佛从篝火中升起的烟,向世人宣告着它的存在。从艾丁福驱车上山,路上每块石头上的每道裂缝里,都有晶莹的水流涌出,水源自然是前些日子下的大雪。跟岛上的大多数事物不同的是,这里灰色的岩石外表,还有草木不生、乌鸦盘踞的山坡,竟跟他童年记忆中的山坡一样宽阔。细小的水瀑一边从岩石表面流下,落进深塘,一边在凹凸不平的路面溅出水花。

廷特尔山脊公路上的每条瀑布,都从没得到过游客的青睐。即便是"沃登峡谷之力"的湍急飞流,也不能诱使岛上游客离开海滩,离开海边生活。它的表现力不逊于大自然的任何杰作,可它尚未开发,野性犹存,所以缺的是高贵壮观。在父亲的那张旧岛屿地图上,关于沃登峡谷的注解最长:

山坡上,传来一声惨叫。

曾见过一只画眉掠过水面,随即粉身碎骨——骨头弯了,碎了。在这儿,大自然仿佛讨厌自己——岩石的每一个尖突都丑陋得扎眼。

不错。

"沃登峡谷之力"上方的一处观景点,攀援植物和湿漉漉的苔藓随处蔓延。迈达斯停车时,车轮把它们轧碎了不少。车里,他的身边,是一小束枝条,点缀着层层花瓣。瀑布喷出冲天的飞沫,可他还能看见,要想穿越岛上云蒸雾罩的林地,还有一大段路要走。他连一幢房子也看不见,该把这束花送到哪儿啊。

不过,他还是看见了一辆有点眼熟的汽车,是这个观景点除了他自己的车以外唯一的一辆车。

只见卡尔·茅尔森懒懒地坐在驾驶座上，咬着手指甲。迈达斯的第一个念头就是，叫警察。可从卡尔的样子来看，仿佛发生了什么不好的事。他下巴上长出了白胡子茬儿，看上去脏兮兮的。迈达斯静候着，以为自己会跟从前的感觉一样，不由自主对卡尔生出一种服从，可这次，它并没有出现。他走过去，轻敲车窗，不禁为新生的自信而窃喜，这就是艾达所说的勇敢吧。卡尔迟疑了一下，摇下车窗。

"这是什么？"迈达斯问道。

"一种歉意的表示。"

后座上堆着靠垫和枕头，还有一个背包，一个手提箱。一股人身上的气味儿飘出车窗。

"你就在这儿睡觉来着？"

卡尔打开副驾驶边上的车门。"我没法回家去。进来吗？有请。"

迈达斯摇摇头。他凑近点儿，听卡尔说些什么。以前每次遇见，卡尔的腔调都是又鲁莽，又让人腻烦。这会儿，他的话语却时断时续，间歇中，听得见瀑布的急流声。

"我要走了，迈达斯。也许去美国。离开这儿的岛，肯定的。"

迈达斯无言以对。

"我觉得，我们被地域控制着，纯粹变成了山水风景的组成部分，沿袭了它的奇妙，也沾染了它的荒唐。大陆上有几处地方——或许你太年轻了，不明白这道理——我一旦回去，就没法抑制住感情，没法不唤起我以为已经理清和销毁了的那些记忆。我大学的校园，一段有特别意义的海滩，一家特定的电影院，都只是因为弗蕾亚·英格玛逊。正是因为她，我才搬到圣好达兰，你明白吗？我搬到这儿时，她已经去世很久了。可我随身带来了她的一点儿物品。一块马蹄铁，一张圣诞卡。我努力重新开始，可我却随身带来了她的几件物品。当艾达在这儿留下来时，迈达斯，这事只会让我想到，我有多爱弗蕾亚。"他哽咽了，用他那熊掌般的手捂住脸。他那口烟熏火燎的牙歪七扭八，像锯齿似的。迈达斯记得，这牙曾经又白又整齐。

迈达斯凝视着沃登峡谷的深处，看瀑布钻开了湖面，飞沫从深谷溅起，气势大得惊人。有雪花优雅地飘落，却被飞沫当空吞噬了。

"你是个胆小鬼，卡尔。"他说道，感到语气中带着一丝坚决，就在几天前他还不知坚决为何物呢。他不知道，这感觉是不是艾达所指的那种。记得当时艾达谈到，渴望坐上船，在风平浪静的水面漂游。这种感觉就像水准仪一样稳定，似乎被一种已经驯服的压力支撑着。

"你太害怕承认，世界并不围着你转。你甚至以为，连山水风景都听命于你。有了这么一种态度，你可以在一生中很有成就。我本人虽然向来没什么勇气，但我可以断定，人们对你是又敬又怕。不过，我可不认为，你会爱上别人，会变成那副样子。"

卡尔双手放在方向盘上，不住摇晃："我爱弗蕾亚。"

"但没人能说，你们俩相爱了，卡尔。这就是不同之处了。我觉得，归根结底，一个不同之处在于，她跟大家一样怕你。"

从这以后，两人再没什么好说的了。迈达斯转过身，走回他的车那儿。他把那束花扔到地上，开车碾过去，一路回家，回到艾达身边。


卡尔留在车里，车门敞开着。飞溅的水沫喷进来，让车里感觉就像是老房子里一个潮湿的房间。卡尔觉得，自己就像这房里的一件家具，正从里往外腐烂。他望着近在咫尺的地平线，望着急剧坠入沃登峡谷深处的激流,他知道,自己什么也不用做,只要拧开汽车引擎,踩着油门儿就行了。

他不禁想象着,激流挥斫着他的身体,把他推下湖底,脸先到底,没有空气,嘴里塞满泥沙,还有小鱼的残骸。要么这么干,要么活下去,搬到某个新地方,静等内心无法平息的情感再涌上来。他不指望这事会有个完结,可要是他实施了自己的某个构想,情况会怎样呢?卡尔并不相信来生,不过,弗蕾亚去世时,他真的需要有来生。从那以后,他倒变得越来越强大了。

可是,他突然觉得,他的强大反而成了迈达斯所说的短处,迈达斯言之凿凿,不容他争辩。他以为自己很强大,这竟是个错觉,而像迈达斯这样的脓包却在慢吞吞朝爱情进发,还找到了它。他放声大笑,笑得苦涩,随后又猛地止住了笑。

这些情绪简直葬送了他。对一个早就去世的女人的渴念,仿佛从他体内某个深不见底的源泉涌出,如此强烈地袭向他,让他了无生趣,这会儿最大的盼头就是,赶走自己的身体。他不禁想到,开车飞越"沃登峡谷之力"可以帮他超越肉体,到达弗蕾亚所在的虚空。那地方,至少没有查尔斯·麦克莱德,目前还没有。

他转动钥匙,发动车子。发动机嘶嘶响,却又熄火了。他又试了一次,可它连火花都不闪。他爬出来,掀开发动机罩,猛击里头的机械部件。发动机还是不启动。他紧紧拉上外套拉链,觉得瀑布的飞沫透进他衣服里。他很冷。无奈之下,他试着重启发动机。他从放手套的格子里拿出手机,打开。可它电池没电了。他一直在车里睡觉来着,竟忘了给它充电。

一股怒火猛然冲他袭来。他吼叫着,唾沫飞进水沫里,飞进淡淡的雪花里,接着却又顺风折回,打到他下巴上。然而,他狂怒的咆哮却被吞噬了,吞进了瀑布那永不停息的呐喊声中。

见鬼。他打算步行到廷特尔,冲进教堂,揪住牧师的衣领子,或是破门闯进某一间村舍，要求人家提供庇护所，给他御寒。在不得已的时候，他会不吝动用武力，逼人就范。

他慢慢走着，略显蹒跚。起风了，风在山顶公路的两边呼啸，裹挟着比刚才更密集的飞沫，甚至结了冰的水珠，打到他身上。他继续走下去，一路破口大骂，踩着一条条小瀑布的细流，跳过有点儿深的小溪。接着，他有一跳没掌握好分寸，弄得两脚湿透了。脚趾顿时冷冰冰的，他不禁想到，在恩格姆斯特德，艾达一瘸一拐地从他身边走开了。他对自己感到一阵厌恶，厌恶自己竟做了所做过的一切。还好，科鲁克这小伙子找着了她。

天空很亮，白晃晃的，照得他眼睛痛。

道路转了一个弯。他感到，风仿佛要把他的眼皮掀掉似的。雪夹杂着冰雹，倾泻而下，让他痛不堪言。他挺起胸膛，迎着四射的冰雹，走下去。步子沉，路难行，柏油路面上，缕缕水流冻成冰，滑倒一次又一次。又一个趔趄之后，他停住脚。左手边，山坡舒缓，再看右手边，却是险峻的峭壁。一层厚厚的雪从高处崩落，封住了路面。他深吸一口气，企图从雪上爬过去，可一只脚陷进雪里，他跌倒了。他手脚并用，想起身，可四肢竟陷得更深了，实在出乎意料。终于，当他连滚带爬地从另一侧脱离雪堆时，他牙齿已在咯咯打战，呼出的气仿佛都在空中冻结了。他抹去脸上的水气，尝试着估算自己还得走多远的路。在他的前方，道路弯了又弯，绕过山岩和峭壁，伸向雪夹冰雹遮挡下模糊不清的远方。廷特尔教堂连个影子都没有，也不见其他任何建筑。

一阵病态的惶恐涌上心头。莫非他走错了路？他回头望去，雪堆后面什么也看不见，只得跌跌撞撞往前走。

雪夹着冰雹，越下越大，交织成一面毛茸茸的墙壁。有那么一瞬间，他以为，他看见一个女人的身影，是用雪粒组成的。只见她冰冷的发丝在风中飘摇，可她转过身去了，他分辨不清她是不是弗蕾亚。她倏忽消失了,正如她倏忽现身。他四脚开始僵硬了,没知觉了。他意识到,自己去不了廷特尔教堂了。他好奇的是,艾达两腿的感觉是不是跟他这会儿一样麻木。躺倒在雪里,躺倒在路中间,他不动了。

# 37

　　水汽从泥泞的浅滩升起,在寒冷中明显可见。她注视着,奶白的天空倒映在水道里,有只死老鼠躺在路边,尾巴和后腿被车轮碾过,仿佛钉死在路上。

　　他们不说话,很自在地驱车前行,驶过树林,树上都裹着一圈毛茸茸的绿色苔藓,驶过温泉池,驶过霜冻的泥灰路面。

　　看来,每次当她忘掉袜子里的肉体不存在了,玻璃锁闭了她的双腿,而插销是用她自己的骨头做成的这件事,就有人决心治好她,破坏她内心这份宁静。迈达斯坚持,他们要再拜访亨利一次,好去抓救命稻草。宝贵的时光在一天天流逝。

　　治愈和维持向来是卡尔的论调。他向她展示过萨弗伦·朱克的治疗情况,可那全是胡扯。一谈到该怎么抑制她的病情,他就含糊其词。

　　茅屋越来越近了,常春藤叶子毫不费力地在外墙攀援,像镣铐一样缠结。她有气无力地冲迈达斯挤出一丝笑容。她只想坐在他身边,一起驱车,穿行在无尽的山水间。

　　亨利不在家。

透过一扇脏兮兮的窗,他们看见,屋里乱七八糟的。书本都打开着,散落在起居室地上,散落在纸堆当中。

迈达斯搔搔头。"现在怎么办?"

有只鸟不知在哪儿叫着,叫声穿透了沼泽。

"迈达斯,"两人并肩站在亨利的花园里时,她说道,"跟你说实话吧,亨利不在我很高兴。我再不想求医问药了。"

"可是……"

"嘘,"她柔声说道,"我想给你看样东西。"

她领着他,来到蛾翼小牛居住的圈外。她拧动门把手,门没锁。他跟着她,穿过外面的门,顿时,两人闻见一股恶臭,像鸡舍的气味一样。她打开里头的门,就看见那些叮叮当当的鸟笼所在的房间了。

她把一根拐杖靠在墙边,用腾出来的手拉住他的一只手。她迈步走进围栏中央,告诉他,站着别动。

动物们调整着飞行路线,在他们周围飘来荡去,仿佛一条由毛皮和翅膀汇成的瀑布,散发着霉味儿,飞泻而下。艾达不禁喘息起来,眼见一只小牛落在她头顶,用触角梳她的头发。另一只蹲到它旁边,还有一只趴到迈达斯肩上。还有一只,又有一只,直到所有虫子齐齐落到两人的肩膀和头顶,喷着鼻息,晃动着颗颗小脑袋,呼扇着翅膀,跺着火柴头大小的脚爪。

然后,在这悦耳的乐声中,两人开始缩短相互的间隔。她用手一拉,把他拉得更近了。他们站着,离得很近很近。只听公小牛嗡嗡叫,母小牛发出鼻息声,共同奏出交响的旋律。有只长着风铃草般青色翅膀的幼小牛,靠在母亲身上,朝后一仰头,发出哞的一声,仿佛长笛吹出的一个音符。

"我不会好起来了,"她低声说道,"从这一刻起,让我们忘了这事吧。"

# 38

在群岛地图上,在"德拉姆上的克莱马姆"北部,一片沙洲宛如一只伸出的手,试图抵挡北极风,却只是徒劳。地质学家断定,很久以前,这些沙洲曾是岩石嶙峋的高原,是远古时代的一次地震,才把它们削成了零海拔的平地。他们的依据是那一块块花岗岩,它们耸立在灰白的海滩上,顶部扁平,或是斜向伸展着。

流沙地带,一条加高的混凝土路蜿蜒攀升。艾达和迈达斯驱车行驶在这路上,车轮在没被刮走的残留沙土深层留下辙印。他们的目的地是克莱马姆山,一座坡度舒缓的小丘,位于沙洲的最北端。

他们紧紧挤坐在一起,在小丘顶的一把长凳上,眺望大海,或是回看光闪闪的海滩,看把海滩分割开来的道路和泛滥的咸水河。浅黑的鹬鸟和麻鹬慢吞吞地来回踱步。有只鸬鹚立在一艘遇难船的外壳上,就像立在一只鲸鱼的脑壳上。

北方,天际一线晦暗。这里是风掠过了冰河和浮冰后,驻足的第一站。今天,风只是飒飒低吟,水面波纹不兴。

"我一直想去北极来着。"艾达指着远方说道。

"你会去的。"

"我到了那儿,连两秒钟也待不住。"

"你又不知道……"

海水留下晒干的海盐,恰好抵消她眼里的泪水。她不禁想起,有次,父亲在用盐腌制鳕鱼排,脑子里却想着别的什么事。那正是父女俩相互最看不惯的时候。她眺望眼前这无际的大海,竟想知道,要是把海水煮干了,能得到多少海盐呢。

"你看见过海底吗?"她问道,明知他没有。她想谈谈这个,靠着谈论再体验一次。"海底深处就像晨昏的情景一样。你能在海水里看见盐的踪迹,就像幽灵一样。"

迈达斯摇摇头,笑了。"我从没见过那情景。你做过的事比我多那么多,这总是会让我吃惊。"

"也没做多长时间。"

"可别那么说。"

"我只想说的是……我喜欢跟你一块坐着,什么也不干,就像这样。"

世界一片黑和白,正如他们初次相遇的那天。大海像乙烯树脂一样暗淡。沉船外壳上的那只鸬鹚飞起来了,低低掠过黑乎乎的海面。

"迈达斯……我好想跟你一块坐上一条船,就像这么坐着。"

"好啊。"

"你说什么?"她没指望他会这么说。

"好啊。"他说道,这回放慢了语速。

还没等他来得及后仰,她就猛地往前一倾,"天气预报说,明天是个晴天。"

他吞了下口水,"好的。"

"咱们租一条船出海,能划多远就划多远。只要海上有能见度,我就可以划会儿船。"

"说说看,迈达斯,是什么勾出了你体内的航海家潜质?"

"说真的,我还是害怕,不过……可以说很多事起了作用吧。撕掉我父亲的书……是一种解放。为这个,我也得感谢你。"

"啊,这么说,你想报答我?"

"不。嗯,就算是吧,不过,不是用这个报答。"

"是吗?"

"我觉得,怎么报答你也不够。"

她转转眼珠:"别这么当真。"

"可是……"他垂下头。

她戏谑地推他一把。他朝后一坐,看上去挺委屈,于是,她又推他一把。这回,他反过来推她了。只听她尖叫一声,身子一翻,侧着倒在草地上。

"天啊。"她呻吟道,"我连坐都坐不起来了。"

"对不起。"

"没事,没事。扶我起来就行了。我肚子好冷,像结了冰。臀部周围一片都觉得冷。"

他扶她起身。

他们所处的这地方用混凝土垫高了,潮水要涨六英尺,才会没过它。所以,这小山是安全的,不会有海水来袭。落日就像个铁匠,把天空锻造得一片红彤彤,像刀刃似的。

他们安静地坐着,看晚霞在燃烧。她把头靠在他的肩上。而他,也用头抵住她的头顶。

"我该拍张照片。"

"不。只要记住这景就行了,还有景中的我们。"

他欲言又止。

她笑了。此时此地,都再合适不过了。

他们吻在一起。风吹拂着他们的身体。

# 39

　　下次去凯瑟琳的花店之前,他在桌上给艾达留了一束淡黄的水仙花。她坐在花丛中,写着圣诞卡。这卡是她让迈达斯选的,因为她一想到购物,就累得不行。

　　他尽力挑选她喜欢的卡。通过他保留的旧卡,她得知了他本人的品味是什么,无非是往年圣诞节的黑白照片。表情呆板的母亲拉着身穿罩衣的孩子们的手,走在石子铺成的街上。飞舞的雪花中,煤气灯柱发着红光。教堂的门上装点着又细又长的冬青花环。尽管他偏爱这些单色调的图景,可他还是为她选了那种漂亮的、彩色的,四张一套的设计卡片,展示的全是鹿在覆雪的山谷中嬉戏的场景。一只浑身斑点的头鹿大睁着双眼,站在冬青灌木丛中,红色的浆果把它的皮毛衬得红光闪闪。有棵橡树倒了,枝条横着伸展,一只母鹿就站在这枝条中,戴了顶淡蓝色的雪帽,样子挺好笑。一只牡鹿和它的配偶在大树下耳鬓厮磨,相互蹭着漂亮的脖子,树上挂着绿色的槲寄生①枝条。

---

① 　一种欧亚寄生灌木,有革质、绿色茎叶和蜡白色浆果,枝条通常用作圣诞装饰物。——译者注

她打开第一张圣诞卡，又往钢笔里灌了一注墨水。她漫不经心地写上，妈妈爸爸，然后撕掉这卡，又打开一张，只写了爸爸。她放下笔，剧烈地喘息。腹部一阵热辣辣的绞痛，血涌上头。她全神贯注地呼吸着。

　　迈达斯出门之前，她骗他说，感觉好些了。事实上，她臀部新近弥漫着一股麻痹感，滚烫滚烫的。皮下像是出疹子一样，一个个突起老也出不完。绵软的皮肤质感不断被这股灼热的疼痛阻断。她能猜到，这意味着什么。

　　疼痛又发作了，她用手指甲去刮桌上的油漆。她咬紧牙关忍受着。剧痛减缓后，她仍在艰难地喘气。记得她骗迈达斯说感觉好些时，他神情一下子轻松了，露出从来没有过的灿烂笑容。他一点儿不犹豫，径直吻了她。

　　她叹了口气。一想到正变成玻璃，她觉得就像体内开了一扇门，所有的勇气都从这门里消散了。她不禁想到，自己有多年轻，却要遭这份罪，而这又让事情看起来多么捉襟见肘。好在，年轻人所有该干的事她全干过，即使变成个自由落体（空中气流在她耳边呼啸，蹦极的缆绳在她身后盘旋下坠），她也会觉得，再没什么比她这会儿的意愿更迫切了，她无比迫切地想要依偎着迈达斯。她知道，虽然自己没好转，但她不可能把这坏消息告诉他，哪怕说得很委婉。她能感到玻璃的侵蚀，就像地震前动物感到大地在震颤一样。即使她跟他说了，他也不会明白的。

　　她感到正跟他碰撞到一起，这正是她一生想要的：片刻间，撞向另一个人怀抱，速度之快，足以跟他融为一体。

　　那一刻毕竟来临了，不像她预想的那样在夜间的高潮时到来，却是在那天早上，当他们同时睁开眼，探寻着彼此的目光时。他们宛若新生儿，大睁着双眼，分享着这世上的第一口呼吸。随后，这一刻匆匆过去了，就像它匆匆地来。因为迈达斯脸红了，把目光从她身上移开了。于是,她伸出手,捧起他的脸庞。

她写道,祝爸爸圣诞快乐,寄自艾达,然后吹干墨迹,把卡片放进信封,封好。她原本想多写点儿,可力不从心了。

这会儿,她又记起了那一刻,她只想再体会它一次。那天早上,当他走出门去上班,她顿时感到,屋里的温度下降了,骨盆的疼痛加剧了,臀部的皮肤钻心地痛。伴着这疼痛,她不禁想到,要是假装自己还有将来,或许会开心起来。

凯瑟琳的花店里,有株肥硕的玫瑰一夜之间便在枝头开满了花,它插在玻璃花瓶里,就像是片片燃烧的彩带碎屑。花瓶里的水世界仿佛孕育着一个弯曲的红色星球,迈达斯忧伤地凝视着它,不禁想到了艾达的腿。这天早上,两人一块醒来了,时间正好。他竟没注意到自己那张床的存在,没听到外边街上的喧哗,也没察觉旧毛毯软软地盖住肌肤,更没认出艾达。他看着她,仿佛初次相识,仿佛她是他在世上见到的第一人。

他把这株健壮的玫瑰放进一个新花瓶,便把前一个花瓶里的残留物倒进水槽。只见花瓣在不锈钢水槽里打着旋儿,随即皱皱地流进漏水孔。窗边的郁金香光洁如绸缎,他走过去,打理褪色的花枝上的块茎。花朵们一定在密谋着什么。一个人待在花店的时候,他常常感到,花瓣们在窃窃私语,频率低得让人无法听到。店外,薄雾笼罩街道,令大街小巷变得像个喷了干冰的摄影棚。远方的小镇风情只能靠想象。

他叹了口气。他多想快点下班,好回到艾达身边。只不过,下午他还得出去乘船(他挺怕这个的)。

他一整天神思恍惚。这天早上,他做的头一件事就是,删除他给艾达拍的所有照片。她还睡着,他离开她身边,起了床,一边启动手提电脑,一边看着她。她头发卷卷的,嘴唇干裂。但愿她睡了个好觉。他可不想她又醒过来,伸手去摸脚踝,像是要极力证明噩梦不是真的。

他拍的照片都是关于艾达的脚,而不是她本人。因为这个,他才要删除它们。

光线并不能传达真相,以前他也是这么以为的。对于真相的保存,人是无能为力的。光线的用途仅仅是,充当不可捉摸的时刻的一种隐喻手段。像这样的照片全无一用,除非发明出一种照相机,能让你回到过去的某时某刻。刚开始删照片的时候,他不禁一阵战栗。没了照片,他就只剩下她的肉体、头发,还有玻璃。只有在这会儿,置身在熟悉的空气中,闻着弥漫的花粉气息,处理着顾客千篇一律的要求,他才开始怀疑自己的智慧了。有太长的时间,他一直是靠摄影来定位自己的。

门响了一声,打开了。一阵风吹得郁金香颤巍巍的。迈达斯不禁想起,不久前,艾达来过凯瑟琳花店,当时只是撑着根细长的手杖走路。这次,进来的是古斯塔夫,这意味着,迈达斯可以下班了。

古斯塔夫身子摇摇晃晃的,问道:"你出什么事啦?"

迈达斯立在原地,看上去抖抖豁豁的。"我要出海了。乘船跟艾达一块去。"他说道。

"这姑娘,真是给你创造了奇迹。我一百万年也想不到,我会看见,有朝一日你会乘船。你宁可登上一艘血淋淋的太空船,也不会去乘船呢。"

迈达斯披上外套,从古斯塔夫身边走过,来到门口。他咧嘴一笑,神情又开心又害怕,关上门,顺着大街往家走。

古斯塔夫摇摇头,在桌边落了座,打开一份配了香肠和调味酱的三明治,又摊开当天的报纸。体育版刚看了一半儿,就听门响了。有个女人穿件款式别致的黑雨衣,怯怯地走进来。她留一头长发,不施粉黛,眼睛下方的眼袋很明显。

"我找艾达·麦克莱德。"她急切地说,"你知道,我在哪儿能找着她吗?"

过去这几天,艾米丽亚娜·史泰罗斯是在大陆过的。离开恩格姆后,她就致电格拉姆斯加洛夫的一家海滨酒店,订了一晚的住宿。可就在登记入住那一刻,她改了主意。在舒适的酒店大堂,接待处的柜台边,她站了一两分钟,接待员询问她也不理。她想不起任何人,满脑子都是艾达·麦克莱德。就这样,她要回了信用卡,背起包,径直走出酒店,沿着雨水浸湿的步行街,朝渡口码头而去。

她从不喜欢渡海。渡船左右摇摆,颠簸得很厉害。从窗户望去,晦暗的大海跟玻璃不无相似之处。这次旅程的可取之处是,她觉得有了个小小的目标。自始至终,她用拳头握得紧紧的是萨弗伦·朱克家的地址,皱巴巴的。

他们家挺难找,是一处住人的庄园,坐落在一个新建小镇。小镇道路狭窄,房屋逼仄,是一排排的砖房,倒也清洁齐整。朱克先生应门的那一刻,两人都很尴尬,但这只是个开始,整个下午都是在难堪的气氛中度过的。好在,艾米丽亚娜离开时,带走了她渴望深究的事实。

可这并不符合她的希望。她在车里坐了五分钟,用手捂住脸,一时开不了车。

在生命的最后时刻,萨弗伦喊着父亲。他跑到她身边坐下,让她倚在他身上。他们在一起,观望着这突如其来的最后阶段,观望着这朝着玻璃的变形。变形加快了。这之前的一些天,萨弗伦诉苦说,觉得很虚弱,像是身体刚参加了一场漫长战斗。如今,在彻底耗尽体力后,到缴械投降的时候了。肉体在退让,玻璃在逼进,速度空前。很久以前,父女俩曾经讨论过,面对这样的情况该怎么办。可此时此刻,朱克先生的双手抖得太厉害了,没法打开白色小药瓶的保险塞。萨弗伦只得自己把它打开,把药片倒在舌头上,也没喝水,就汩的一声吞下。

"你得跟我说艾达在哪儿。"艾米丽亚娜倚在凯瑟琳花店的柜台上,坚持道,"事情很急,我有话跟她说。我能找迈达斯说话吗?"

"慢着点儿。"古斯塔夫平静地说,"他们乘船出海了。只要船还在海上,他们就随处漂泊。"

她猛击一下柜台。"只是……"她绝望地说,"她情况很不好。我这儿有个可怕的消息,一定得让她知道……"

"没办法告诉她。即使有办法,你又能确定她真的想知道吗?"

近来,悬崖峭壁纷纷破裂,露出白垩的洞穴,块块碎石坠落海滩。两条荒废已久的防波堤伸进海里,其中一个被碎石分割成两半,边上停着艘废弃的、锈迹斑斑的捕鲸船。船体的金属板在水里颠簸,断了的桅杆在船后摇曳。

艾达斜倚在一艘划艇里,看迈达斯在尚且完好的防波堤上走来走去。每走一步,堤上的厚木板就猛颤一下。她赞赏地注视着。他仍然很紧张,好在他开始对抗它了。他只是需要热身,让自己热情起来。他吼叫着,弯腰面对着船,又扭过头去,惊恐不已,就像个要渡水的幽灵。她伸出一只手。只见他一个深呼吸,她敢打保票,她看见,一股气流打着弯涌进他嘴里。然后,他一跃而起,落到船上一堆东西里,船晃个不停。他用指甲抠住船舷的木头,像只被水淹过的猫,没意识到这正是自己挣扎着要来的地方,也不够相信水,不能任由水把船放平。只有当船像张纸一样,平静地荡开了,他才试探着,把双手从船舷上拿开。

此后,他静静坐着,膝盖蜷缩着,抵住胸口。艾达划船。她原来还担心，没了腿的帮忙，没法撑住自己呢。好在，玻璃把她撑得稳稳的，让她有了赖以挺起身子的重心。两人出海了。海岸仿佛变成了石壁上的一道白灰线。

海底的沙砾仿佛正融进海水。他们继续往外海划，只见清澈的天穹渐渐变得朦胧而深邃。海上升起细细的雾气，海天一色，空气中带着咸咸的味儿。

她心满意足，只顾看着他，而他不说话，神情愉快，也用同样的方式回应着她。她猜想，在暗无天日的修道院，修道士们之间那兄弟情谊的感觉，是否也像他俩这样，在空中透过电流传递浓情蜜意。

记得不久前的那天，雪把他们滞留在卡尔的小屋里，卡尔对她描述说，迈达斯父亲曾经拿衣服打过比方。借用那个比方，就可以说，衣服还没脱完呢。她笑着想到，自己起码让迈达斯脱得只剩了袜子和内裤。一个人能分出里里外外好多层面，并不是拿兜帽外衣和汗衫打比方，就能一言以蔽之的。她猜想，当你剥去一个人外头的几个层面时，里头多半又会萌生新的层面。

船桨激起水花，船后波纹在荡开，仿佛摇曳的婚纱。她不禁想到，自己有没有机会嫁给他。这念头让她吃惊不小，差点儿把她晃下船去。以前，她从没想过类似结婚这种事，一想到自己穿件后摆拖地的婚纱，跟一个年貌相当的新郎交换戒指，她就不自在。

"怎么了？"迈达斯问道。

"没什么。"

当然不会出现那样的场景，因为她再不能站到教堂的圣坛边，再不会感到血液在小腿和脚趾之间涌动了。不过，假装一切才刚开始，这让她内心觉得轻松又愉快。

"怎么了？"他低声问。

"没什么，"她按住船舷，"就是有点儿晕船。没别的。"

"可你跟我说,你一辈子从没晕过船呢。"

她揉揉眼。"我想,凡事都有第一次嘛。"

事实上,她大腿在疼,还感到有一种从未有过的隐隐麻木。虽然她两条腿一点儿知觉也没有了,但是竟肿起了一块,似乎长出了什么东西,有什么东西越长越大。她摇摇头,眺望大海,但愿能看见什么可以分神的东西。果然,她立刻就看见了。

海水里,有巨型物体在游动,很优雅。是一群独角鲸。她不禁心想,只要有一点儿水的遮挡,这么大的生物就能消遁于如此的无形。她记起,自己有次潜水,潜到一只母座头鲸和幼鲸之间。那是在青蓝色的赤道海域。

鲸不断往海水表面游,身体也越来越清晰了。

"谢谢你,"她说道,"陪我一起出海。"

他忧虑地看着她。

不远处,一只鲸的角正盘旋着,拨开海水,像杆枪似的升上来。另一只也刺穿水面,跟头一只相互致意。两只尖角胡乱碰撞着。

"别怕。"她说。

"我不怕。好吧……有一点儿。"

紧跟着尖角的,是浑圆的脑袋,上头长一对幼稚的眼睛,一副耽于幻想的样子。鲸的身体撕开海水,就像撕破包装纸。它们鼓出水面,皱巴巴的身上趴满了藤壶。鲸脂上黑一道白一道,亮闪闪的,就像黑曜岩和石英。它们搏击着沉重的海水,过了好一会儿,才依依不舍地滑到水下,消失在海的涡流中,只留下一股呼出的气,还悬浮在冰冷的空气中。

然后,只见鲸尾掠过海水。水面上,水泡汩汩作响。

迈达斯完全入神了。他渐渐明白,要是不拿大海跟陆地对照,自己从来想不到大海是什么样子。它简直是另一个星球。

最大的、也是最后的一只独角鲸,用尾巴冲天空致意,圈出一个心形,就滋溜滑进水里。鲸群潜得越来越深,消失在光射不到的深处。

迈达斯脸上带着敬畏的笑,回头看看艾达。

她俯在另一侧船舷上,压得船贴近水面,摇摆着。他挣向前,抓起她丢下的、在插槽里悬浮的船桨。

"我没事。"她呻吟道,明显言不符实。

"用力,哦,呼吸。平心静气地呼吸。会过去的。"

她用前额抵住船舷,双手顺大腿而下,按住膝盖。

"我们该回岸上了。"他说道。

他试着像她那样摇桨。船打着旋儿。船桨拍打着海水,却徒劳无功,只在空中激起串串水珠。

"停下吧。"她请求道。

她撩起裙子,只见半英寸厚的玻璃晶莹剔透,罩住了她的大腿。玻璃上,是一片片肌肉,伤痕累累,紧绷着。他丢掉船桨,让它们刮擦着,回到插槽里。

她把他抓得紧紧的,用指甲掐他,直刺进他的皮肤。两人不说话,一块盯着她的膝盖。只见膝关节已经闭合了。

她解开外套,撩起针织衫。眼睁睁看着肚子表面,胎记和汗毛孔这些细微的痕迹正在消失,肉体在退却,留下一面平滑的屏。身体里紫色的韧带正在隐去,就像土壤被刷子驱散。玻璃的肚脐光芒闪烁。正在变硬的脂肪层下,累累的肠在蠕动,轮廓依稀可见。

"我们上岸吧。"迈达斯哑着嗓子说,一边又去够船桨。

她却双手攀住他的胳膊,抱得紧紧的。他领会了,她正凑近他的脖子和面颊,把两人的脸贴到一块。他们接吻了,同时用眼睛锁定对方。他觉得,她的胳膊肘和小臂在绷紧,她的把持在放松,贴住他手掌的两肋在变冷,体温正散去。

她柔软的肌肤渐渐沉重。他用双手拂过她的头发,捧起她的脸颊。

她的唇贴住他的,她的舌头数着他的牙齿。她睫毛轻眨,泪珠滴到他脸上。

她抓住他臂膀的手没了力气。她的唇没了血色,渐渐凝结。她的头抵住他的。她眼里的晶体正在凝固。

她瞳孔的黑点变得空洞,又像把锁似的闭上了,不见了。有一瞬间,她的头就像是一朵结了冰的玫瑰,但随即归于虚空。

他开始发抖,大喊道:"救命!"也不管这有没有用。他仍然被箍在她冰冻的拥抱中。终于,他把双手从她头发上拿下,受不了看她的脸,却听见噼啪的断裂声。原来,她头发变成了玻璃纤维,粘住他的指头,这会儿在他皮肤上撕开一个个十字形破口。她双臂仍然揽住他的肩,他得扭着身子,才能脱离她。


海雾越来越浓。隐在这雾的环抱中,他没了头绪,不清楚时间过了多久。每一刻都感觉那么漫长,那么痛苦,每一次呼吸都那么沉重,像举起一个巨物。雾气更灰了,更暗了。他毫无知觉。他只知道,自己的身体一直是动的,而艾达却全然静止。他肚子咕咕叫,他讨厌它这样。他的目光一直盯住膝盖,直到过了很久,肯定有好多小时后,他才鼓起勇气,再去看艾达。

她那玻璃的面容,曾在一吻中定格,这会儿就像是一个面具,罩住了虚无。他慢慢挪近,觉得船歪了一下,水在船下溅起浪花。透过她那空洞的双眸,他看见的是纯粹的玻璃。"你去了哪儿?"他一边问,一边绝望地伸出手,抚着她那仿佛层层叠成的面庞。在这冰冷的硅石块里,曾住过一个人的思想和意志。他觉得,是这意志把他拖出了惯性,让他前所未有地成长了。他无法明白,它如今去了哪儿。不在她身体里了。除非是,造就了一个人的那些纵横交错的思想和情感,被存到了某个更深处,比如存在心里或内脏里,就像他在自己体内常常感到的那样。他猛地抓起她针织衫的下襟,撩起,露出她玻璃的腰肢。她一直戴着那顶蓝帽子,那蓝色穿过她的背部,从她的腹部透出来。她的肚子跟头部一样,全是虚空。

他松开她的针织衫,擦擦眼。眼泪是透明的,就像留在他肢体间的艾达一般透明。

她的双手仍是抬起的,用拥抱的姿势,想要搭住他的肩。他觉得了无生趣,便跪到她面前,慢慢钻回她的掌控,又进入她双臂围成的圆圈,把沉甸甸的头抵住她的头。

他保持着这姿势,终于,伴着海浪声,轻声哭起来。直到他看见,一道黄色的光划破雾气。

他极不情愿地从艾达那儿脱身,目光穿过海面望去,只见一艘橙色的船掉转方向,朝他驶来。那是一艘橙色的救生艇。

他回头看看她光灿灿的面容,猛然预想到,未来会有没完没了的询问。把她的躯体检查了又检查。报纸报道,电视画面,图片摄影。圣好达兰的玻璃女孩。

她的外套耷拉在她身上,现在看上去就像一张防尘布单。救生艇射出的光线闪过她的头部,照出了玻璃里的杂质,还有凝结的斑点。他身子往前一探,最后一次吻了她,可随即又挪开了,因为她的唇触起来又冷又硬。一瞬间,她的嘴看上去有点润湿,可这却是光的戏法。她的头发没了纵深,只成了一块玻璃,表面露着条条刮痕。他意识到,她再也不是艾达了。这让他对即将不得不做的事逐渐感觉好受些了,刚好是他能承受的限度。救生艇正全速冲他驶来。他把双手无力地放到她肩膀上,用微弱的气力一推。她晃起来,摇摇欲坠,接着骤然越过船舷,跌进水里,激起水花四溅。在这股冲劲之下,船不住地摇摆,险些翻倒。与此同时,船板在他脚下一滑，拱了起来。迈达斯紧跟在她身后，跌进水里。

海水急速涌来，淹没了他。冰冷的水取代了空气。这下面像是一个永恒的液体世界，正是艾达沉没的地方。一个气泡陷到她嘴里（这嘴曾经炙热而柔软，是他吻过的），又溜开了，仿佛是她最后一次呼吸。他不由得发出一声怒吼，任由咸咸的海水灌进嘴里。水流把他翻转过来，在水里仰面朝天。他眼看自己的最后一缕呼吸追着她的气泡上浮，飘向水面炽烈的光。他试图翻个身，让背朝上，跟着她游。她正在下沉，透彻的躯体和鼓动的衣袂渐渐模糊、黯淡下去。可他不会游水，不管是向上游还是向下游，他只会伸胳膊踢腿，以重力速度下沉。一种诡异的静寂渐渐笼罩了他。他的视野重影了，模糊了。大海仿佛变成了上百道亮闪闪的光圈。

他想她，想极了。

然后，他身子翻转了，也不知是在上浮，还是在下沉。他只知道，自己正被从她身边拉开，这让他真想大喊（可没有空气），真想大哭（可水下流不出眼泪）。

光芒乍现，一阵刺耳的喧嚣传来。他后背碰到了稳固的表面。身体在抽搐，他觉得，自己是在接受电击。胡子茬茬的嘴唇贴住了他的嘴唇，闻起来了有股汗味儿，是有人在把空气逼进他的每一个肺泡，就像打针一样。他企图把他们推开，可没力气。他们侍弄好他以后，他打了个滚儿，侧卧着，暗自饮泣起来，眼看自己的泪水滴到摇晃的甲板上，混进那上面的湿气里。

他把这姿势保持了一会儿，身上堆着条毛毯，头发冻住了，散落到脸上。他感到，在艾达·麦克莱德和迈达斯·科鲁克之间出现了一道鸿沟，把他们分开了。浪花拍打着救生艇的外壳，每一次拍打声都像是上天的一个启示。终于，他能分清大海那势不可当的咆哮声和海鸥声了。他感到肩膀被人按住了，还听到一个熟悉的声音。

他抬头望去。

只见古斯塔夫满脸涨红,神情忧虑。"挺住,伙计,"他说道,"你会没事的。"

在古斯塔夫身后,几名海岸警卫队员注视着他,面带职业性的关注。古斯塔夫用手夹住迈达斯的肩膀。过了一会儿,这抚触让迈达斯觉得身子发麻,就挣起身,用手臂吊住古斯塔夫的脖子。他有气无力,吊着对方不放。古斯塔夫用宽阔的臂膀环住他,把他拥入怀中。迈达斯把脸埋进朋友那又红又暖的颈部肌肤里,哭出了声。茫茫大海上,喧哗声渐渐远去。

# 40

不久后的一天早上,狂风大作。迈达斯敲响了不破·亨利的门,亨利应声来开。亨利的小屋散发着馊味儿。一股湿漉漉的寒气不禁让迈达斯抱紧了胳膊(他仍能感到,艾达用两只石化了的手钳住他,他两只肩膀都留下五处指尖状的淤伤)。

亨利回来时,手拿一罐绿茶,两只不带把儿的瓷杯。两人小心喝着茶,谁也不看对方。

"你爱她吗?"亨利压低嗓音问道。迈达斯开口了,亨利觉得,这声音是从他五脏六腑发出的,也许是由一些叫不上名的器官合起来发出的。"我觉得,我从没想到我会爱上什么人。然而是的,我爱她。"

亨利点点头。以前见面时,他们明显相互猜忌。可这一次,他们坦诚相见,因为彼此都心知肚明,根本不可能再跟彼此之外的什么人真正探讨发生了的事了,而且过了今天,他们就再也不会讨论这事了。

风吹打着小屋四壁,呼呼响。迈达斯闭上眼。"我想说,我一直希望你的事能有个解决。关于我母亲的,等等。嗯,还想说,我要走了。"

"现在要走?"

"要离开圣好达兰。"

"啊。去哪儿?"

"我也说不准。不过,我已经打好包了。"

两人用手指拨弄着茶杯。迈达斯的手上,被艾达头发划伤的地方仍感到刺痛。正在愈合的伤口留下淡淡的疤痕,就像树皮的图案。

迈达斯站起身,椅子腿刮到地板,响了一声。他伸出手,两人轻快地握了握,便告别了。迈达斯走出门,走上沼泽地的土路。路上覆着一层雪,很美。

# 41

几个月后,蔚蓝的大海载着一艘吱吱嘎嘎的船,连同迈达斯·
科鲁克,驶离了一片陌生的群岛海域,驶离了低平而多沙的群岛。
岛上,橄榄树和喧闹的小镇整个夏天沐浴在阳光下,高温把迈达斯
的皮肤变成了温暖的暗色,把他的黑头发染成了很深的褐色。他
穿上了红衣服,这在记忆中是头一回。每当他低头看自己的身体,
这热烈的色彩都会让他头晕目眩。从头到脚一身红,一件红色紧
身潜水衣突显出他膝盖上的鼓包。

飞鱼们跃出水面,鱼鳍轻摇,仿佛小牛的翅膀,再轻轻扑打着
潜入水下。有一大群鱼猛地跃起,又落下,荡起圈圈涟漪,像是在
喝彩。

教练拍拍他的背。"准备好了吗?"

迈达斯点点头,戴上他的塑料面罩,有点儿紧。他把氧气管插
到嘴上。他们下水了。他还应付不了这急流,不光是他身边水世
界的急流,还有他大脑里的急流,要知道,他的脑里的液体也在汩
汩地流,以适应这水压。湛蓝的海水是亮片鱼的家,只见它们穿行
在珊瑚塔间,发出嗖嗖的声音。他继续往下游了游,按照教练教的

节奏踢打双腿,时常忘记自己其实用不着屏住呼吸。不一会儿,他游到水底,快速穿过一片镶嵌着贝壳的海床,海葵搔得他直发痒。他鼓起勇气,游得比昨天离教练远了一点儿。

这正是他的计划:每天都游得再远一点儿,直到能独自一人安全地潜水。

直到他能潜入深不可测的大海,潜入世界上每一个安静的角落。

**图书在版编目 (CIP) 数据**

长玻璃脚的女孩／(爱尔兰)肖著；王剑南译.
－北京:北京燕山出版社, 2013.11
ISBN 978-7-5402-3351-8

Ⅰ. ①长… Ⅱ. ①肖… ②王… Ⅲ. ①长篇小说-爱尔兰-现代 Ⅳ. ①I562.45

中国版本图书馆 CIP 数据核字(2013)第 252848 号

著作权合同登记号　图字:01－2010－0908 号

THE GIRL WITH GLASS FEET by ALI SHAW
Copyright: ©2009 BY ALI SHAW
This edition arranged with ATLANTIC BOOKS, AN IMPRINT OF GROVE ATLANTIC LTD.
through BIG APPLE TUTTLE－MORI AGENCY, LABUAN, MALAYSIA.
Simplified Chinese edition copyright:2014 BEIJING YANSHAN PRESS
All rights reserved.

**长玻璃脚的女孩** Zhangbolijiao de Nvhai

[爱尔兰]亚利·肖 著

王剑南 译

责任编辑／张红梅　毛　路
装帧设计／周娅书　小　贾
封面绘图／周娅书

北京燕山出版社出版发行
北京市宣武区陶然亭路 53 号　邮编 100054
全国新华书店经销
北京盛源印刷有限公司印刷

开本 880×1230　1/32　印张 9.5　字数 224,000
2014 年 3 月第 1 版　2014 年 3 月第 1 次印刷

定价:28.00 元